尺素书

2024
中国年度小小说

秦俑 ｜ 赵建宇 ▪ 选编

CHI
SU
SHU

漓江出版社
·桂林·

目　录

contents

001 ／用小小说讲好中国故事

　　　　　　——编选前言　秦　俑

第 1 辑　开满窗户的山坡

003 ／开满窗户的山坡（外一篇）　刘亮程

010 ／松城人物志略（四题）　于德北

022 ／北中原记事（三题）　冯　杰

第 2 辑　人生几何

031 ／一块猪肉　毕飞宇

035 ／大洪水　安石榴

039 ／二叔的擀面杖　阿　成

042 ／翟楠的这一天　陈　毓

045 ／沈阳站站　白小易

048 ／桃之夭夭　欧阳明

051 ／人生几何　高春阳

055 ／揉纸团的人　叶惠娟

058 / 祖丽亚提　　曾向阳

第3辑　在希望的田野上

065 / 在希望的田野上　　侯发山

068 / 老梁过年　　张宇弛

070 / 守　正　　刘建超

074 / 青山径　　练建安

077 / 流远的徒河　　李海燕

080 / 再见，大圣　　张甫军

083 / 诚信渡　　刘　帆

086 / 对　决　　李尚财

089 / 航空线　　余清平

092 / 高原红　　张中杰

第4辑　我不是一条鱼

097 / 我不是一条鱼　　非　鱼

100 / 乌　鸦　　侯德云

103 / 花草诀　　聂鑫森

107 / 马　戏　　芦芙荭

110 / 放电影　　谢志强

114 / 公交车上的气质女神　　邓洪卫

117 / 我们都是兵　　刘国芳

120 / 草原隐者　　申　平

123 / 规　矩　　袁炳发

126 / 做 人　　田洪波

129 / 大风秧歌　　蔡 楠

132 / 丧 宴　　魏永贵

135 / 八双鞋垫　　范子平

139 / 瓦 片　　王琼华

143 / 酒 友　　邢庆杰

第 5 辑　地震波

149 / 卖艾蒿的小女孩　　王剑冰

153 / 牧羊人与野兔　　吴连广

157 / 透过窗户的阳光　　莫小谈

160 / 半块渣饼　　戴智生

163 / 七 夕　　胡 炎

166 / 夕阳白发　　周海亮

169 / 地震波　　叶北海

174 / 别去人多的地方　　海 华

177 / 泪落无声　　胥得意

180 / 在异乡　　张明重

第 6 辑　尖 叫

185 / 打艾草　　乔 叶

188 / 爱 笑　　陈 敏

191 / 青衣风月　　红 酒

194 / 地 震　　李伶伶

197 / 尖　叫　　　冷清秋

200 / 老秀才　　　赵淑萍

203 / 暗　夜　　　朱红娜

206 / 疤　痕　　　蒋静波

209 / 饭　局　　　胡　玲

213 / 蒲河之约　　佟继萍

217 / 口头禅　　　女　真

220 / 知了叫了一整天　高晋旭

第 7 辑　少年与枪

225 / 少年与枪　　　何君华

228 / 赶　春　　　相裕亭

233 / 许德平　　　伍中正

236 / 老城煎粉　　　赵　冬

239 / 原来我们都是有钱人　徐　东

242 / 好　人　　　韦如辉

246 / 蓣麦秸草　　　于心亮

249 / 逃跑的老人　　徐全庆

252 / 万春居　　　赵长春

255 / 猜　枚　　　安晓斯

258 / 圈　子　　　邓耀华

第 8 辑　尺素书

263 / 尺素书　　　张秋寒

267 / 暧 昧　　王 溱

271 / 五 梁　　刘兆亮

275 / 植物将军　　唐呱呱

279 / 风　　苏三皮

282 / 风或许知道　　刘博文

285 / 孤 岛　　李 森

288 / 寻觅雪山的人　　崔 故

291 / 半个方生　　陈雨辰

295 / 暂 住　　王瑞琪

298 / 名 字　　李伟昊

301 / 记忆之森　　包文源

用小小说讲好中国故事

——编选前言

秦 俑

据有关专家考证与研究，真正文体意义上的"小小说"概念出现在 1920 年左右：伴随着现代报刊业的兴起，许多报章杂志开始刊登精短小说作品，并冠以"小小说"的称谓。1961 年，《新港》(《天津文学》前身) 9、10 月合刊号编发小小说专栏，这是文学期刊有史可查最早开辟的小小说栏目。1982 年 10 月，《百花园》推出全国第一个"小小说专号"，集中刊发孟伟哉、南丁、母国政、赵大年、马未都等作家作品 33 篇。1984 年 10 月，郑州的《小小说选刊》和南昌的《中国微型小说选刊》(《微型小说选刊》前身) 分别出版试刊号和创刊号，从此以后，一北一南，一"小"一"微"，共同拉开了中国当代小小说繁荣发展 40 年的序幕。

2024 年是《小小说选刊》《微型小说选刊》"不惑之年"，盘点这一年的小小说创作，我首先关注到了三个事件：

一是第十届小小说金麻雀奖的评奖颁奖。今年 3 月，第十届小小说金麻雀奖终评会议在郑州召开。蒋冬梅、杨小凡、胡炎、欧阳明、王琼华、莫小谈、雨瑞、海华、赵淑萍、练建安获第十届小小说金麻雀奖，刘俐俐、刘帆获第十届小小说金麻雀奖·理论奖。4 月，由《小小说选刊》《百花园》和河南省小小说学会主办的颁奖活动在豫北获嘉举行，活动现场颁发了小小说金麻雀奖、杨晓敏小小说奖、《小小说选刊》优秀作品奖等业界重要奖项，同时举办蒋冬梅、海华、莫小谈作品研讨会，在社会各界引发广泛关注。

二是2024青年作家训练营的成功举办。青春笔会和青年作家训练营的有机结合，训练营学员、金麻雀奖获奖作家与文学刊物主编的友好联动，为青年小小说作家搭建了一个成长的平台。今年5月，第三届全国小小说青春笔会暨2024青年作家训练营在湛江举行，来自全国23个省、自治区、直辖市的36名青年写作者，近10位金麻雀奖获奖作家与《小小说选刊》《百花园》《微型小说选刊》《小小说月刊》《台港文学选刊》《宝安文学》等刊物主编集聚湛江，旨在延续小小说创作"以老带新、以新促老"的帮带传统，持续发现、培养、扶持和造就小小说创作"新势力"，给小小说文体健康发展注入新鲜活力。训练营结束后，《小小说选刊》《百花园》相继推出"2024青年作家训练营专号"，充分展现青年一代小小说创作者非凡的思维力、表达力、创造力和想象力，也为观察小小说创作发展态势提供一个新的窗口。

三是东北城市笔记体小小说创作现象的兴起。今年，赵冬策划发起，东北小小说沙龙组织白小易（沈阳）、侯德云（大连）、于德北（长春）、赵冬（吉林）、袁炳发（哈尔滨）、安石榴（牡丹江）等6位作家，以东北地域、历史、文化、民俗为背景，创作具有城市特色的笔记小说，在《北方文学》《芒种》《小说林》《鸭绿江》《小说月刊》《满族文学》《短篇小说》《骏马》《百花洲》等十余家文学报刊上陆续推出"东北城市笔记体小小说小辑"，被业界称为本年度小小说群体创作的"东北现象"。

除了这几个现象级创作事件，2024年的小小说创作还有一些特色也值得关注：

一是以中国叙事讲中国故事。《小小说选刊》"用小小说讲好中国故事"系列专题已经连续策划编选10年。"中国故事"的核心内涵主要体现在坚持中国立场，弘扬中国精神，表达中国价值，展现中国经验，彰显中国力量。小小说文体单纯通脱，创作灵活，传播便捷，通过讲故事的方式，能快速及时紧跟时代潮流与社会热点，方便迅捷地反映当下的生活图景与人民的喜怒哀乐，是宣传推广社会主义核心价值观与新时代的一种好方式。《大洪水》以1932年哈尔滨大洪水为背景，描述了一家人面对自然灾难时的心路历程。文中那只链接着亲情、生命与希望的"小木船"，映射的是人物内心的信念与坚持。《再见，大圣》讲述一名缉毒警察在复员之际，来墓园缅怀战友，并幻想与战友携手重返战斗热土的故事，吟唱了一曲充满热血、牺牲自我、成就大义的无名英雄颂歌。《在希望的田野上》讲的是当下乡村振兴热潮中发生的新鲜事，在大城市上学的孩子一心想回乡创业，在老家留守的母亲主动到现代农业园务工，这才有了母女意外相逢、相视一笑的理解与惊喜。让信念点燃希望，让理想照进现实，这是时代赋予"中国故事"新的内涵。

二是借传统之力立时代之新。传统与现代之争，继承与创新之辩，是文学创作历久弥新的话题。在本书的编选过程中，我们欣喜地看到小小说创作者们对文学传统的尊重与继承。一些作品能在深入挖掘传统文学元素的同时，巧妙地对自己的作品进行个性化的艺术处理，使之既蕴含深厚的文化底蕴，又洋溢着鲜活的现代气息。刘亮程的笔下，《开满窗户的山坡》这一诗意表达为日常生活赋予了诗性与哲思，而白小易的《沈阳站站》对网红打卡地的全新诠释，让都市男女的爱情故事脱离了俗套。《松城人物志略》《北中原记事》《桃之夭夭》《老梁过年》等作品均以人物塑造为核心，通过细腻入微的笔触书写小人物的平凡人生，敏锐地捕捉到了社会生活的点滴细节，显现出作者对现实世界的深刻理解与人文关怀。《人生几何》《揉纸团的人》《少年与枪》《祖丽亚提》不约而同地关注到了青少年成长话题，但各篇着力点略有不同，在叙述视角、情感表达以及题材处理方式上大相径庭，体现出不同作者对青少年成长问题的多角度探讨与差异化表达。

三是用创新创造燃想象激情。创新力是文学创作的生命力。文学的创新一定是以想象力为支撑的。它赋予了文学作品一种神奇的力量，使其能够跨越时间和空间的界限，突破现实的种种限制和束缚。这不仅仅是一种技巧或手段，更是一种对传统思维模式的挑战和突破。通过这种超越性的力量，文学作品不再是文字的堆砌，更像是作者思想和情感的碰撞与交融，能够为读者带来前所未有的全新体验，引领我们进入一个充满无限可能的奇妙世界。本书第8辑是"新青年写作"精选特辑，张秋寒、王溱、刘兆亮、唐呱呱、苏三皮、刘博文、李森、崔故、陈雨辰、王瑞琪、李伟昊、包文源等年轻作者的创作实践，为小小说的未来发展提供了更多可能。不过，由于篇幅所限，还有很多年轻创作者的好作品未能收纳进来，在此，我也向读者朋友们真诚推荐同样由漓江出版社推出的另一部年选作品——《纸飞机：2024 我们都爱短故事》，它就如同本书的"姊妹篇"，如能两书在手，对照阅读，必能相得益彰，快乐翻倍。

本书编定之际，我正好在南昌参加"名刊重塑再出发"——《百花洲》创刊45周年、《微型小说选刊》创刊40周年交流会，这个活动为凛冬将至的文学报刊业带来了一丝温暖。2025 年，《小小说选刊》也将举办创刊40周年系列活动，坚守文学立场，坚持文学梦想，我们小小说人始终在路上。

第 1 辑

开满窗户的山坡

开满窗户的山坡（外一篇）

刘亮程

县上给村里拨了廊坊保护款，每家补贴 1.8 万元，要求把旧窗户和门都换成塑钢的，否则不给钱。村里半数人家住拔廊坊，这种早期汉民居住的老房屋，因为廊檐往外拔出来一两米，有立柱支撑，形成廊，取名拔廊坊。住拔廊坊的人家得了补贴，好多旧木窗木门被拆后扔在一边。换了塑钢门窗的人家，当年冬天就后悔了，说塑钢门窗太单薄，不保暖，也不好看。到第二年有些人家看顺眼了，说新换的塑钢门窗好，玻璃大，屋里亮堂。也有人家把拆掉的木门窗又换回来。

我们连买带捡收集了好多旧木门窗，堆在书院里。最先的打算是用这些旧木门窗，把书院朝马路的那段院墙围起来。原来的院墙一段是干打垒土墙，一段是红砖垒的，但都残缺不整，到处是豁口和窟窿。我想把破院墙拆了，做一个最别致的院墙，名字叫村庄纪念墙。我在记事本上画出草图，大概方案是：收来的每家的旧门窗，用墙垛单独隔一个单元，门朝外，门楣上有这家的姓名和来历。每个门上配一把锁，钥匙发给那家人，什么时候他们想进书院，或是想进自己家的老门了，就拿钥匙打开。

几十户人家的门窗连成一道长长的墙，看过去户挨户住了许多人家，每户人家的门窗都不一样，大小不一样，漆色不一样，漆掉光后木头的老旧还是不一样。

我给村里这些人家留了一扇门，这样书院就成了全村人的。他们可能也不会来开那扇已经扔掉的门，那扇门里再也没有他们一样东西。但也不一定，在某个夜里，某人被月光喊醒，穿鞋出门，拿着我给的钥匙，梦游似的行到书院墙根儿，找到镶嵌在院墙上他家的旧木门，开锁，推门，可他怎么也推不开。他不知道我从里面也上了锁，那锁的钥匙在我这里。他推窗户，也推不开，窗户也从里面锁住。他爬窗户上往里望，一院子的月光树影。

我这样想的时候，仿佛在替另一个人做梦。一定有人会做这样的梦。如果我真的把这些旧木窗做成院墙立在路边，全村人都会因它而做梦。我也会一个一个地梦见他们。每个窗户曾经都是一家人的眼睛，他们扒着窗户往外看时，他们在村庄的内部。我有可能从这些旧门窗里窥见他们的生活，在有月光的夜晚，那些从来关不严实的门缝、变形的窗框里走掉的人声，仿佛又回到屋里。我在每一个窗户后面停下来，扒窗户朝外望，我会看见这一户人家曾经长达几十年上百年的张望。我会看见他们所看见的，把他们再一次遗忘。

这个想法让我激动了半个冬天和一个春天，我想等夏日天长了再动手做这件事情。那时候，从天亮到天黑，有 17 个小时，足够人把好多想法变成现实。可是，没等到夏天，我的这个想法就被另一个想法取代了。

一日，沟上头的老郭来书院找自己的旧木窗，我们 50 块钱买他的，他要买回去。我说，你自己找去吧。老郭在摞了一大堆的门窗下面，认出自己家的旧窗户，他围着那堆破烂转过来转过去，蹲下，手伸进去摸着自己家窗户的边，想拉出来，这怎么可能呢，他的窗户上面，压着整个村庄人家的破门烂窗，他只有把上面的门窗全部移开，才能拿出自己的窗户。老郭爬到破烂堆上，试图搬开上面的门窗。那些沉重的老木头窗户，他连一个都搬不动。我袖着手，没有过去帮他。我也搬不动。

我问老郭，你把这个破窗户拿回去干啥？

老郭说，他在山坡上挖了一个洞，做猪窝，想在洞顶上装一个窗户，这样猪就能看见太阳了。

这样猪也能看见星星了。我随口说了一句。

我知道老郭挖猪窝的那片山坡，就在他家对面，坡上黑洞洞的有好几个猪窝，外面暴热时，猪躲在洞里乘凉。晚上猪在洞里睡觉。老郭和别人不一样，竟然想给猪洞安一个窗户。

他的想法启示了我，我突然想到用这些收购来的窗户，把一座山上安满窗户。

那个山坡下原是一所废弃的小学，房顶扒了，留半个破墙圈，靠山面水。山坡上是麦田，麦子翻过山从西边的坡下到沟里，又上坡，翻山越岭生长向远方。我的计划是在小学校原址上盖一院房子，做客栈。在小河湾里种菜、养鸡，一条木栈道伸到山根那排矮榆树下面，往上就是麦田了。我上下远近地打量这座山，想着把它用旧窗户镶嵌起来该多有意思。我无法把整座山镶起来，我收集的窗户也不够，我只是想把山的下部用窗户一层层镶起来，镶到几十层，窗户里装上灯，从河对岸看，整个山坡的麦地开满窗户。到夜晚，整座山因为亮着的窗户而悬空起来，看上去仿佛许许多多的人家住在半空。我会把这些窗户主人的名字留在窗框上，有一天他们从地里回来，找不到门，或者门锁的钥匙丢了，他们找到窗户，朝里看，全是厚厚的土，是麦子扎的根须。

这个想法也破产了，原因是我根本干不了多少事情，书院建设就把所有的精力和财力都耗了进去。想想刚来这个村庄时我有多大的心劲儿啊，开车走遍沟沟梁梁，每个山梁上都有机耕道，沟里有拖拉机路。我把车开到每条路的尽头，然后步行到漫坡金黄的麦地尽头。那时候我想，我要看看这个村庄，到底有多少让我惊讶的风景藏在沟底坡顶。

我到菜籽沟那年，和村里签有70年的独家旅游开发经营权，作为乙方的我，承诺在村里建一座书院，用收购的几十个老宅院，邀请艺术家入住作为其工作室，建成菜籽沟艺术家村落，利用自己和艺术家们的知名度，让这个不为人知的村庄成为中国的名村。而作为甲方的菜籽沟村委会，则把村庄70年的旅游独家经营权给乙方，再不收取任何费用。菜籽沟村长20公里，宽5公里，面积100平方公里。这么大一块地方的70年旅游独家经营权，就归我所有了。那时我50岁刚出头，想在这个村庄干一番大事。但是仅仅过了几年，那个开发村庄做旅游的打算就被我忘记了。那个合同也早被扔到一边。无论是我还是村委会，都想不起曾经签过这样一个合同了。

现在，山坡下那块地方仍荒着，村里把地卖给一个老板，说是投资开客栈，合同签了，还没动工。或许明年后年也不会动工。老板怎么会把钱投在这个一百年也收不回本钱的项目上呢。只有我这样的人，会为一个梦投资，为一个天真的想法和冲动投入。我已经把自己的四年时间丢在菜籽沟，算是掉进沟里了。四年前我51岁，人过50岁，心还在40岁，时常冲动地用40岁的心驱动50岁的身体。住进学校的第二年，养了两条狗，要自己垒狗窝。我年轻时盖过大房子的，这点儿小工程算啥。靠院墙平好地基，和泥巴，搬砖，一会儿累得满头大汗，只垒了两层砖就没劲儿了，正好有来书院要工钱的村民，我说，给你100块钱，把狗窝盖好。村民说，这么点儿活儿要啥钱，把上次干活儿的钱给我结了就行。

垒一个小狗窝的劲儿，也许早在多少年前，我在沙湾城郊村给自己盖结婚用的大院时，就已经用完，早在我们家从老沙湾搬到元兴宫，在一块荒地上打土墙上房泥时就已经用完。

但我50多岁的时候又来劲儿了。

我心里有建一个书院的劲儿。在那个山坡上开满窗户的劲儿，也一直在心里攒着。窗户也在书院院墙边攒着，风吹雨淋，一年年腐朽。一直等它们朽到窗框散架，完全不能用，这要不了多少年。那时我散步走过它们身边时，会做何感想呢。

我确实是一个适合想事情的人，我想的许多事情都写成了书。

在我想过的所有事情中，在菜籽沟一座山上开满窗户这件事，在我心里早已经无数次地完成了。某日天色渐暗时我开车路过，朝河那边的山坡望去，看见满山坡的窗户依次亮起来，从山根一直亮到山顶。

那个曾经想在山坡上开满窗户的我，已经远去。仅仅过了四年，许多事情便不用去实现了。其实这是多好的事。

黑　暗

老八拖着黑黑的影子从坡上走下来。他的摩托车停在大路边，我以为他会骑摩托车回家。如果他骑上摩托车，黑影会被他甩掉，老八骑摩托野得很，"鬼都追不上"。这是老五说的。老五的意思是鬼追不上飞跑的摩托。我有点儿不相信。年前我看见有人在路边烧纸汽车纸摩托，可能鬼早已经骑上了摩托。也可能鬼不骑摩托，他们有更快更便捷的工具——影子。

鬼在黄昏时躺在那些疲惫的人影里被带回家。人在地里干活儿，鬼蹲在地头看。也不看，冥冥地待着，等人干完活儿。也不等，等和看这些事情，对鬼来说早已不存在。鬼只是冥冥到日头偏西，人的影子伸长过去，把鬼接上。

在能看见鬼的小孩眼睛里，鬼仰脸躺在人影子里，头脚对齐，很舒坦的样子。有时鬼坐起来，驾牛车一样吆喝人的影子前行。藏了鬼的影子拖累人，但人认为是自己本来累，干了半天活儿，能不累吗？再累也得走回家，鬼就舒舒坦坦地躺在影子里跟人回家。

也早已不是那个家。原先墙上的照片都撤了，留有痕迹的旧家具也不在，房子的主人已换了几代，但还是熟悉的相貌气味，熟悉的姓氏。

鬼是能记得自己的姓的。也隐约记得在世上有过一个家，亲人时不时的念想常常让鬼从冥冥里睁开眼，朝着人世里望。望着就想回来一趟。跟着黄昏时母亲喊孩子的叫声回来，跟着吱呀的开门声回来，跟着炊烟和地上长长的影子回来。

路拐个弯，影子颠簸一番，就到家了。墙根玩耍的邻家小孩对着影子大叫，自家的狗也对着影子狂吠。人烦了，喝住小孩，撵走狗，小孩和狗都惊愕地看着一个躺着的鬼笑眯眯地进了院子。

菜籽沟能看见鬼的小孩都长大走了，到外面上学谋生活，逢年过节回来一次，也都再看不见鬼。

剩下半村子老人，都避讳言鬼。看见鬼也不说，装作没看见。就真的好多年没人看见鬼了。好像这世上真的没有鬼了。

老八没骑摩托回家，他直直进了我们院子。月亮猛扑过来，对着老八的影子狂咬，它看见这个人拖来的黑影里有不好的东西。我也看出来了，他的影子比黑狗月亮的还黑。一个累坏的人，拖着比别人更黑的影子来到我们院子。我故意朝老八走近几步，两个影子并一起时我吓了一跳。我闲了半天，影子淡淡的。老八的影子比我黑一层。

我赶紧问老八啥事，我害怕他把影子丢在我们家院子里。

有些人知道自己影子里藏了不好的东西，回家前想法把影子丢掉。丢的方法很多，比如，把影子拖进树荫里，自己溜掉；还有，骑在驴背马背上，人和牲口影子叠在一起；再就是天黑前找个借口进谁家，太阳落山了出门，影子就丢给这家了。

再就是骑摩托，油门一轰，呜地一溜子尘烟，人瞬间不见。啥东西都甩掉了。

老八不像是要有意害我们的人。他割了一天麦子，腰还没全直起来。他的影子也弓着腰，看上去比老八委屈。

我问：今年麦子收成咋样？

老八说：没球相，顶多打一袋子多。

老八说的是一亩地的收成，一袋子多，也就一百公斤的样子。每公斤麦子卖两块多，一亩地收二百多块钱，再加上政府每亩地一百多的补贴，合三百多四百多块钱，机耕费种子费一除，能落二三百块钱，还不算自己的工钱，要给别人割一亩地麦子，少说也挣一百五十块。

老八种了三十亩地麦子，纯收入六千多块钱。"白球卡。"老八说完咧嘴笑了笑，骑摩托走了。

我突然觉得心里闷闷的，好像他把三十亩地的负担全卸给了我，把白忙乎的一年丢给了我。

菜籽沟的坡地旱田只能一种一收，坡太陡的地，机耕没法作业，只有马拉犁地，手撒种，镰刀收割，全是人工活儿。种多了收不完，种少了不够生活。

老八整个夏天在我们书院打零工，每天一百三十元，他60多岁了，比我大几岁，没有啥手艺，只能干些小工的粗活儿，拿小工的低工资。老八干得最多的是挖管沟，他一点点地把自己挖进沟里，然后，只见一团一团扔出来的土。每次从自己挖的深沟里出来时，都拖出黑黑的一截影子。月亮见他从管沟里爬出来就扑过去咬。月亮是天生的看家狗，见人在院子里拿东西的就咬，对两手空着走进院子里的外人，它只是盯着看。从土里钻出来的老八让月亮感到了不安。它看见了我看不见的东西。

一天黄昏，老八拖着从自己家麦地里弓腰一天的劳累，来到我们院子，他把那片麦地里的黑拖到我们院子里，就像他一次次地从自己挖的管沟里爬出来时，把土里的黑拖到地上。

月亮跟着他的屁股咬，想把他撵走，可是他不走，跟方如泉说账的事，他挖管沟的活少算了一天，把一天丢了。按日期算天数又没丢。他进院子挖了7天管沟，按7天付工钱。但他硬说是8天，他干了8天活儿。这7天里他从沟里上来下去多过出来一天。谁知道这一天应该咋算。

老八出院门时月亮依旧对着老八的影子咬。它可能闻见影子的不明气味，看见影子里藏着的黑东西。老八不理睬月亮。在月亮一嘴紧迫一嘴的吠叫里，老八的影子渐渐拉长，月亮的叫声也渐渐拉长。最后，老八的影子伸到院门外，跟门口小河边榆树的影子并成一体，跟门外坡地上麦田的影子合为一体，一个更大的阴影从天上地上盖过来，天突然就黑了，我一低头看见整个夜晚，跟在老八拖进来的黑影子后面，悄悄地进了院子。

我们没有在天黑前关住院门。

我们的院门一直敞开到月亮出来。那时我在半醒半睡间，听见书院的皮卡车从外面回来，车灯直直地照亮院子，照到台阶上的孔子像。我听见铁门和锁链相碰的声音，高高的，仿佛在月亮和星星之上。

松城人物志略（四题）

于德北

明月谣

四姐是一个普通得不能再普通的女人。

在电力设计院的旁边开了一家小超市，前面是店，后边留出一小间自己住。爱人去世早，四姐四十几岁就守寡了，一个人拉扯孩子，供到大学毕业，早早地帮她成个家。对，是个女孩，长得和四姐年轻时一样，圆盘大脸，敦实。嫁了一个司机，开面包车送货，收入过得去。

四姐原本不在松城，在相隔一百二十公里的另一个城市，女儿留在了松城，她也就迁居于此。但不和女儿、女婿一起住，怕给人家添麻烦。自己走街串巷，看了无数个门市，最后兑下这家小店。

她太仔细，能省的皆省。

这家店的左边是一家印务公司，一天到晚机器不停，热火朝天的；右边是一家咖啡店，夜场可到凌晨两三点。楼上呢，是一家排版公司，天天夜里加班。她坐在那儿观察、研究，经过一冬之后，不再交采暖费了。这一项，一年省下两千多。为什么不交采暖费？左右都加了暖气片，楼上改了地热。

她会做面食，尤善包子和馒头。起初是做着自己吃。出于礼貌，也给邻居们送。印务公司、咖啡店、排版公司年轻人多，一来二去都叫她四姐，就和她商量，在她这儿订午饭，省事。她没有不答应的理由。这帮年轻人除了中午一顿饭，也打包往家里拿，送给父母，是一份温馨的孝敬。

头一天晚上就把份额定好。

四姐第二天就把这些吃食弄整齐。

一来二去，附近的邻居知道了，也来享受这份待遇。他们学着那些年轻人，下班时，或特意从这儿过——办事、遛弯、买东西——就报上数目，四姐也一起登记在册。

开超市是主业，她的包子、馒头不多做，做到她的精力、时间允许，绝不再多接一份。想吃，往后排吧。越是这么着，人越是打破脑袋，四姐的面食成了人们的一个想头儿。

"明天订点儿馒头吧，好几天没吃了。"

"去试试吧，不一定能订着。"

"早点儿去，订不上怪闹心的。"

"行，真想吃，我把她嘴里的那两个给你截下来。"

是玩笑，但情况属实。

排版公司有位刘先生，会弹吉他，五十多岁，离异。刘先生是松城第一批接触电脑的人，对排版业务门儿清。不缺饭吃。但一般的排版公司不爱雇他。为什么呢？他家庭负担重，双方四位老人先后有病，媳妇有正式工作，不能常请假、请长假，一切全赖刘先生。刘先生先服侍岳父，三年，接着服侍岳母，五年。八年过去了，他四十多了，以为可以松口气儿，父母又相继出现问题。媳妇焦躁、犹豫、徘徊，最后一跺脚，和他把婚离了。

媳妇要女儿。

刘先生想一想，自己照顾父母就不能照顾女儿。同意了。

接下来服侍父亲，六年，服侍母亲，四年。

十年过去了，刘先生的头发白了，人也接近六十。

刘先生喜欢弹吉他，喜欢喝酒，因为老人，这两样都断了太多年头。现在老人没了，他又可以出来工作了，就把这两样都捡起来了。公司接活儿多了，电脑总是一流的，老板不放心，想让刘先生打更。刘先生一口应承，回去就把自己的房子租了出去。

他这一点儿和四姐有点儿像，能省的都省。

岁月就是这么个玩意，能让熟悉的陌生，当然，也能让陌生的熟悉起来。

刘先生和四姐熟了，就常下楼搭伙，尤其是晚饭。开始还客气，后来也没什么可客气的了。到了吃晚饭的时候，四姐就站在楼下——冬天不行——大声喊："老刘，吃饭了！"

刘先生就噼里啪啦地下楼来。他穿拖鞋。

原来四姐自己吃饭时尽对付，有一口没一口的，刘先生来搭伙了，她做饭的热情越来越高涨。两菜一汤，每周还加一顿鱼、一顿小鸡或牛肉。慢慢地，排版公司的小孩儿都发现，刘先生白了、胖了。

刘先生每在喝过二两微醺的状态下就摸起吉他，弹他们爱听的老歌。刘先生喜欢弹《我的祖国》《拉兹之歌》《弹起我心爱的土琵琶》，还有电影《桥》《追捕》的主题曲。四姐呢，听《三月里的小雨》《童年》《红河谷》；最爱听《怀念战友》，这是刘先生弹吉他时，她必点的曲目。

她父亲年轻的时候在新疆当兵。

牺牲了。

她从没见过。

坐在店门口，月光正好。有风吹过，他们的头上飘起片片银丝。一只鸟候在柳树上，听曲子，等待下文。

四姐问刘先生："这么多年，你不想女人吗？"

刘先生摇头。

四姐叹口气，自言自语："是啊，一个又老又丑的女人，能让人有啥想头儿？"

刘先生突然哭了。

就是这一年的秋天，刘先生联系了一个老年旅游团，四十个人，每人报名费七千八百元，管住不管吃，自己可带炊具，三十一天游遍新疆。他没和四姐商量，向团里交了一万五千六百元钱。四姐没吃惊，也没反对。她只有一个要求，去她父亲牺牲的地方看看。一辈子了，还没祭扫过。

他们去了，静悄悄的。

在门口挂了一个牌子，让老顾客们知道：他们出门了。

流水账

梅大娘是小家碧玉。

她出生于买卖人家，年少的时候家境殷实，不算大富，但绝对不穷。她小的时候，能穿上纯棉的袍子，拎包袱皮儿上学，有零钱买大饼，偶尔还能接济一下乞丐。

乞丐讨好她，称呼她小姐。她直接纠正："我不是什么小姐。"

乞丐笑了。说什么她还是个小人儿，却骨子里透着倔强。

"不叫小姐叫什么？"乞丐问她。

"叫妞。"

那以后，上学放学的路上，只要看见她，乞丐就喊："妞，有吃的吗？"

她口袋里如果有半块饼子，就毫不吝啬地掏出来。

因为喜欢她，乞丐也是存心，有时不是真饿，就回她："逗你呢，自己个儿留着吧。"如果饿了，也不客气，抓过饼子就吃，一边吃一边说"谢谢"。

都说好心有好报。

有一年春天，城外来的人贩子盯上了梅大娘，跟了好几天，准备把她偷走。乞丐们看出端倪，身前身后地保护着，人贩子愣是没下手的机会。这事被梅大娘的父亲知道了，在家门口设粥棚，管了乞丐们七天饭。

那时东北还叫满洲，溥仪正当"皇上"。

当然这满洲前边得加个"伪"。

伪满洲。

梅大娘不知不觉间长大了,出落成了大姑娘,该谈婚论嫁了;家里给他相中了一名警察,长辈都在溥仪身边做事,可谓有背景。可是梅大娘却没有看上。没看上的原因有两条:一、这个人长得瘦,看着太干巴,不伟岸;二、这个人唱歌太好听,在电台都唱过,唱得都那么好听,说得更好,听说什么都一套一套的。二归一,不可信。

儿女的亲事,父母之命,媒妁之言。

抗得了?

梅大娘有主意,抗不了就拖,宁可嫁不出去。

这位爱唱歌的警察还真有耐心,梅大娘不爱搭理他,他就盯上了梅大娘的哥哥。哥哥爱读书,喜欢写作,这位警察就找自己认识的几位作家,要他们的签名本,送给自己的大舅子。大舅子当然高兴得不得了,人前人后夸奖他。

警察很聪明,走"围魏救赵"的套路。

请大舅子下馆子,捎带让大舅子带上妹妹。

梅大娘是抱着白吃谁不吃的态度去,当然吃了也白吃。

要说姻缘天注定,有时逃是逃不开的。那一次,大舅子带着妹妹赴约,先到警所和警察会合,然后一起去吃"大同烩"。进了警所,就能看见一帮警察往外押人,拖拖拉拉,十几个,都是犯罪嫌疑人,神色各异。其中有一个年轻妇女,显然怀孕了,挺着个大肚子,一脸的苦楚。

她一直盯着梅大娘看。

看得梅大娘心发软。

梅大娘突然对警察说:"你能把她放了吗?"

警察没明白怎么回事,摇头说:"不能。"

梅大娘来了倔劲儿,脱口而出:"你把她放了,我就嫁给你。"

警察心中一喜,随后又一惊。

大舅子在一旁打圆场,让妹妹别瞎胡闹。

可梅大娘说："我说话算数。"

一句话杠在这里，把警察的五脏六腑、三魂七魄都拧了一遍。警察是真喜欢梅大娘，就动了心思，也动了关系，一番操作，真把那个孕妇放了。

梅大娘话复前言，真心也好，无奈也罢，她真的穿上婚纱，嫁给了警察，也就是后来的梅大爷。梅大爷也挺争气，结婚之后，人胖了，身子骨壮实不少。说到唱歌，一句话，梅大娘喜欢，就唱，不喜欢，戒了。

时光流转，岁月绵长。

后来伪满洲国倒了，东北解放了，梅大爷继续当警察。他当年放的那位孕妇，身份公开了，她和丈夫都是地下党。梅大爷救过地下党，身份自然和旧警察有区别，他不但继续当警察，而且还成了派出所的所长。

梅大娘生头胎的时候，当年的孕妇特意到医院来看她，还送了她两罐苏联产的奶粉。

这是一段佳话，按下不表。

且说梅大娘和梅大爷一生生下五个儿女，个个成才。只可惜梅大娘中年的时候得了一个病——大脑中枢神经坏死，什么活儿也干不了了。

她的脑袋不受控制地摇晃不停。

梅大爷开她的玩笑："咱家无论什么事，你的意见只有一个。"

梅大娘口齿不清地问他为什么。

梅大爷说："问你啥你都摇头——不同意。"

梅大娘笑了，头摇得更厉害。

"怎么着？这你也不同意？"梅大爷问她。

她的头摇得更厉害。

梅大娘不能劳动，但依然持家。梅大爷的工资，儿女们未婚未嫁前挣的钱，一律交到她手里，由她统一分配。外边的人都不相信她能管好，可梅家的日子过得有条不紊。儿子娶妻，女儿出嫁，没有一个不体面的。

她有她的原则：自己不能开源，就得学会节流。

但规矩不能没有。

梅大爷是家里的主要劳动力，爱喝两口，吃饭必四菜一汤，铁打不动。

困难的时候，白菜丝一碟，土豆丝一碟，萝卜丝一碟，海带丝一碟；汤，一滴酱油三片葱花一碗开水。

日子好了，鸡兔鱼虾牛羊驴马菜蔬蛋奶，从不重样。汤就更讲究了。

后来，梅大爷卧床了，流食也得四样。只有汤免了——多吃一口流食啥都有了。

就这么一辈子。

过得挺好。

单　弦

街上有一家回族饭馆。

小萍经营这家饭馆是年前的事，算来算去，她待业已经整整八年了。小萍今年二十六岁，除了眉眼间的天真气荡然无存，其他几乎没有多大的变化。个子矮，身体还是有些虚胖，眼睛大而亮，头发又黑又长。

小萍的父亲在一家街道办的小厂当厂长，原先刚毕业那会儿，她父亲最大的心愿就是把她办到厂里去。小萍的身体不太好，大概是神经系统有些毛病。读书的时候，她病休在家就是常有的事，她的家人对她就有许多额外的照顾；她的同学也都是稚嫩得极富同情心的，经常凑钱买些水果去看她，一帮一帮的来了，又一帮一帮的走了，说说笑笑，吵吵闹闹，有时还在她家里吃牛肉面，一群人吃一锅还不够。

小萍待业在家，她的同学马长亮常常单独去看她。他是汉族人，长得秀气，能写一手好钢笔字，曾参加过全国的硬笔书法大展，拿过很好的名次。他爱戴一副平镜，使他的秀气之中又多了些书卷的味道。他家境贫寒，骨子里时时散发出一股凉气，让人觉得他不好接近。

马长亮有一辆破自行车，他来小萍家的时候就骑着它。小萍坐在窗口觉得没有多大意思的时候，就能听见马长亮的自行车丁零当啷地过来的声音。马长亮来她家总是很拘束，他坐在沙发上，很少大笑，很少大声说话，有时他喝点儿酒，话会丰富些，也会开一两句别人开剩的玩笑逗乐小萍。于是，街上的人就有了猜测，说马长亮有意于小萍，同学中也有一些人这样认为，只有小萍心里狂跳得厉害，不知承认好，还是否认为佳。

小萍刚待业时，虽然心里有些空落，但毕竟年岁小，才十八，空落之余，还会为突然卸下功课这个大包袱感到轻松和窃喜。她经常鼓动同学一起出去玩，张罗着买牛肉、买啤酒，联系车，到净月潭去野营，蛮浪漫蛮刺激的；他们到"地院"的熟人那里借来帐篷，在净月潭的水边点燃篝火，唱《让我们荡起双桨》那样的歌，日子过得还快活。可是两三年过去后，大家随着年龄的增长越来越实际起来，对小萍有时表现出来的过分的怜弱也逐渐淡漠，偶尔，几个上学时非常要好的女生还来看看她，后来，忙着谈恋爱了，来的机会极少。

小萍守在家里，上下都没个着落。

马长亮还是常客，依然对她表示着挺多的关心，托人从南方什么药厂搞来十几盒中药丸子，还约她一起到南湖玩了一次。只有他们两个人，租了一条船，往人多的地方拥挤，半个上午说了没有十句话。小萍的脸红红的，一阵一阵地发热。

马长亮在市政工程处找了一个临时工干，没黑没白的，和人一起抡大镐、挥铁锹。他用他自己挣来的钱，供他四个妹妹中的一个上了中专。他做得挺辛苦，挺有责任。夜里，他还不定期地找一些抄写的活儿，在精力充沛的情况下，为自己挣一点儿酒钱。

他也不知道他和小萍之间算不算爱情。

又过了几年，小萍已经完完全全是个老姑娘了，懒散之中，她也真正地开始为自己的生活着急。她不再以她的病为荣耀，人前人后总表现出一副健康向上的样子。她不再等待父亲为她努力的那个天堂，其实也未必是天堂。她找一个已在工商局工作的同学，办了副食执照，正正经经地和父母要了一间临街的房子，也做起了买卖。

她开的是副食店，除了卖其他小铺那些零杂物品，还设了青菜、水果床子，四季常青。她干得挺红火，好像一下子就挺红火。她的手头一天一天地有了钱。有一天马长亮来看她，她突然说："你还不结婚？"

马长亮一下子呆了。

马长亮说："你不是也没结婚吗？"

小萍的脸红了。

小萍的母亲进来说："是啊，你瞧你们两个，你们同学谁像你俩？小萍必须找个回族的，困难点儿。你呢？年纪不小了。哎，你们呀，尽让爹妈操心。"

小萍和马长亮的心好像一下子开通了。

唉！其实世上的事还不都是这样，又能有一个怎样的结果呢？

他们绝口不再提婚姻的事，他们还是好朋友。

小萍在自己副食店的旁边又开了一家回族饭馆，挂了四个蓝灿灿的幌子，请了正宗的清真师傅，手艺不是一流的，但纯正，顾客盈门。因为小萍在家行三，所以街上的一群小子就叫小萍三姐，三姐三姐的，很快就叫出了名。原先的同学，有一些又来走动，依旧非常亲近的样子。只有马长亮还像从前，隔一段时间就来看看小萍，有时，还坐在小萍店里靠窗的位子上喝酒、吃酱牛肉，小萍从来没听他发出过一声叹息。

时光就这样慢慢地流。

像一条河。

工　笔

十年前的那个黄昏算一个结点。

那之前，闫桂芝一直认为自己有一个幸福的、令人羡慕的家——她自己虽然只是新华书店的小职员，卖书，但自己的丈夫却是小有名气的画家，在市画院工作，所谓工作和事业、爱好一致的那种，专业画家，每天除了画画就是画画，参加展览，偶尔也出去讲讲学。

更早些年，丈夫画连环画，很受出版社的欢迎。20世纪80年代的时候，一本连环画的稿酬两千元左右，这样的额外收入，可不是一般的家庭能比的。新华书店旁边开了一家"红房子"西餐厅，在那个年代，有几个人能去西餐厅消费？

闫桂芝成了这个城市最早一批喝咖啡的人。

她个子高，喜欢穿风衣，扎一条米黄色的纱巾，再加上长筒靴子，也是风姿绰约。

她和丈夫有两个孩子，都是男孩。她持家，管着丈夫和孩子，对自己也不苛刻。每个周末，全家都要去外边吃一顿饭。除了红房子，还有绿房子、蓝房子，市里每开一家特色餐厅，他们全家都去品尝。

他们的生活在同事、邻居、朋友之间都成了一种标志。

就这么恩爱着，到接近退休的年纪，可谓一切都安全的时期，她发现丈夫出轨了。这个时候，他们的孩子大了，都独立了，没有后顾之忧。他们已经购置了新房子，准备把老房子重新装修一下，当成丈夫的工作室，供他休养生息。丈夫的画有了明确的标价，两万一平尺，虽然有价无市，但身份却鲜亮亮地摆在那里。

那一天，她趁午休的时候，离开单位，开车来到老房子楼下。她买了几样东西，都在后备厢里拉着，跑了好几天，今天准备卸下来。这些东西都是买给丈夫的，大到松花石，小到笔洗，整批的宣纸，私人定制的墨块，这些，她一个人都能搬得动，她要把它们精心地安置下。

首先抱着石头上楼。

不高，二楼。

然后开门，准备换鞋。

异样出现了！

门口已经有了两双鞋——一双是丈夫的，她认识；一双是女人的鞋，跟儿特别高。丈夫的鞋是经她手买的，一眼就可辨识，另一双鞋却不是自己的。她因为个子高，为了不把丈夫比下去，从来不穿高跟鞋，所以，这双鞋是陌生的，是……她一惊之下，不敢想下去。

接下来，看见两堆衣服。

一堆是丈夫的。

另一堆是……

她的头皮一下子就炸开了！

她声嘶力竭地呼喊丈夫的名字，把丈夫赤条条地从卧室里喊了出来。那丈夫也不搭话，直接冲过来，抱起她，一起滚进另一间小一点儿的卧室里。方厅接下来传出哗哗啦啦赶赶咐咐的声响，之后，一切归于平静。

撕扯中，她瞥见了那个女人的侧影。

似曾相识，又不能确认。

丈夫扑通一声跪在地上，一边打自己嘴巴，一边祈求她原谅。

她整个人都崩溃了。

接下来的日子，是哭，是闹，是大片大片的伤心和委屈，是瘫落一地的无助和绝望。她大病一场，头昏眼花，嘴唇、舌头都起了大泡。她持续发烧，不明原因，忽而三十七度，忽而三十九度八，低烧的时候沉默无言，高烧的时候一连声的胡话。两个儿子都吓坏了，儿媳更是六神无主，问父亲，父亲只是一脸羞愧，没有勇气道明原委。

这一病就是二十几天。

等病好，准备出院了，她问："谁？"

丈夫诺诺半天，不肯说出对方的姓名，只说："我错了，一切后果我承担。"

她凄苦地笑了。

丈夫以为她会提出离婚，但是，她没有。丈夫表示可以净身出户，她沉默半晌不吱声，掸掸身上并不存在的灰尘，又恢复常态似的去忙自己的事情。

一晃，她和丈夫都退休了，日子和从前一样平静。

退休之后，丈夫提出一起旅游，建议她上老年大学，当然也可以去打打麻将，跳跳广场舞，和老姐们儿做做美容……她都不置可否。就在丈夫无奈至极时，她向丈夫提出要求，和丈夫学画画，画工笔。

这不是手掐把拿的事吗？

丈夫欣然同意。

从那以后，她师从丈夫，学工笔，专攻侍女。

画了一张一张又一张，画了一年一年又一年。从最初的狼奔豕突，到最后的画龙点睛，她的侍女图在行家眼里也称得上有格调、品位，一般的欣赏者更是一画难求。从头到脚，从领到袖，从裳到裙，从鞋到袜；额头、眉目、口鼻、脖颈、手指、腰、足；倚楼、凭窗、回眸、凝视、俯首、昂头……笔笔周到，思路清晰。

终于有一天，画了一张像，送到装裱店里裱好，在丈夫生日那天送给丈夫，也当作"蓝宝石婚"的纪念。

结婚四十五年，他们也七十岁了。

丈夫展开画，只看一眼，就一屁股坐到椅子上。

"是她吧？"她问。

丈夫无力地点点头。

她叹了一口气，说："画了十年，终于找到她了。"

七十岁，她和丈夫离婚了。

北中原记事（三题）

冯　杰

扎顶棚

扎顶棚，是北中原一种修饰房子的民间手艺活儿，全靠手下功夫吃饭。随着三合板、五合板、宝丽板、不锈钢、玻璃、水泥、木地板、马赛克、壁纸、塑料这些装修元素大量介入乡村，扎顶棚手工艺已经边缘化，逐渐失传。即便在偏僻乡村，新房子盖好也没人去扎顶棚了。

老田是田庄村里扎顶棚的能手，大家称老田为"顶棚田"。

有一年冬天，父亲把他从乡下请到我家，让他给我家在县城郊区盖的三间新瓦屋扎顶棚。窗外飘着细雪，大家先在屋里喝了一桌。因为是冬天，老田提的唯一条件是：只要有酒喝就行。后来又说自己一个人不好照应，看我闲着也没事，要让我"打下手活儿"。所谓的打下手活儿，无非就是在下面搬搬梯子，移移凳子，糊糊糨子，割割报纸，递给上面的老田糊檐，节省他在架子上面上来下去的时间。

哪知到了具体工作时，老田却在梯子上面不说业务，只不时叫"上酒，上酒"，让我不停地往上递酒葫芦。

那一年多雪，我父亲拿出多年的积蓄，又在亲戚帮助下才在城郊盖了一座青砖瓦房。

我负责给老田送饭，吃喝都在这一座青砖瓦房里。

老田干起活儿来专业精到，竹刀穿梭，只听到一屋子沙沙的割纸绳子的声音。顶棚扎得规矩工整，仰望上面，像一张写大字的九宫格纸。他先固定几根竹竿做龙骨，再使用芦苇秆子横竖交叉，苇秆用纸绳子系扎，一格一格，方方正正。均匀搭好后，开始在上面按顺序摊开一张张芦席，他再下来端详一下，看到有一张不平，从下面用棍子顶一顶往前赶。老田有职业标准，必须让眼睛达到舒服为止。待顶棚四周边沿用报纸糊严实，阳光一照，干干净净，一室亮堂。

最后还谦虚地问我："再看看，哪张席子不平？"

我看不出来。

我说："田师傅，我考不上学跟你学扎顶棚吧。"

他在上面喝一口酒，说："你不嫌丢人你爸还嫌呢。"

有一天，我借了邻班马新明同学的一本大仲马的《三个火枪手》，这书看者太多，翻得破破烂烂，到我手里时已经像一只翻毛刺猬，就差在地上滚动了。我敢说，即使掉到地上也不一定有人去捡。第二天返回学校，我才想到《三个火枪手》忘在瓦屋里了。

小城下了三天雪。三天后回来，老田已把一间瓦屋的顶棚扎好收拾干净，《三个火枪手》咋找也找不见。问田师傅是否看到《三个火枪手》，他一脸疑惑不解。我抬头一看，扎好的顶棚上纸的颜色很熟悉。原来，一页一页都爬上了顶棚。

这老田大爷，竟然把我的《三个火枪手》都糊到顶棚上去了！我慌得直冒汗。

老田道歉说："你拿来的报纸用完了，外面又下雪，怕耽搁干活儿。俺识字不多，只觉得那本书太破了，以为是你拾来的破书，留着也没啥用，为了紧手赶活儿，俺就一口气都糊上去了。"

他看到我焦急的模样，又逗我说："要不，我再上去给你都揭下来。"

要不是他和我爸平辈，我肯定开骂啦。现在，我该如何给同学交代？

老田回乡下老家换洗衣服了。晚上我一人住在空屋里看门，没事可做，心里惦记着小说的情节和结果。对书虫而言，书瘾发作也不是一件啥好事，如同老田的酒瘾。我只好搬动那一架梯子，从东墙搬到西墙，举着手电筒，一页页地去找那三个神出鬼没的火枪手。

法兰西的天空页码交错，时空转换，云彩和海浪重叠，情节自然也随着交错，出现不同的结果。因为老田的匠手安排，有的枪手竟然提前中弹了，有的则死而复生。一道手电筒光柱在三个火枪手之间照耀。我仰酸了脖子。法兰西，可怜的大仲马！

老田和我父亲是多年熟人，这活儿干得近似义工赞助。速度慢慢腾腾，顶棚却很扎实。有时老田家里有事，还要不时回去干农活，加上其他应酬，三间瓦屋的顶棚竟然断断续续扎了两个多月。死了三个火枪手。

冬天雪下得出奇地紧，把我手都冻肿了。老田最后没算工钱，酒倒是喝了一件十二瓶，完工后我父亲又送酒一件。是县里南关酒厂产的老白干，小名叫"一毛辣"。红薯干酿造，货真价实，醇香四溢。顶棚上一直留着酒香，绕梁三日。

过去多年，我在小城集会上，见到借我书的那位小学同学马新明，他留着"大背头"。马同学早成了一个包工头，开有四五家装修公司，还是历届县政协委员。在县城里买了几套房子，郑州、新乡都有房子。钱多，开始烧手了，对我也不见外，炫耀说，还有一个小媳妇，没领证，在一块儿过日子。

说起他家里豪华装修的事，他想让我称赞一下，我忽然想起旧事，问他村里"顶棚田"这个人。老田和他在一个村。

"马大背头"一怔，想了想，说："老田啊！田万五早就不在了。老田喜欢喝酒，好些年前在村里扎顶棚，喝多了，从木架子上一头扎下，摔残坏了，卧床后再也没有起来，几年前死了。再说，现在谁还扎顶棚？你家还扎吗？有空看看我家装修的……就差你的字，给我写个'厚德载物'吧。"

姓冯的樱桃

我老师说过箴言："要想让一个人贫穷，就让他去写诗，譬如你。"

我周围大部分诗人都是合作出版，出版社怕出诗集赔钱。我做文学梦是二十二岁那一年，背着母亲，搭车到兰考印刷厂，私自印了一千本没有书号的非法诗集，卖了三十年还没卖完。

我的一位冯姓同宗，也是诗人，出书两本，属以下类型：一、暧昧不清的香港书号，自找印刷厂；二、有不知转手几次的"远方出版社"。远方在哪里？反正很远。爱情价更高，远方路更远。两种相同的一点是，都需要钱。

我刚调到郑州那年，他来找我。他说他也姓冯，也写诗，和我是同乡。

他有原名，改名冯筝，好风相送步步高升的意思。他说历史上姓冯的文人多，有冯延巳、冯梦龙……越说越远。然后说到了诗歌，如酒精点燃。他开始给我背自己的诗：

当大地的曙色来到人间
我满怀玫瑰色的理想

历史上两个诗人第一次见面就背诗是相信对方，诗很长，我只记得头两句。好不容易听他背完，他说还要背诵第二首，我不好拒绝。他紧着问我："好听吗？"

我说好听。

还有一个例子，让我这专业作家也感动。那一年他为了纪念南京大屠杀遇难同胞要写一部长篇叙事诗，名字叫《长夜，长夜》，一人买票搭车到南京，晚上为了省钱，在车上站了一夜，其他日子则是带一方凉席在立交桥下凑合过夜。

那年省作协研讨作协会员入会的事，我作为评委，犯了一点儿私心，把他执着文学的奋斗史夸张地说给大家：这样的基层作家，不应该鼓励鼓励吗？有位评委马上驳斥：文学不是救济。我说只当救济我啦。大家齐笑，说，只当听你说相声吧。

这一年，他光荣地加入省作家协会。

本是善心，哪知害了他。那年去他家，他妻子见我便埋怨，自从你给他操办个啥作家证，他一喝罢汤就把那黑皮证放在桌上，看着傻笑，睡觉时放在枕头边，写诗劲头儿更大啦。你在省城门路广，就不能教你哥一点儿正经的致富门路？眼看大儿要结婚，院墙缺口还没垒，张着大嘴。

她手一指，院中有一段倒塌的墙。

我有点儿内疚，为自己开脱："嫂子，我也是个书呆子，儿子也待业，我也不想求人，只会在字里横冲直撞。"我狡辩说："看我哥就这点儿爱好，他又不外出洗脚按摩，吃喝嫖赌，笔下全是歌颂人民，上哪儿找这良好习惯。"不说还好，一说她又上火："你少打圆场。看看全县，哪个清亮的人在写诗？"

在县城以后的文艺日子里，他每出一本诗集都亲自送给我，题上"杰兄覆瓿"，说这还是跟我学的，古称，雅称。我说寄来就行了，搭车花费大。他说，我就想和你一同感受一下文学气氛。我便不敢再深入。我一细算，十年出了三本诗集，一本至少花一万元，加到一块儿也是个荒唐的数字。

他出第一本诗集时，妻子说，为了满足他，算是忍了。后来他又要借钱出诗集，妻子便恼火了，老婆孩子全家联合反对，议会不获通过。妻子说，知道你会写两行诗，出一本过过瘾就算了，哪知你不知好歹，把写诗当正事儿啦，钱都用到抒情上，念出来大家还听不懂，日子以后还过不？

劝架时我没敢说话，他妻子是一位农村妇女。

第二次来，他拿出两本诗集，问我如何开作品研讨会。我实话说怕伤他心，还是想打消他的念头。我说开研讨会分大中小三种。想弄大在北京，请相关评论家、媒体，发红包、车马费，报纸买版面，花销大；中等是在市里，我来组织人马，友情出场，中午大喝一场，让你听些花言巧语；小的你在县里，把你亲戚拉上，我作陪。我说，要是有人赞助更好。

他说，我背着老婆攒了一万块钱，够吧？

我一阵沉默。这钱在郑州还买不到一平方米房子。我说先给你家院墙垒一下。

送他时，穿过大厅一面杜甫青铜浮雕，面带铜色的老人家正行走在唐朝的秋风里，题识是刚去世的书法家陈天然书迹：月是故乡明。

一年后传来消息，诗人死了。

我想起来那一年春天，我第一次到他在县城的院子，院墙张着大口，远远看到院里一棵樱桃树。满树樱桃，两只伯劳在偷吃，诗人一来，便像两个句子一样惊飞了。

百里香驴肉

进入冬天，全县人民掀起一阵吃驴肉的高潮。

一面街的张世龙以卖烧鸡见长，卖了十年，忽然贸易调整，不卖烧鸡了，开始卖驴肉。亲戚们说，别人都是扬长避短，老张卖驴就是扬短避长。细数一下，张家的七大姑八大姨都卖烧鸡，名声有"卫河烧鸡第一家"之称。张世龙坚持己见，说自有绝招，大家说他是"羊群里跑出一匹驴驹"。

私下里，他说"鸡群里跑出驴"更准确，他还谦虚地说是媳妇出的主意。

后来我知道，张世龙做生意不故步自封，敢创新，这一绝招不亚于驴腿上的那一枚"夜眼"。他先雇来十个人在全县张贴广告，每人一天开五十元工钱。对比一下便可知这标准不低，在工地搞建筑也顶多这个标准。他要求十个雇工在全县电线杆上、街道两旁张贴广告。

三天后，有人用微信来发广告。我一看乐坏了。后来在县文联写作班上讲文学的新鲜性还用作了范文。我说，这题材写得，会让省文学院里的中国作家协会会员气个半死，包括我这虚张声势的副主席。

多亏了张世龙的职业是卖烧鸡、卖驴肉……他在广告中先不说卖驴肉，他先说离婚。

离婚协议

张世龙，你个小王八蛋，当初你追老娘的时候，你是咋说的？天天说要给我买好车，在道口镇上买套房，在安阳买套房，要吃香的喝辣的，如今老娘我都嫁给你六年了，哪一件你都没有兑现。

我跟你说吧，车子啊房子啊我娘家表哥已经帮我搞定了，带我吃点儿我喜欢吃的，你总可以做到吧？夫妻这么多年了，你也知道我平时喜欢吃驴肉，更喜欢吃驴肉火锅，可别说我不给你机会。

娘家表哥说道口镇顺河街西边一百米有一家叫"百里香"的驴肉火锅特别好吃。张世龙，你个小王八蛋，这是给你的最后机会，不带我去吃驴肉火锅，明天老娘就和你离婚。

百里香驴肉预约电话 0372-5501×××× 转隔壁

广告一贴出来，起了化学反应，大家先是当趣闻笑谈，随后有说去试试真假，说不定是赵本山导演的一出戏。

结果，百里香驴肉火锅马上热闹起来，那一匹匹驴子似乎也活了。友人略懂幽默，来店里劈头就问："谁是张世龙？他来过吗？"

站台的服务员一本正经，答道："来过。"

孙百文作为一本地文人，把这事情编到一个公众号上面，许多人看后大笑，大家都当成一段相声来听。卫河直通天津，说比天津的马三立都搞笑。本来属于艺术范围，孙百文偏偏求证说，张世龙的媳妇是他家表妹。

那一次县文联组织一个北中原散文家培训班，要我讲写作方法时，我举了此例，说是乡村文字的"欲擒故纵之法"。先说离婚，再说驴，最后做广告。写作也是这样，当他人都卖烧鸡时，你要卖驴肉。当他人都去写某一种司空见惯之对象时，你不要去凑热闹，要出新，要卖驴。

第 2 辑

人生几何

一块猪肉

毕飞宇

到了六月，学制两年的初中生毕业了。一件重大的事情摆在了父亲的面前，他必须推荐上高中的学生了。那时候的升学不用考试，是推荐，上大学都是这样，更不用说上高中了。

做过教师的人都知道，任何一个教师都是偏心的，他有他的心肝宝贝。他能做的只是尽量公正。但是，在私底下，他不可能绝对公正。

在父亲的班里，父亲最喜欢的一个学生叫黄俊祥，他来自一个叫金崔的村子。父亲每一次见到黄俊祥脸上都有笑容，这是很不容易的。父亲在我的面前都很少笑，他严厉和缺笑的面容方圆十几里都很著名。

黄俊祥最出色的一件事是写作文，这是父亲喜欢他的根本原因，哪一位语文老师不喜欢作文好的孩子呢？我从小就喜欢看父亲批改作文。我读过数不清的作文，我读过数不清的批语和评语，这对我的未来是有帮助的。它帮我建立了标准，什么是"好"，什么是"不好"，父亲的批语和评语在那儿。

父亲批改作文很敬业，也严厉，任何一点儿"逻辑上"的谬误或语病都逃不出他的眼睛。他的批语才华横溢，苛刻里头有幽默，类似于上海作家陈村先生的"促狭"。说到底父亲还是过于无聊了，他很享受他的"文学评论"。父亲是严格的、吝啬的，很少在批语或评语上表扬学生。

但父亲在赞许黄俊祥的时候不甚冷静，常用"好"和"非常好"这样的短句。在我还不知道"黄俊祥"是谁的时候，我就熟悉他了。他的钢笔字也很漂亮，一句话，在父亲眼里，黄俊祥哪哪都好。

父亲还做过一件夸张的事情，把黄俊祥的作文拿出来，专门读给我的母亲听。后来我就认识黄俊祥了，高个子，很帅——你要相信的，老天爷并不公平，在校园里头待了那么多年，我就没见过学习很好而相貌猥琐的学生。

不幸的事情还是发生了。父亲送出了他的高中生推荐名单，黄俊祥所在的大队——金崔，也送出了推荐名单。这个名单有出入，一个有黄俊祥，一个没有。

在父亲的教师生涯里，最紧张的一件事就这样来临了。

我相信父亲没有预料到这样的结果，他去了一趟金崔大队，带回来的消息很不好。黄俊祥的家庭成分有些"小问题"，要不就是黄俊祥外婆的家庭成分有些"小问题"。但是，即使是 1972 年，还是有一小部分家庭成分"有问题"的学生获得了上高中的机会。黄俊祥为什么就没有呢？他被人"顶包"了。父亲很不甘，开始了他的努力。

我不想说父亲有多善良，我只想说，所有的教师都有一个基本心态，希望自己的学生，尤其是自己所看好的学生能有更好的发展。有些学生继续读书是没有意义的，而另一些学生，一旦得到同样的机会，会把自己塑造成另外的一个人。教育就是这么回事，永远是这么回事。这不是不公平，相反，这才是公平。

一连好几个来回，形势都不容乐观，父亲越来越沉郁了。黄俊祥的老父亲终于出面了，他来到了我家，把他所有的希望都寄托在我父亲的身上。他笨拙地说着"好话"，希望能感动我的父亲。父亲呢，也一直在说"好话"，一次又一次地表达他对黄俊祥的喜爱。我坐在一边，心里头已经很清楚了，父亲是"没用"的，他的任何意见都不可能成为"决定"。父亲也表达了这个意思，就差说"我没用"了。

但是，绝望的人就是这样，他盼望奇迹，盼望最后的一根稻草能够提供足够的浮力，好让他慢慢下沉的身躯再一次浮出水面。黄俊祥渴望上高中，他在家里也许已经失去了理智，他在逼他的父亲，他的父亲只能来求我的父亲。黄俊祥的父亲勾着腰，笨嘴笨舌，却也竭尽全力。

大概就在发榜的前夕，一个大清早，我打开家门，突然发现我家的门扣上挂着一块猪肉，两斤左右的样子。虽说只是一个八九岁的孩子，我马上就知道了，这块肉是黄俊祥的父亲在天亮之前送来的。这是他最后的希望了，他一定看出来了，唯一愿意帮着他儿子说话的，只剩下我的父亲，他依然没有放弃，在做最后的挣扎。

我至今还记得那一天的情形，我们一家人都在回避那两斤猪肉，家里的气氛很沉重。我估计我的父亲一直在盘算：如何处理这两斤猪肉呢？退是没法退的，因为你根本不知道这块猪肉是从哪里来的；不退也不行，因为我们都知道这块肉是从哪里来的。心知肚明而又无法言说，这大概是人生当中极为纠结的一件事了。

天气太热，一块猪肉是不能存放太久的。扔掉？这是不可能的。我敢肯定我的父亲想都没有这样想过。在1972年，没有人会做出那样疯狂的举动。傍晚，父亲决定了，他让我母亲拾掇那块猪肉去了。

孩子都是馋嘴的。但是，即便馋成我这样，我在吃肉的时候依然有罪恶感。"罪恶感"这个词在当时是不存在的，一个孩子对自己的内心活动不可能有那么精确的命名能力。但是，我心里头极其别扭，这是真的。整个晚饭都非常别扭，这也是真的。这就是为什么我至今还记得这顿猪肉的根本原因。但我说"罪恶感"一点儿也没有夸张——后来我见过已经成为"社员"的黄俊祥，我选择了回避。

我估计我的父亲也有罪恶感。我这样说当然有依据，他一直在创造机会"补偿"黄俊祥，没有罪恶感的人是不会那样的。机会终于来了，就在第二年的秋天，我的父亲专门把黄俊祥"请"回了学校，父亲让黄俊祥给在校的学生做了一次报告。这个报告我没有听，我知道黄俊祥会说什么：没有上高中，一样可以为国家做贡献——就像毛主席所说的那样："广阔天地，大有作为。"当然了，这个"广阔天地"不包括工厂、部队、学校、商店。它是农田，它只是农田。

这么多年过去了，公正地说，父亲是不该愧疚的。他把三个孩子养大已是不易，他又能有什么"用"呢？在最困难的时候，他的大女儿退过学；他的二女儿和他的小儿子是小学里的同班同学，为了避免两个孩子同时"推荐"上初中，他只能让他的小儿子在小学五年级选择留级。对自己的孩子他也只能如此——他又有什么"用"呢？

我不知道黄俊祥现在在哪里，他也是年过半百的人了。兄弟，你还好吗？我的父亲没有能够帮助你，我在这里祝福你的儿女，祝福你的孙辈。最重要的是，如果你能读到这本书，我想告诉你，作为你的老师，我的父亲，他真的非常非常喜欢你，你要原谅他，耽搁你的真的不是我的父亲。

我们有机会见面吗？我多么希望我们能够坐在一起，好好吃一顿猪肉。

大洪水

安石榴

松花江决堤了！起初，冲出来的水，可着街道那么宽，贴着地皮一条线平推，像有人赶着它们似的，吱吱跑——其实没有什么声音，但它的速度、气势，就仿佛配着声效一般，每个奔跑的人耳朵里都汹涌着轰隆隆的水声，也可能是心鼓猛烈的敲击声，或者是嗷嗷大叫的喊声。洪水可是眼瞅着就追来了。老丫儿和妈妈掉转头往回跑——她们本来是去看江水的，担忧嘛，每天都去看的。这天还没到江边呢，就跟着人群往回跑，刚跑了几步，水就追到了脚后跟。然后，水就没了脚脖子、腿肚子了。都在跑，在叫，有人大哭起来，就像遇到了鬼，乱得不成体统。这时候老丫儿看到爸爸迎面跑来，她并不知道爸爸是怎么跑出来的，反正她看到的别人都是背影，爸爸却迎面而来，只有爸爸一个人迎面而来。爸爸一把抓起她，拉着妈妈跑回家，进了屋，把老丫儿放在炕上，水就跟着上炕了。就这么快。

老丫儿吓哭了。或者说这时候她才哭出声来。她连滚带爬跑到墙旮旯，后背抵进犄角，两只胳膊屈在胸前，小手儿抓挠着纠结在一起，浑身哆嗦，哇哇大哭。老丫儿九岁，又瘦又小，看起来也就六七岁的样子。小小的人儿，哭得上气不接下气。

爸爸把八仙桌扔到炕上，猛地推了一把，让它靠在间壁墙上，妈妈爬上炕抓起老丫儿把她放在八仙桌上。做这些的时候他们一句话都没说，就像洪水是一瞬间进屋，他们的配合和应对也是一瞬间就完成了。他们都没有哄哄哭闹着的老丫儿，他们什么都来不及，什么都顾不上。从洪水中拔出腿来爬上炕的时候，妈妈才低低地发出一声："天哪！"

这一年是 1932 年 8 月 7 日，松花江边一个叫马家船口的地方。隔岸就是哈尔滨。这一年从 7 月开始，连续下了 27 天雨，松花江决堤，洪水泛滥，一度在街道上掀起十几米高的大浪。从此以后，历史留下了一个名词解释：哈尔滨大洪水。

不是没有防备，爸爸早就在房门前修砌了一座弧形小坝，还多灌了几个砂石草袋子预备着。小坝只有爸爸的膝盖高，最终洪水越过了它。

此刻浪头消失，洪水与老丫儿家的炕持平。

老丫儿的家是一块幸运之地，在一处高岗之上。这一片高岗与洪水在这一刻平衡下来或者说进入对峙。没有人知道它就此停下脚步还是正蓄势待发。

那是个不眠之夜，老丫儿最后睡在了桌子上。爸爸妈妈加高了小坝，淘了一宿水。老丫儿早上醒来的时候还在桌子上，她看见炕上堆满杂物，屋里没有水了，留下黑兮兮的污迹。没有看到爸爸妈妈，她悄悄爬下桌子，站在窗台前向外看。

老丫儿吃了一惊。

窗外白茫茫一片，从前密密麻麻的房屋、街道、树木都不见了。几棵榆树的树冠黑乎乎地在水中荡悠着。老丫儿打了一个冷战，呆了一下，一时间恍惚起来，仿佛她来到了一个新地方，自己从来没到过的地方。她往前抻了抻脖子，看清楚极远的地方有几块木板木方从水中支棱出来，竖着或斜插天空。

爸爸拖着一条小船，蹚着齐腰深的水，向家门口走来。老丫儿喊，妈妈！妈妈擦着手从外屋进来，又马上反身出门，帮着爸爸把小船拖进屋里。

这是一条小木船，第一眼看起来还不错，的确是一条船。老丫儿坐过这样的小木船，曾经在爸爸的帮助下划过小木船。老丫儿走近小木船，船底一个狭长漏洞赫然入目，船壁上还有另外至少三个破洞。老丫儿突然洞悉了真相似的，指着破洞"哇"一声哭了。妈妈把她抱起，她扭脸睁大了眼睛看爸爸，泪珠像是受到一股力量的拥挤，一颗一颗迸发，成串滚落，两只眼睛似乎更黑更大了，它们直直地盯着爸爸，一动不动。爸爸说："老丫儿别怕，爸爸一会儿就修好，给老丫儿修一个结结实实的小船！"老丫儿陡然减弱了哭声，眼睛还是不肯离开爸爸。

爸爸进里屋，从一个旧箱子中翻出来一团麻，又去厨房取来猪油，端来半盆石灰——爸爸笑了，对妈妈说："我还怕找不到石灰呢，寻思别是早就使完了，一点儿没剩。"爸爸把麻撕开，放到盆里，兑上猪油，上手和。全都和匀了，他开始摔打。盆子里的东西起初平摊在盆底，粗糙、松散、破裂，摔着打着，它们逐渐凝聚、均匀，渐渐润泽，慢慢有了形。爸爸继续摔打它，它从扁圆形变成方块，再被压成长条，又团成球，就这样反反复复。然后，爸爸把它抓在手上，举起来，递到老丫儿跟前，说："闻一闻，揪一块。"老丫儿凑上去，她闻到一股味道，可她并不知道那是什么味道，抓在手上又滑又腻，她一块儿也没能揪下来。爸爸呵呵笑出了声，回到小船前，把手中的东西捏成一根一根的长条，填充在那些狭长的破损和块状的漏洞里。他用一根木勺柄压实，全部压实之后，再重新填充。这一次，他没有用木勺柄压平，而是用手抹，不断地向外抹，一直抹到没有破洞的地方。然后他说："妥了，嘎嘎结实，啥都不怕了！老丫儿，你就说吧，想上哪儿，爸爸划船带你去。"妈妈问："能沾水吗？"又自言自语："许是不行吧？"爸爸瞪了妈妈一眼，又看了看老丫儿的脸，说："怎么不行？好着呢！什么水啊火啊，它现在啥都不怕。"他洗了手，点燃一根烟，接过老丫儿，坐在一个矮凳上，爷儿俩一齐看着它。

那的确是一条船了，至少看起来是那样。

接下来的一整天，爸爸除了出门瞭水，回到家里就守在小船边抽烟。

几天之后，老丫儿爸爸去城内办事——他得先去当铺，再去找吃食，天黑了还未归。家里只有一点儿捞饭，不大够吃。要是给爸爸留出一份来，另两份就更没有几口了；如果三个人一块吃，倒是能匀出三碗来。妈妈怕老丫儿喊饿，就打发她坐在门边儿等爸爸。

洪水退了些。老丫儿坐在门口一个木架子上。星星开始闪烁。不知道是不是地上的水太大太多,映衬得天上的星星透亮透亮的。天空那么蓝,那么远,那么深,好像也有一条大江,大倾大斜在天地之间,却真的不知道是自天垂落而下,还是从地上腾起狂奔向苍天大肆铺展。好看,却冷,还让人害怕。老丫儿把腿收到木架子上,身子伏低,张开双臂搂住腿将自己揽在怀中,挺起下巴,整个脸仰在夜空之下。一股小小的夜风撩乱了她几缕头发,她没有管它们。她痴痴地望着天空,望着那无边无际、又深又远的蓝。然后,老丫儿听到了爸爸的脚步声,声音越来越近了。老丫儿颤声问:"爸爸?"一个深沉的声音传来:"嗯。"

小船还在屋里。爸爸没用过它,从来就没用过它啊。

很多年以后,老太太讲起这个故事时总会说:"我家小船有双桨。我爸爸说了,老丫儿,双桨小船稳当,你想把它弄翻它都不翻。"

她从来不曾怀疑过爸爸的话。一辈子都没有。

二叔的擀面杖

阿 成

二叔退休前是国际饭店的面案师傅，一辈子单身。至于他为什么终身未娶，我从没听他讲过。年轻的时候，我不太注意尊重别人的隐私，便试探地问他："为什么不找个女人呢？"二叔冲我一笑，便没了下文。

我跟二叔的感情非常深。我父母很早就过世了，我念小学就跟二叔一起生活，由于我的学习成绩不好，经常排在全班同学的最后一名。开家长会的时候，老师严厉地对我二叔说："难道让你的侄子毕业以后跟你一样去当一名厨子吗？"二叔睁大了眼睛吃惊地问："你怎么猜到的？"老师听了扑哧一声笑了，说："好了好了，我懂了，我全懂了。"

跟二叔在一起生活，他从不训斥我。邻居们看他如此放纵我，就说："打到的媳妇，揉到的面。你怎么不管管你侄子呀？"二叔说："那是打到的媳妇，没说打到的孩子。孩子能和面一样吗？"邻居说："啥也别说了，水旱黄瓜俩味儿。毕竟不是你亲生的。"

老师经常当着全班同学的面说："丁金刚同学朽木不可雕也，烂泥扶不上墙。"还笑着说："不过呢，丁金刚同学的叔叔是厨子，毕业以后他也要去当厨子。所以学习的好坏对他来说并不重要。但是咱们班的同学不是每个人毕业以后都要去当厨子。我的话听懂了吗？"同学们齐声回答说："听懂了。"然后老师叫我站起来，问："丁金刚同学，你是不是也这么想的？"我笑呵呵地说："是。"老师狐疑地看着我，但很快平静下来，说："希望你将来当一名优秀的厨师，像你二叔一样能够做出漂亮的面点。"我说："肯定。我会用面做一朵漂亮的桃花。"全班同学听了都笑疯了。老师并没有笑，只是用恶毒的眼光看着我，他觉得那是一柄锋利的剑，但是在我看来却像温柔的抚摸。

高中毕业以后，我以优异的成绩考上京城的一所有名的大学。我十分喜欢中国的面点，可以说是世界上最好的面点，馒头，饼，包子，花卷，面条，等等，全部一级棒。大学毕业后我就选择了创业，开了一家桃花食品有限公司。公司做得很好，很扎实。我把二叔接到了京城和我们夫妻一块儿生活。我夫人一下子就被二叔做的面点给迷住了。

二叔退休后跟我们在一起生活，一切都很正常。只是有一件事让我百思不得其解。在一个桃花盛开的夜晚，二叔突然跟我说："桃花，我想回一趟老家。"我问："咋啦，想自己的老屋了？"他说："不是。我有一根擀面杖落在老屋里了。"我吃惊地说："二叔你不是开玩笑吧？咱们公司什么样的擀面杖没有？你随便挑。"二叔说："不一样的。"我憋住笑问二叔："金的吗？"二叔说："金的。"我说："二叔哇，你回去就是为了取一根擀面杖吗？"二叔点点头。我仰头想了想，战士爱枪，骑兵爱马，面点师爱擀面杖。合理。我说："二叔，我陪你一块儿回去。"二叔说："我很急。"我说："好。咱们急事急办。明天早晨就坐飞机回去。擀面杖是厨师的灵魂嘛。"

回到卧室，妻子强忍住笑："公司的人要是知道你为了一根擀面杖坐飞机回老家取去，大家会怎么想？会不会认为你精神有什么毛病？"我说："擀面杖咋了？擀面杖是我二叔的灵魂。况且它还是金的。"媳妇儿睁大眼睛问："真的吗？"我说："你呀，什么都好，就是没有幽默感。"

二叔的擀面杖是用一个印花的土布包着的，二叔珍惜地看着，抚摸着，眼睛里还闪烁着泪花，然后抬起头腼腆地看了看我，说："她叫桃花。"我问："谁？擀面杖吗？"二叔说："不是擀面杖，是这根擀面杖的主人。当年我从老家出来的时候，她一直把我送到村子口。"我说："难道她的名字跟我小名一样都叫桃花吗？"二叔说："桃花说这根擀面杖她天天用，送给我做一个念想。"我说："可真朴实。没送你手帕或者布鞋什么的？"二叔说："那时候人都穷啊。不穷咱们爷儿俩能走吗？我就冲着桃花送给我的这根擀面杖才立志做了面案师。后来凭手艺好，一直干到国际饭店。"我说："二叔，那你为什么不去找她呢？管她桃花、梨花、杏花，把她弄到手再说呀。"二叔说："说话文明点儿，怎么跟长辈说话呢？我是想把她找回来，可我回去的时候她家已经搬走了。"我问："桃花她知道你在哪儿吗？"二叔惆怅地说："当然知道。你想想，还有比国际饭店更好找的地儿吗？"我说："这么说她已经成了别人的老婆了呗。"二叔说："不仅是别人的老婆，听说她生了四个娃，三个丫头，一个小子，她儿子的小名跟我一样叫留柱。"

忘说了，当年我拿到大学录取通知书的时候，在街上碰到了我们的小学老师，他说："当初我就看出来你是一个有出息的孩子。"我睁大了眼睛问："真的呀？"

翟楠的这一天

陈　毓

　　妈妈的话多过三句，翟楠就听不进了，只要妈妈嘴唇启动，他的心魂就能立即逃出家门。他看着妈妈的嘴唇，眼神迷离，肩背端直。

　　妈妈说了又说，反复告诫提醒，因为一天下来，只有在晚饭桌上，她才能见到翟楠，不在这个时候说，还等何时？

　　但究竟说了什么？比如毕业两年了，该谈恋爱了，该找点儿事情做了；比如为何不说说单位的事，才工作咋就没新鲜感了？更早些时间，翟楠妈妈说的是："现在的孩子真不可理喻，待在家里有啥意思，咋就不愿出门？"

　　翟楠爸爸偶尔插话："孩子已经找到工作了，就别再说了。"翟楠爸爸很少在家吃晚饭，单位提供一日三餐，最近听说一日三餐"8+16"的健康进食法，即8小时内进食，8小时之外的16小时限制进食，他欣然接受，于是晚饭变成"最好不吃"。从此，晚上下班也无须立即回家，按他的说法，快退休的人了，还和年轻人挤地铁，就算愿意挤，从地铁到家的两站地还要抢自行车，年轻的时候他都不爱拼抢，别说现在了。下班后，翟楠爸爸会在电脑前坐一坐，多半是把当日股市再分析一遍，总结今天失误的原因，看看明天能否投准。

　　暮春的天光暗下来，窗前的海棠花大概都为翟楠爸爸辜负春光而惋惜，他炒股25年，但把25年的账目清算，收支为零。翟楠妈妈说："这明明是浪费时间和生命。"

　　"怎么能这么说，难道不是积累了经验？"翟楠爸爸大谈股市理想，谈未来能挣到一大笔钱。翟楠妈妈爱旅行，翟楠爸爸说，到那时候，完全可以随心旅行，想去哪里去哪里。

一次，翟楠妈妈责怪丈夫炒股，不如回家来干点儿家务。"一天时间这么长，不炒股我干什么？"翟楠爸爸就这么硬生生地回了翟楠妈妈一句。之后，翟楠爸爸再也不在翟楠妈妈面前提炒股这件事。

现在，翟楠妈妈只要看见丈夫早上从眼前那扇门出去，晚上从那扇门回来，就算一天结束。周末大家都在家，夫妻俩也很少说话，没话说，说话也总那么几句。都不爱听对方说，那还说话干什么。不吃饭会饿死，不说话能憋死吗？

爸爸不回来吃饭，妈妈就少做一个人的饭，这是想通后的减法。

翟楠妈妈50岁退休，单位无须她再效力，她就只剩做家务这件事。家庭主妇的位置让她安妥，觉得自己尚且有用。她感受不到丈夫哪里需要她，那就郑重对待儿子。她做晚饭最用心，儿子拒绝她做早饭，说路上顺带吃。但她怎能同意，她就一个儿子，不为他为谁？翟楠妈妈天不亮就起来做早饭，用命令的语气把儿子留在饭桌前。儿子心不在焉，吃完早餐匆匆离家，让她一肚子要说的话连不成句。看着门在儿子身后关上，她才坐下吃东西，吃得也潦草。没人在这个时候问一下她对日子的感受，如果真问了，她有答案吗？她会说人这辈子其实没多大意思吗？

翟楠妈妈只知道儿子在一家软件公司上班，具体做什么，儿子不说，她就无从探问。她暗暗盼望儿子能和她共享工作的事，盼望他分享第一次领工资的喜悦，但儿子不。她再次安慰自己，儿子好歹是自己找到工作的，她说服自己要知足，和一年前儿子天天不出门、不下楼的日子比，现在她心里轻松多了。儿子不说工作的事情，或许是因为说了她也不懂，这样一想，她又轻松了一些。

翟楠妈妈坐在餐桌边自我宽慰的时候，翟楠想的却是：要是能不被母亲每天追问多好。为躲避母亲，翟楠在隔壁租了间十平方米的屋子，屋中除了一张可当床的垫子别无他物。每天他以上班的名义离家，就是走到这里来。他睡着或没睡着，坐着或躺着，直到一天结束。大部分上班的人该回家的时候他就回家，他坐在母亲面前，忍耐她的唠叨，直到深夜。

这天，翟楠照例在出租屋躲到傍晚回家，看见一张母亲留下的纸条，母亲说老家二爷爷去世了，她和爸爸回去，惦念他刚入职，请假不易，就不带他了。翟楠捏着那张纸条，起初并无想法，回看纸上"入职"二字，感到一阵刺痛。他想起正月才见过的健壮的二爷爷，竟然不在了，视线一时模糊。二爷爷喜欢他，见面就给他发红包。离开时，二爷爷又给他手里塞了个红包，翟楠推让说："已经给过了。"二爷爷笑他："红包哪有嫌多的，收了，收了。"他便给二爷爷鞠一躬，收了。

翟楠举着手中的纸条，想到母亲，他很久没将目光聚焦到母亲脸上了，没听清一句她说的话。他厌弃母亲的时候到底厌弃的是什么呢？更奇怪的是，他时常盼望只有他一个人待在家，这一刻确实只有他一人，但他并没觉得安静和轻松，反倒觉得莫名地空虚和心慌。

翟楠在屋里走来走去，最终决定，立即出发追赶父母，他要和父母一起出现在老家，他要去给二爷爷送行。

沈阳站站

白小易

小松和燕燕的第一次见面，是在沈阳站的出站口。短暂的不安与兴奋过后，燕燕的注意力就被几步之外的地铁站电子显示屏吸引了——

"沈阳站站！好好玩啊！"燕燕跳脚拍手。

小松回头看了一眼，苦笑道："这帮人不长脑子……"

"什么呀，这多萌啊！我要去站站！"

"我开车来的。"

"我不要坐地铁，就是去'站站'！"

这是小松和燕燕网聊了快一年之后的首次见面。小松理解她这是在竭力表现天真单纯、呆萌可爱的一面，他也只好配合一下，看看她后面如何表演。

站在"沈阳站站"的红字下面，燕燕的脸也被映红了。她笑着问："我跟你想的一样吗？"

"怎么会一样？现实中的你比网上的你更可爱。"

"你说'可爱'，就是说你觉得我没有网上漂亮是不是？"

"哈哈，当然不是，我说的可爱就包括漂亮。"

说实话，跟她网上那些美丽的玉照相比，燕燕本人的确没美到那种程度，但也没怎么令人失望。他稳定了一下情绪，决定继续……

"咱们站也站了，我带你去好好玩玩吧。"

"还没跟你说呢，我还买好了回程票，就是两个小时以后的。"

"什么？"他毫无心理准备，有点儿失控，"那你干啥来了？"

"见面啊！说好了就是见个面的呀！"

"可这……这么点儿时间，连好好吃顿饭的时间都不够啊……"

"我都带着呢！"她拍了拍挂在身上的包，"早上我亲手做的锅贴，两人份的。"

他再说啥都没用了。在沈阳站站的一个角落里，她打开一个保温饭盒，威逼利诱，强迫着他吃掉了一多半。剩下的时间，他们也只能在站前广场四处逛逛，再进入候车室聊几句，他就送她上了返程的高铁列车。

临别时，她有点儿抱歉："第一次见面，我是一个女孩子……"

"没事没事，我懂我懂……"

这之后他们继续在网上聊。燕燕说上次太紧张，都忘了在"沈阳站站"牌子下面拍个照！她发现很多网红和大咖都在网上晒了打卡照。

又过了一段时间，燕燕说上次是她平生第一次去沈阳，居然连站前广场都没出，越想越遗憾……小松赶紧说，这次来，别买回程票了。燕燕说，买还是要买的，但不会那么急了。

再次接到燕燕时，燕燕第一眼就发现"沈阳站站"居然改成了"沈阳站"。她难掩失望，大呼小叫地直问为什么！

小松这才注意到地铁站名改了，说，应该是这帮人脑子又长回来了……

"长什么脑子，我看就是无脑！明明是流量密码，却不懂珍惜！"燕燕看起来比上次放松多了。

小松带着燕燕满沈阳玩了一整天，想让她第二天再返程。不过燕燕坚持用手机买了半夜的车票，还是连夜从沈阳站回家了。

送走燕燕之后，小松看着地铁口那个改了名的牌子，突然就有一种怅然若失的感觉。

他们继续在网上聊。燕燕在沈阳的回忆很美好，唯一说起的遗憾就是"沈阳站站"的"补卡"没有成功。

他们在网上聊得越来越热乎，又在酝酿第三次见面——小松甚至觉得，他们之间有一种势不可挡的力量在彼此牵引着……

可是，从某一天开始，燕燕突然从网上消失了，一天没有留言，两天没有消息，三天悄然无声……小松不知道燕燕那边发生了什么事，他如同热锅上的蚂蚁，整日坐立不安，但怎么也联系不上燕燕。

就在这个时候，一条消息映入眼帘："沈阳站站回来了！"仔细一看，原来是在网友的呼吁声中，沈阳地铁站又改回了"沈阳站站"！小松特别想燕燕，特意跑到沈阳站去看了一眼——这一眼竟然看得他泪如雨下——在拥挤的人潮中，他远远地看到了燕燕，她正在排队和"沈阳站站"合影……

这个时候，小松才觉得"沈阳站站"和燕燕一样可爱。

桃之夭夭

欧阳明

阳光下，桃花灼灼。

大家在桃林转了一圈后，来到了讲座的会场。

这是作协组织的桃花诗会。会场设在一片桃林里。场子很简陋，铁架搭的一个绿色遮阳篷，八张拼接的条桌，几十个绿色的塑料凳子，看上去和乡下办坝坝宴的场面差不多，只是桌上没碗筷。据说，午饭就在这儿吃，讲座结束了就上碗筷。

主持人是作协主席老鸭，一个快六十岁的老男人，正经身份是文化馆创作员。大家推举他当主席，是因为他在省级以上刊物发表过很多作品。作协没编制没经费，主席只是给会员服务跑腿的角色。但这个角色可不是谁都能干的，要有真本事，必须拿作品说话，不然，就难以服众，说话也没人听。

不过，老鸭的长相的确像领导。他个子高大，浓眉大眼，言谈举止，颇有领导风范。为此，还曾闹过一次笑话。有一次，他和文化局的一把手出差。一把手瘦而矮小。到了地点，一下车，对方第一个就找他热情握手，将一把手晾到一边，半天没理会。

作协缺经费，为了这次活动，老鸭多次找桃园的老板小高，用他那三寸不烂之舌，把诗会能提升桃园的知名度，吸引更多游客等好处说得天花乱坠，才最终让小高答应了免费提供场地，管一顿午饭。

诗会的主讲是邵梦诗，著名诗刊的主编，也是全国著名诗人，能请动他很不容易，一要关系好，二得钱到位。自然，能当面听他授课，是莫大的荣幸，尤其是对基层的诗歌爱好者而言。

当老鸭刚介绍完邵主编时，忽然一个头发花白的老太婆，从桃林里冲了过来，一把抓住了他。

领导，我找你反映个问题。老太婆说。

讲座突然被打断，老鸭觉得在邵主编面前很没面子，屁股一抬，起身就将老太婆拉到离会场五米开外的地方。

老人家，我不是领导，他们也不是，都是诗人。老鸭说。

活鲜鲜的，咋说是死人呢？别说不吉利的话。

不是死人，是诗人，写诗歌的。老鸭解释说。

白白胖胖的，又穿得这么好，一看就是当官的，你骗不了我。老太婆说。

老人家，我们真的不是领导，是来看桃花的。

看桃花咋都在这里坐着？坐着就是开会，开会的就是领导，以前，我去找领导，都说在开会，没空。

秀才遇到兵，有理说不清。老鸭不知如何是好。着急了一会儿，忽然灵机一动，说，领导在那边，走，我带你去。他指了指桃林外路边的那处楼房。

老太婆半信半疑，再次打量打量老鸭，一把抓住他的衣服说，走就走！我不信你跑得脱！

老鸭走后，邵主编开始了他的讲座。

等老鸭回来时，讲座已到了提问环节。老鸭过意不去，对邵主编说，不好意思，那老太婆把我们都当成领导了。

邵主编说，这很正常。以前在农村，我们把乡上的干部，包括穿得像干部的，都叫领导。那时老百姓都怕领导，小孩子哭闹不止时，只要大人说一声领导来了，顿时就吓得不敢哭了。这个老人家胆子大，不仅不怕领导，而且还敢直接找领导解决问题。

大家很好奇老太婆要解决的是啥问题。老鸭说，不知道，一路上，她一直拉着我不放。无奈之下，我给小高打了电话。小高叫来了村支书。村支书对她说，那些人是来看花的，找他们没用，有问题找我！她犹豫了很久，才放开我。我怕再被她抓住，赶忙逃之夭夭。

午饭时间很快到了。小高大方，上了十多个菜，还送了些自酿的白酒。诗友们很久不见，借酒相问，互相祝福，喝得不亦乐乎，很快就把那个老太婆忘到九霄云外去了。

诗会之后，大家写了很多赞美桃花的诗。只有一个人，作品中除了桃花，还侧面提到了那个老太婆。

那人就是老鸭。其实他年轻时当过领导，高中毕业后，在老家代了两个月的生产队队长，天天喊大家出工，练就了一副大嗓门，说话呱呱呱很大声，所以大家才叫他老鸭。

老鸭那首诗叫《桃之夭夭》，当中有这样几句：

在阳光面前

艳丽的桃花

也藏不住自己的阴影

那些满地的伤口

何时才能缝合

人生几何

高春阳

班长，你通知值日生，我这块小黑板，今后谁也不许擦，谁也不许动。高中新学期开课，教几何的陆老师一进课堂，先定下一条铁律。

班长大声说，是，陆老师！

我和同桌梁宇，坐在班级最后一排，人手一支铅笔，正在下围棋。说是"下"，其实是在纸上画围棋。他执黑画圈，我执白画叉。谁吃棋，就用橡皮擦。

我低声说，梁宇，该你了。

梁宇也低声说，等一会儿，怪老头儿有点儿意思。

我没心情看怪老头儿，我的眼睛定在棋盘上。我是梁宇师父，他的围棋是我亲手教的。我刚开始能让他四子，后来让他两子，再后来让他一子。现在不用让他了，有时候我还会输。

开课之前，怪老头儿拿粉笔在小黑板上，顺时针画了个四分之一圆，确切说应该叫四分之一圆弧，开始上课。

同学们大为惊奇。四分之一圆弧，挂在那儿，像月不算月，像弓不算弓。

我小声说，啥意思呀，还不让擦。梁宇小声说，甭下棋了，听课吧，陆老师有点儿邪性，别招他。我一抬头，正好撞上陆老师的目光，吓得我赶紧把棋盘扔进书桌，坐直，听这怪老头儿讲课。

别说，怪老头儿讲课有点儿意思，讲几何像讲乐子。干巴巴的公式，在他嘴里活灵活现。他绷着脸，却总能把同学们逗乐。

一周后，又一节课。上课前，陆老师在小黑板上继续他的大作，接着上次那个弧，一路往下画，画到半圆处，停下。啥也不解释，上课。

那半个圆弧，像弯弯的弓。我想用这张弓射梁宇。

这些日子我很上火。跟梁宇下棋输多胜少。我的脸已经不叫脸，面子像鞋垫子。要知道下围棋，全校里，我要说第二，没人敢说第一。

第三周几何课。依旧，陆老师先描绘他的蓝图。当四分之三圆弧成立的时候，大家都明白了，这怪老头儿是要画个圆。可是，一次画完就得了呗，为啥还分四次？

见证圆满的时刻到了。

一周后，当陆老师最后一笔，把整个弧连在一起，成为一个圆的时候，同学们掌声雷动，这圆了所有人的梦。

这个圆，直径六十厘米左右，太圆了。有同学特意找来一支大圆规，用圆规走一圈，结果严丝合缝。

怪老头儿终于不再绷着脸，上了四堂课，头一次笑。有同学问，陆老师，这个圆有啥用啊？陆老师不理人，一摆手，上课。

课后，同学们围着小黑板指点江山。

四段弧，天衣无缝啊。

太圆啦，咋做到的呢？

我没心情。怪老头儿的梦圆了，我的梦圆不上。现在我跟梁宇下围棋，下一盘输一盘，根本赢不了他。我要疯了。

悲催的是，我俩下棋，我荒废了学业，成绩直线下降，而梁宇的学习成绩却在上升，眼看冲进全年级前十。我接受不了，我解释不通。我觉得全世界都在笑话我。我抑郁了。

第五周几何课。

陆老师今天意气风发。只见他扬眉拔剑，气势如虹，粉笔所至，破浪乘风。

只十几秒钟，一轮满月，挂在当空。整个过程行云流水，一气呵成。再看那个大盘，皓月千里，如诗如梦。

空气仿佛凝固。

陆老师收势。剑入鞘，气沉心。他眼睛巡视一圈，说，同学们，这个大黑板上的圆，是我一口气画出来的，用时 15 秒。你们知道吗，为了这 15 秒，我练了 5 年。我一边教课一边画，又 25 年，到今天已经整整 30 年了！你们是不是觉得，我画这个很牛？不，这个才更牛。陆老师把教鞭指向小黑板。

陆老师说，一气呵成的圆，只要花时间，谁都可以练。"四气呵成"的圆，请问，还有其他人练过吗？当然唯一的条件是，粉笔手画。全班同学都呆了，支起耳朵继续听。

陆老师声调里含了悲壮，他敲着桌子，说，我一个小老头儿，为了画好一个圆，可以努力 30 年。你们告诉我，你们凭什么不努力？虽然说我用了 30 年时间只做成了一件事，但是，这件事上，没人能超越我！同学们，你们差啥？告诉我，来来来，你们谁敢跟我说，给你 30 年时间，你画不出来我今天这个圆？要是你敢说，请你现在就出去，你不配做我的学生！

陆老师放下教鞭，说，我提个问题，如果让你分四次画出个圆，你怎么做？谁能回答我的问题？

全班同学鸦雀无声，每个人都在脑海中想象画面。

梁宇举手。陆老师指着他，说，我知道你叫梁宇。

梁宇站起来回答说，老师，我的理解，只有一个字，心。心是圆心，心是半径，心是周长。视力所及，粉笔所至，都是心之所向。其实不管分几次，不管间隔多久，只要人心定在圆心，半径永远是一样长的！

同学们哗哗鼓掌。陆老师瞪圆了眼，瞪着瞪着，瞪出一脸泪水。

打那以后，下围棋，我不在乎输赢了。我安心做个凡人。

如果有人挑战，我就说，我是梁宇师父。

那人就转身跑了——梁宇学习成绩全年级第一。

后来有人问我，你的围棋师父是谁呀？

我说，是陆老师。

对方奇怪，陆老师不会下围棋呀！

我说，就是陆老师。

揉纸团的人

叶惠娟

不知谁走漏了风声，将笔记本最后一页的秘密泄露了出去。

我暗暗发誓，谁要是敢动它一下，这一次，我坚硬的拳头绝不放过他。我低头看了一眼攥紧的双拳，似乎已经看到了它挥舞起来带风的模样。

纸飞机是我照着视频学了好久才学会的，夹在我笔记本最后一页，笔记本安静地躺在我的书包里，书包和我的拳头一起藏在课桌抽屉下。我扫了一眼教室，没有发现任何异样，似乎大家都敏锐地察觉到了我这铁一样坚硬的拳头。我早已做好各种准备，比如像之前那样故意挑衅将我引开，又或者推搡着撞翻我的课桌。这一切都没有发生，我得意地仰起头。

课间，我需要去一趟洗手间。当然，在这之前，我犹豫了好一会儿，我不想离开我的书包，准确地说，是不想让纸飞机脱离我拳头的保护范围。可我转念一想，总不能拿着笔记本或者书包去洗手间，这样只会遭到更多人的嘲笑。"如果有人敢趁我去洗手间动我的纸飞机，我的拳头绝不放过他！"想到这里，我站起身。我在离开之前还不忘用眼神冷冷地横扫一遍教室，我用眼睛传达出一句话：想尝尝我拳头的滋味，那就尽管来吧。

就在我从洗手间往回走时，有人嬉笑着对我指指点点。我预感事情不妙，不由得加快脚步走回教室。

果然，课桌被翻动过。我的书包就像被遗弃的孩子，张着大嘴躺在地上无力呻吟，书本笔记本等学习用品散落一地。最刺眼的莫过于那架变形的纸飞机，无声地躺在地板上。它扭曲的样子，还有上面的脚印，都在告诉我这是有人故意为之。纸飞机在我眼前慢慢变大，模糊了我的视线，我的双脚就像被人施了魔法，久久不能动弹，只听得自己双拳"咯咯"作响。

"老师来了！"不知谁喊了一句。就在我举起拳头准备挥舞时，老师急促的脚步声由远及近，击落了我眼眶里打转的泪水。

我的双拳重重地落在课桌上，发出"砰"的声响，我喘着粗气，脸色通红，直到老师站在我跟前。

周围一片寂静，像极了课上众人回答不出问题悄悄把头埋进书本那一瞬间。

老师弯下腰，拾起一地凌乱的东西，整整齐齐地放到我的课桌上。

老师的目光很柔和，他看着我，没有说话。老师素来温和，似乎也正因为这样，调皮的孩子们毫不畏惧。老师大大的手掌覆盖住我的双拳，一阵暖流袭遍我的全身。我的眼睛再次模糊起来。

"同学们常欺负我，我恨他们……"我呜咽，话音未落泪先流。

老师拍了拍我的肩膀，似乎告诉我这一切他都知道，用眼神示意我坐下。

我以为老师会像往常那样，揪出始作俑者，叫去办公室问话。这次，老师没有这样做，他转身走向讲台。

老师从讲台上拿出一张崭新的白纸，对着台下的我们晃了晃，所有人的目光都聚焦到了那张白纸上。老师要做什么？

老师对着白纸说："你这个笨蛋！""你长得不好看！""你脾气暴躁，我们不和你玩！"……老师每说一句，就用力揉一下手中的白纸，几次过后，那张原本平整光滑的白纸被揉成了一团。

接着老师对纸团说了很多句"对不起"，每说一句，就试图将手中的纸团打开，抚摸平整。直到那张皱皱巴巴的白纸出现在我们眼前。

老师看着我们，缓缓地说："同学们，会有人愿意做这张伤痕累累的白纸吗？"

所有的人都低下了头。

老师把我叫上讲台，让我当着大家的面重新折一架纸飞机。崭新的纸飞机在教室上空盘旋，最终回旋到讲台，飞回我的手中。

我将飞机送给了老师，这也是我最初的想法。

后来，在那间曾有纸飞机盘旋飞过的教室，我又安稳地上了几年学，直到教室里的我们都成了飞机，沿着自己的航线飞向不同的地方。

再后来，我成了家，有了孩子。这天，孩子放学回家和我说起班会课上讨论校园欺凌的事情，我摸了摸孩子的头，想起了那架纸飞机，想起了那个揉纸团的人。

祖丽亚提

曾向阳

我在西部一个偏远的乡村教过三年书。回城后，我总会想起那里的孩子。想他们了，我就会找一位同事当听众，给他讲那里的孩子，讲他们有意思的事，或者没什么具体的事情，只是他们的一个神情、一句有意思的话。有一天，一个同事善意地给我开玩笑说："讲起那个美丽的乡村学校，你的开头总是千篇一律，只是你自己不觉得吧？"其实，我早已经觉察到了，我的开头总是："那里的孩子个个都漂亮，是那种发着光的漂亮。看见他们，就像看见了盛夏阳光下的花朵，就像看见了秋天果园里向阳的果子……"我是不想改这个开头，这个开头让我想起一个个学生的脸庞，也让我想起那个村庄的阳光、味道，还有宁静。我的同事们几乎熟识了那个遥远乡村里我的每一位学生，但有一个孩子，我很少给人提起，却最惦念她，她叫祖丽亚提。

那是我在那里任教的第三年，一天，校长吐尔迪领着一个腼腆的女孩子走进教室。这个女孩子就是祖丽亚提。她的鼻梁挺直，一双黑宝石般的眼睛藏着羞怯，双手不安地扭绞着，一头厚厚的黑发乱蓬蓬地披在肩上，让她看上去有些少年老成。看到同学桌上漂亮的新书，她的眼睛瞬间闪烁起欣喜的光芒，如早上太阳照耀下的露珠。

她小心翼翼地接过我发的新书，摸了又摸，然后郑重地装进随身的小布袋。

我每天早上去开教室门时，她总是静静地站在门廊前，看到我，立即站得笔直，礼貌地问候："老师好！"

"祖丽亚提，你怎么来得这么早？"第一次在早上看到她时，我略感惊异。

"报告老师，我家离学校近，所以来得早。"她双手放在胸前扭绞着，那头乱蓬蓬的头发更显醒目。

我赞许地说："好孩子！"

她冲我甜甜一笑，笑容带着葡萄干的香甜味儿，我觉得整个早上都是香香甜甜的。

自此我对她格外关注。

每次上课，她都全神贯注地听我讲课，遇到重要知识点就认真地做笔记。她的作业比谁的都工整……她像一株饥渴的胡杨苗，贪婪地汲取知识的养分。

每次小测试，她都是满分。我为遇到这么一个勤学的女学生而欣慰，教书更有动力了。

唯一觉得美中不足的是她整天披散着头发，显得有点儿邋遢。好几次我话到嘴边想提醒一下，又觉得作为一个老师不该过分关注学生的外表，于是又把话咽回了肚里。

放期末假的前一周，吐尔迪校长满脸兴奋地对我说："有个教育基金会要来我校检查工作。如果顺利通过检查，我们会得到更多的资金用于购置图书、体育器材等，我们要把握这次机会……你提前准备一下，把你们班上那些聪慧的女学生组织起来，到时在校门口列队欢迎。"

我心里不是很愿意让孩子们把时间用在这上面，这里的孩子家里都有牧场或者果园，他们经常要帮着家里干活儿——放牧，挤牛奶，摘果子，翻晒葡萄干……他们的时间都挺紧张的。我那时还很年轻，有些不成熟的想法总会脱口而出，当时我说："校长，学习是第一位的，这会浪费她们的时间。"

"也可以开阔一下视野，锻炼锻炼，让她们见见大场面嘛！对了，提醒学生们着装一定要整洁、清爽悦目，这是学校的大事！"吐尔迪是个好脾气的校长，他耐心地给我解释，我也理解了他的苦心。

"请同学们明天穿上最漂亮的衣服，同时把头发扎起来，佩戴上最漂亮的头饰,老师和你们一起迎接尊贵的客人!"在布置任务时,我将"把头发扎起来"加重了语气,并意味深长地望了一眼祖丽亚提。

祖丽亚提听到这话时,本来兴奋的脸明显地黯淡了。她避开了我的眼光,低下了头。

我心里咯噔了一下,但又想,祖丽亚提那么乖巧听话,她一定会遵守的。于是带着她们彩排,训练列队欢迎仪式。

第二天,学生们穿着漂亮的服装来到学校,并按照彩排时的顺序列队站好,但是,祖丽亚提的位置突兀地空着。我的眼光到处搜索,没看到她。

外面传来汽车的喇叭声,提醒我检查组就要到了。

这个祖丽亚提,到底怎么回事呢?

正在这时,祖丽亚提气喘吁吁地跑了过来。她穿着漂亮的裙子,如小仙女般美丽,一头黑发显然也是刚洗过的,但没有扎起来,仍是乱蓬蓬的,显得非常刺眼。

"老师说的话你没记住吗?你的头发怎么不扎起来?"我这样有些着急地问祖丽亚提的时候,突然意识到这背后肯定有特殊的原因。

祖丽亚提一声不吭,黑宝石般的眼睛里噙满泪水,蕴含着说不清的凄楚。

我的心一软,挥手让她进入队列。

吐尔迪校长恰好巡视过来,看到队伍中格格不入的祖丽亚提,他犹豫了一下,还是走到她面前,温和地说:"孩子,你好像还没准备好。下次再参加,好吗?"

祖丽亚提掩着嘴跑了出去,那乱蓬蓬的头发晃得我心都乱了。检查组到了,容不得我多想,我领着女学生们列队欢迎……

学校顺利通过了检查,取得了更多的教育资金。学期结束后,我接到了回城调令。

可是祖丽亚提,她身上到底发生了什么?这是我回城前的唯一心结。

那一天,在学校收拾行李时,我看到窗外有个人影晃动。

拉开门，我看到祖丽亚提站在窗边。她穿着那身漂亮的衣服，头发扎得齐齐整整，可是耳朵上挂着两个黑黑的东西，与她的美丽格格不入。

祖丽亚提看着我疑惑的眼神，用几乎微不可闻的声音说："老师，这是我的耳朵！可是，我不敢露出来，因为我怕同学们叫我'四耳妹'。"一滴眼泪啪地滴落到地上，砸起的灰尘如轻袅的烟雾，慢慢升腾。

我心疼地看着祖丽亚提，用苍白的语言安慰她："傻丫头，为什么不早点儿告诉老师呢？其实这和老师戴眼镜是一样的呀。以后要勇敢，不要被别人的话左右。要坚强地走下去，做更好的自己。"

"老师，我明白了！"她抬起头，眼睛里满是坚定……

时光飞逝，二十年过去了，可每当我看到和当年的祖丽亚提一般大的孩子时，还是忍不住会想，这个坚韧的女孩子如今怎么样了呢？

不久前的一个晚上，打开电视，我看到一位年轻的教育学家正在接受央视的采访——

"我能取得今天的成绩，非常感谢我的老师——柳江上先生。是他给了我勇气与希望，让我继承了他的事业，坚定地走到了今天！"

咦？她在说我？

她是谁？

我定睛看着这位年轻的教育学家：

黑宝石般的眼睛、挺直的鼻梁，还有挂在耳朵上的两只小小的人工耳蜗……

原来是她——祖丽亚提！

这才是祖丽亚提！

注：祖丽亚提，维吾尔语，意为生命获得者、生命之水。

第 3 辑

在希望的田野上

在希望的田野上

侯发山

　　花珠马上就要大学毕业了，在实习的问题上与妈妈桂兰产生了分歧。花珠在上海读的大学，桂兰希望花珠能在上海找个单位实习，将来有机会留在上海。花珠呢，却想回河南老家。

　　两人虽然远隔千里，有了微信便近在眼前，丝毫不耽误交流。

　　花珠说："妈，上海这地方，大学生多了去，显不着咱，还不如回去。"

　　桂兰心里荡漾了一下，她知道花珠的心思，担心自己一个人在家孤单。花珠四岁那年，她爸出车祸走了，是自己累死累活把她养大的，她比一般孩子更懂得感恩和孝顺，说的话就很顺耳，像个痒痒挠，挠的尽是痒痒处。但是，当妈的还是希望自己子女像雄鹰一样飞出去，能飞多远就飞多远，能飞多高就飞多高。想到这里，桂兰稳定了一下情绪，说："人往高处走，水往低处流。傻闺女，好不容易走出去了，咋能再回来呢？"

　　"妈，人往高处走，其实高处不胜寒；水往低处流，其实海能纳百川。您一直没走出村，不也过了大半辈子？"

　　"别跟妈贫嘴！妈吃的苦你知道？脸朝黄土背朝天，风里来雨里去……"

　　"妈，都是老皇历了，我耳朵都听出茧子啦，就别再提了。"

　　其实，大前年，村里的土地都流转给了希望，希望每个月给大家丰厚的租金。这比种地还划算，家里好几亩地，自己不用操心，一年还白落好多钱。

　　桂兰不吭声了。

花珠说："妈，希望哥租一千多亩地，都弄啥哩？"

桂兰说："啥子观光农业园，说是种菜都不用土。嗐，妈也搞不明白。需要钱不？妈给你转。今年的地租，希望前天转给我了。"

花珠说："妈，给您说过，我在大学勤工俭学，有奖学金，用不着。对了，现在不种地了，家也没啥事，您可以出去转转看看啊。"

"我天天转，天天看，还不花钱。"桂兰说着把手机的摄像头对准桌子上的地球仪，这个还是花珠上初中时买的。

花珠"扑哧"笑了，说："妈，我给您说正经的。"

"妈听你的，出去旅游；但你也得听妈的，就在上海实习，不要胡思乱想。"

"好，好，好。"花珠忙不迭地答应了。

一星期后的一个晚上，花珠跟桂兰视频聊天。桂兰看到花珠是在火车的卧铺车厢里，忙问："闺女，你这是去哪儿？"

"妈，我在火车上实习。"

"啊？你学的是农业，咋在火车上实习？"

"妈，您不是让我留在上海吗？没有找到合适单位，只好找了个在火车上实习的机会，乘务员，也不是很累……不过，白天忙，不能聊天，只能晚上聊啊。"

"好，好，好，妈天天晚上跟你聊。"

就这样，每天晚上，花珠和桂兰都视频聊天。桂兰看到，每一次，花珠都是在火车的卧铺车厢里，这倒也好，风吹不着，雨淋不到。不过，实习结束后干啥呢？当乘务员？桂兰想从花珠的话里套出话来，可是，花珠说话每次都是断断续续的，像吝啬鬼发红包似的，一次说一点儿，一次比一次的信息量少。

桂兰在家闲着无事，就到希望的农业园找了个事儿，干保洁。上班第一天，大概是上午十一点，桂兰正在农业园的草坪里捡垃圾，忽然接到花珠微信视频聊天的请求，她忙挂断了。她东张西望一番，有了主意，跑到那个水泥站台上，两边停放的是火车——希望买的是几节报废的火车车厢，简单装修了一下，让员工以及来这里拓展训练的客人当宿舍用。桂兰抻了抻衣服，拍打了两下裤腿——其实上面也没有尘土，之后，她打开了跟花珠的视频聊天模式。

"妈，您干啥呢？"花珠还是在火车的卧铺车厢里。

"你不是说让我出去旅游吗？瞧，我在站台上。"桂兰说罢，用手机的摄像头照了照身前身后的火车。

"妈，您这是要到哪儿旅游？"

"北京，妈还没去过北京呢。"

"妈，您是不是上错站台了？"

"没有啊，就在县城的火车站，巴掌大的小站我还能上错？"

花珠忍住笑，说："妈，您看看您身后的站牌。"

桂兰扭头一看，只见后边竖着的站牌上写着"希望站（起点）——幸福站（终点）"。她不自然地笑了，对着手机说："花珠，这是希望的现代农业园，我来这里真长见识了，大棚里的豆角两米多长，吊在架子上像蛇……听希望说，他这里来了一个科班院校的实习生，之前就是人家给谋划的。"

"妈！"花珠推开"车厢"的门下来了，就是旁边停放着的火车。在阳光的照射下，她的脸蛋如花朵般绽放。

桂兰又惊又喜，似乎什么都明白了。

老梁过年

张宇弛

老梁人称梁师傅，也有人叫他梁主任。

原先在厂里焊钢管的时候人们称他为梁师傅，偶尔被宣传科借调去写标语、出板报的时候人们称他为梁主任。

后来旧厂子没了，老梁在新厂子看大门，退休后又在家属区看大门。这期间，大家都叫他梁师傅，再没有人叫他梁主任。

快过年了，这些天，老梁有些郁闷。

腊月二十三，老梁重操旧业。先是帮忙焊架子，用一排排架子连成一片围挡。焊完架子后老梁撅着屁股往红纸上刷糨糊。他前面是一片烂尾楼，烂尾楼烂在工厂遗址上。屁股后面是四栋D级危房，危房所在地是原厂区宿舍。老梁将红纸贴在模板上，前后各贴一张，冲着烂尾楼的那面写着"禁止入内"，冲着危房的那面写着"禁止出院"。

邻居们在阳台上冲着老梁笑，揶揄道："梁主任字写得好啊。"

老梁那个气啊。

事出有因。社区负责人说这几年大家伙儿被疫情所困，要在社区组织一次写春联活动，让社区有点儿欢乐气氛。老梁好不容易遇到大显身手的机会，正在家里偷偷练字。结果活动还没开展，整个社区又被封了。好不容易准备的红宣纸，竟然派上了这么个用场。

不等他气完，老远有人喊话："梁师傅，把'大白'穿上再干活儿！"

老梁只好回到岗亭里取出"大白"穿戴整齐。老梁早想为邻里义务写春联，可现在谁还有心思写春联，银行送的春联都带金边儿了。这不，终于逮着机会，人尽其用了，还是官方组织的。唉，最后这批红宣纸竟然被社区安排用来刷大标语，老梁想想就郁闷。

大年二十九，老梁终于忍不住，趁着夜色，脱掉"大白"。门卫岗亭里亮了一夜的灯。第二天，年三十，老梁按时给邻居们送菜。把一兜菜放门口，再在门框上贴上春联，老梁敲着门喊："过年好，菜放门口喽，等我走了再出来拿，记得要消消毒。"

送着送着，有邻居发现端倪："梁主任，您这是干吗呢？"

有人从猫眼里瞧见了，说："哎呀，太好了，梁师傅，对门这春联写得真好，我家写的啥呀。"

对门听到响声："梁师傅，我家没有猫眼，看不到哦。"

"新年新气象，旧岁已翻篇。"

"哎呀，梁师傅，我家有病人，开不了门，梁师傅拍一张照片发群里吧。"

"好。"

忙了一天，晚上，老梁煮了壶开水，泡了碗面，志愿者又送来一盒饺子，说等会儿还有好吃的。老梁笑了笑，闷着头吃起了饺子。

吃完饺子，老梁合上岗亭的门，心里想着，谁还不过个年哦。

老梁往岗亭门上也贴了副春联，自己看了又看，自言自语道："这中国人啊，大过年的，甭管门里什么样，总要在门外贴上希望。"

守　正

刘建超

正经的红木条几上，亮着一盏不正经的橘红色的西式台灯，屋子里弥漫着些许暧昧的味道。这味道马梳理用高挺的鼻子嗅出来了，用裸露的双臂感触到了。这感觉如缓缓溜过肌肤的风，熨帖还夹杂莫名的慌张。

马梳理懒散地躺在宽大柔软的沙发上，心不在焉地盯着电视，支棱着耳朵听从洗浴间传出的流水声，花洒下是欣怡丰腴的胴体。

电视里在预报本市的天气，白天到傍晚，多云转阴，西北风三到四级。

马梳理抬起脚，走到窗前。窗外，城市的霓虹光怪陆离，闪烁着不知献媚于谁的迷茫。

这是自己的城市。

马梳理的家在农村，他的家虽然在版图上也属于这个城市，但与城市的喧嚣还隔着一百三十公里的距离。

从他出生的小村子到城区，每天只发一趟的城乡大巴车要颠簸大半天，骑上加重的自行车要十几个小时。马梳理读初三放暑假，去城里看他喜爱的明星出演的电影，为了省下五元车费，他步行了一天一夜。

马梳理为了能在自己的城市里立身，他打拼了二十年。

大学毕业的马梳理豪情万丈，整天兴奋得如同拴在他家柴房的驴驹子，上楼下楼都是蹦跳着走。

出租屋里开水煮面条，撒盐，丢几棵菠菜，点一勺香油，剥几瓣大蒜，呼噜得汤水不剩。奢侈的时候还给自己打个鸡蛋，添只鸡腿。持之以恒的饮食爱好，同事进门闻到满屋的大蒜味儿，就知道是马梳理已经到了。

马梳理的信心爆棚是在办公室无意中看到了公司的花名册，花名册的第一页全是公司领导的排列，他只是扫了学历行，几乎是清一色的高中、中专学历。他心里一颤，立马觉得自己的两只胳膊变成了翅膀，呼呼扇扇要飞起来。

集团组织新入职员工培训，马梳理每个科目都是优秀。开饭，马梳理的餐盘堆得如小山，他狼吞虎咽吃得干干净净。

培训结业的典礼上，学员代表马梳理就说出了几乎影响他半辈子的扯淡格言：今天我们还是小白、菜鸟，十年后我们将会是总经理、董事长。

有篡权夺位志向的马梳理被分配到远离公司的偏远分理处。

人事处处长枯皱皮的脸上挂着意味，实践证明年轻人下去锻炼是个好办法，能认清自己的位置，掂量掂量自己有几斤几两。

梳理，把卧室的紫色毛巾递给我。浴室门伸出一只湿漉漉的胳膊。

马梳理把毛巾递过去，接过毛巾的手迟疑片刻，收了回去。

隔着毛玻璃，婀娜的身子影影绰绰。

欣怡在马梳理最沮丧的日子里，出现在他的面前。如同黑云深处射出的一缕阳光，驱散了裹缠在马梳理周身的阴霾。

马梳理入职的分理处就三个人，主任也就管着即将退休的老刘和马梳理。

管着两个人的主任也处处颐指气使，有事没事就劈头盖脸地骂人。

老刘是要退了等儿子接班，对主任的谩骂赔着笑脸，摆出自己就该骂的姿态。

马梳理却别扭得很，总是要反驳辩解理论，戗得主任鱼泡子眼瞪得更吓人。

主任工作的点子不多，摆治人的办法多的是。马梳理在三个人的世界里也被整治得灰头土脸，毫无办法。

欣怡带着心情沮丧的马梳理去咖啡厅。清静优雅的气氛中，欣怡轻轻搅动着杯中的咖啡，听了马梳理两个星期的倾诉，直到马梳理对着欣怡再无诉可倾。

你人可以被限制在分理处，谁也限制不住你的思想啊，谁也限制不住你手中的笔啊。

听了欣怡的建议，马梳理着手给集团办的内刊投稿。马梳理的文笔好，很快就在集团的刊物上发表了文章，还在集团的征文比赛中得了一等奖。

马梳理要去领奖，主任左推右推就是不给假。集团的副总打电话到分理处，直接把主任骂了个狗血喷头。

马梳理捧回了一等奖的获奖证书，他把证书装裱了，摆在宿舍桌子上，兴奋了好几天。

马梳理被调入集团宣传部，临行前，他把自己装裱的获奖证书送给了欣怡。

五年后马梳理回到原公司坐上总经理的位置，体验到前呼后拥的快感。满脸核桃皮的人事处处长拐弯抹角地打探自己的去向。

马梳理慢悠悠地说，实践证明下去锻炼是个好办法，多跟基层的人打交道有利于进步，也知道自己几斤几两。

马梳理和欣怡有了各自的家庭，各自的生活圈子。他们都欣赏着对方，从没有打破朋友的界限。

欣怡老公有了新欢，留给欣怡一笔钱，带着新欢出国了。

今天是欣怡的生日。

马梳理和欣怡一起在"午夜时光"吃过饭，喝了咖啡，闲聊中有了一种说不清的微妙变化。

欣怡说，到我那儿坐坐。两人心照不宣，似乎都等待着这一天的结果。

浴室的水流声停歇了。

马梳理踱到书架前，看到自己送给欣怡的那张获奖证书还摆放在显眼的位置。他轻轻摇摇头，他已经记不清自己获得过多少各种各样的证书了。

电话铃声响了，是外地的一个朋友打来的。

朋友告诉马梳理，你的一篇文章在征文比赛中得奖。奖金已经汇到了卡上，还要不要获奖证书？不要就不寄了，省了快递钱。许多获奖的作者只要奖金不要证书。

　　马梳理也是同样的想法，获奖的兴奋早已淡薄了。在公司自己可以呼风唤雨，似乎没有什么事情能使他感到振奋了。

　　朋友还说，我真搞不明白，现在的人得表彰了没有什么兴奋，挨批评了也没见有什么沮丧，如同橡胶人，麻木得没羞没臊没感觉了。

　　马梳理抚摸着手中的证书，心中一颤，一种久违的说不清的情绪浮上心头。

　　他对朋友说，我当然要获奖证书，必须寄来。

　　欣怡头发裹着紫色的毛巾出了浴室，客厅中却不见了马梳理。

　　电视里又在追踪着本市的天气，今天夜里多云转晴。

　　窗外的月光洒落进来。

青山径

练建安

圆月高挂夜空，连绵的群山在月色下如起伏的波浪。暮春万物繁茂，清新的山风里，夹杂着花草芬芳。

石副政委站立山头，身边是两名警戒战士。他手持望远镜，对焦山下看似宁静的村落，神情略显忧虑。

1934年10月，主力红军往湘西方向战略转移。福建地方红军坚持斗争，奉命牵制强敌。至次年5月，分水坳、梅子坝、鸡冠峰数战，福建地方红军主力损失惨重。在此期间，留在武北的红十军团余部，被敌军围困在青山径一带。

刚才清点人数，共计183人，且粮弹稀缺。石副政委判断，一到天明，敌人集结的重兵必将发起多波猛烈进攻。这是力量悬殊的战斗，我们要和敌人血战到底。

山外不远处的李家村，石副政委非常熟悉。第三次反"围剿"战斗中，任营长的他大腿负伤，组织上安排他在李家村荣发大伯家疗养。无微不至的照顾，使他很快康复。临别，树生跟随他参加了红军。荣发大伯是苏区老模范，树生是他的满子，他的长子、二子、三子、四子都是红九军团的战士。

石副政委知道，树生的四个哥哥在半年前的松毛岭战役中，全部壮烈牺牲。警卫排长说，后来的黑夜里，树生多次在睡梦中呼唤着哥哥们的名字。

"树生。"

"到。"

警戒战士之一，就是树生。

"今后的战斗，我们中的很多人都会牺牲。"

"首长，我不怕。"

"为什么？"

"我们打仗，就是要誓死保卫苏维埃，誓死保卫老百姓的好日子。"

"很好。小同志觉悟很高嘛，值得表扬。"

树生笑了。如果不是乌云遮月，石副政委应该可以看到他羞红的脸。

"树生，山脚东南方向一铺半路，就是李家村吧？"

"是的，首长。"

"你多长时间没有回家啦？"

"报告首长，三年半。"

石副政委从挎包中翻出一根铜嘴烟杆。月色下，有微光游动。

"熟悉吗？荣发大伯借给我的，早该归还啦。"

"首长，俺爹双手赠送给您的。村口，大家都瞧见了。"

"你们都看错了，听错了。是借，不是赠送。"

"首长，您……"

"李树生同志，三大纪律第一条是什么？回答。"

"一切行动听指挥。"

"八项注意第三条是什么？"

"借东西要还。"

"归还借物。明日天黑后归队。"

"天黑后？"

"保存自己，消灭敌人。"

"是。"

"你复述一遍命令。"

"归还借物。明日天黑后归队。"

"立即执行。"

"是。"

树生接过铜嘴烟杆，敬礼，转身消失在月色朦胧的山林间。

接连潜绕过几道关卡，树生悄悄穿越丛林，三更时分，回到了村子里。泥墙屋外，树生敲开了家门。月映西窗，屋内有光影。老爹左腿用夹板固定，躺在床上。

"爹，您咋啦？"

"砍柴滑了一跤。没啥事啦。"

树生想哭，却哭不出来。

看到满儿回来，白发苍苍的老娘喜极而泣，颤巍巍地端来一海碗番薯粥。树生实在是太饿了，呼呼喝光了美食，就从怀里取出铜嘴烟杆，递给老爹。

"满儿啊，石营长牺牲啦？"

"首长说，向您借的。部队有纪律，借东西要还。"

"实打实送给他的呀，他给俺留了一把铁电筒呢。"

"还在吗？"

"上交给赤卫队了。"

"哦，懂啦。"

树生突然翻身趴在地上，重重地给双亲磕了三个响头，哽咽道："爹，娘，满儿不孝，满儿要走了，要赶回部队。"

鸡叫头遍，树生背起半布袋番薯干，辞别家人，毅然走向陷入重围的青山径。这一去，他再也没有回来过。

流远的徒河

李海燕

当年我离开爷爷家的时候，徒河还在，它贴着村庄后身，由西向东，滔滔不绝。爷爷的屋子里，总是弥漫着湿漉漉的水腥味儿和哗哗的流水声。

等我再次回到爷爷家中时，爷爷已病重临危。

爷爷的双眼凹成两眼灶，里面盛着燃过头的死灰。我的一声呼唤，爷爷眼里的光倏地从死灰里挣脱出来，像流淌的一束光，惊喜、炽热、知足，在我身上流过，最后停在我的脸上。

褡裢和竹竿，还在原来的位置，一个挂在炕头墙上，一个戳在炕沿和炕墙的角落。岁月给它们包裹了一层黑色的尘埃，但坚硬的骨节，还依稀可见。

我又想起了那个记忆深刻的傍晚，也是小时候，爷爷不断地给我加深关于那个傍晚的记忆。

那个傍晚，晚霞点燃了整条徒河。街上乱哄哄的，吆喝声和枪声响成一片。父亲慌不择路地推开一扇门。

父亲把4岁的我放在爷爷怀里，压低声音对满脸惊愕的爷爷说了声"拜托"，没等爷爷做出回应，他跪下磕了三个头，转身出了后门，一头扎进红色的徒河水中。

爷爷披着一床被子坐在炕上，把我连头带脚捂在被子里。窒息的感觉，使我无法大放悲声。晚霞消失后，河面上氤氲着暗灰色的雾霭，屋里暗了，街上终于安静下来，爷爷才把我从被子里放出来。那天夜里，爷爷坐在炕上，手里握着三个铜钱，摇几下，抛在褥子上，一摸过，然后再摇，再摸。第二天，天还没亮，爷爷领我出了门，回来的时候，我是爷爷口中路上捡来的孩子。

爷爷眼里那束光，在我的脸上停留片刻后，疲惫地收了回去。他脖子上的脉搏，在灯光下一下一下地跳动着。我喊他，他的眼皮就微微颤动一下。我知道爷爷的心还醒着，他在用心感知着这个世界，感知着我的存在。

炕沿坐着三个上了些年纪的妇人，每人怀里抱着一团白布，忙着给爷爷的晚人缝孝。爷爷的晚人不多，除了两个远房侄子，就是我和父亲。关于我和父亲给不给爷爷戴孝，爷爷的侄子征求过我们的意见，我和父亲几乎同时用军人的语气果断地说，当然戴！

没人说一句多余的话，都在等待着一个时刻的到来。

就在这种近乎残忍的等待中，我隐隐地听到了徒河流动的声音，哗啦、哗啦……隐忍而强烈。我附在爷爷耳边，激动地说，爷爷，我听到徒河的流水声了。爷爷把眼睁开，眼睛再次明亮起来，他似乎也听到了，脸上肌肉颤动，嘴唇翕动。

就在这时，那个褡裢发出一声沉闷的断裂声，从墙上掉了下来。再看爷爷，脸上挂着微笑和眼角的两滴泪，走了。

悠扬的唢呐声，填满了原有的空寂，我的心却越发空落。

横跨山水回来，爷爷去了，徒河也不在了，此时徒河流淌的地方是一片玉米地。被告知，几年前的一场罕见的山洪，徒河撒野，践踏了沿岸的十八个村庄，它被迫离开原来流域，迁至卧佛山北边。遥遥可见的卧佛山，并不高大，却像一道黑色的屏障，把徒河挡得严严实实。那个黄昏以后，父亲杳无音信。我渐渐地忘记了一些事，跟爷爷亲近起来。

每天，爷爷都会穿上一件洗得发白的灰色长袍，肩上搭着褡裢，左手领着我，右手拿着一根竹竿，沿着徒河边那条路，走过一个又一个村庄。

走进村庄后，爷爷从褡裢里掏出一块竹板和一截竹竿，有节奏地敲着，清脆的声音便在街面上响起来，就有人推开门招呼爷爷。他们叫爷爷先生。爷爷低头对我挤一下眼，意思是说，咱有生意做了。生意好的时候，我能吃到一个糖人或者一个棉花糖。我 8 岁那年，爷爷把我送到徒河对岸的学堂里读书。爷爷每天划着一只小划子（很小的船）接我上下学。小划子横向划开徒河水，拖着一朵白花花的浪花，直至对岸。第二年，学堂变成了村小学，也修了桥。别人家的孩子都是自己上下学，唯独爷爷还是每天接送我。

我上小学四年级的一天，爷爷领着一个穿着军装的人，到学校接我放学，爷爷说那人是我爹。那是个陌生的男人。爷爷就给我讲那天傍晚的事。

我要跟父亲走了，父亲执意要爷爷跟我们一起走。爷爷说他把我完好无缺地交给父亲就完事了，他不会离开徒河的。我也舍不得徒河，有相当长的一段时间，我不能适应没有爷爷和徒河流水声的日子。

夜向深处滑去，人们歇了，唢呐声也歇了。我来到后院，来到那些玉米前面。我蹲下来，伸出手去，像少年时撩拨徒河水那样，但触到的却是生硬的玉米叶子。

我站了很久，直至东方出现一抹鱼肚白，再露出晨曦来。此时无风，荒野静谧，我望着卧佛山，努力捕捉着昨天夜里听到的流水声，却只有玉米在风中发出的沙沙声。

我脚下踩着的还是那条路，只是比原来平坦了许多。我好像看见一位失明的老人，穿着洗得发白的灰色长袍，肩上搭着褡裢，左手领着一个中共地下党员面临险境时留下的年幼的孩子，右手拿着一根竹竿，一下一下地点着坑坑洼洼的路面，在徒河边走着，渐行渐远，直至消失在我的视线里。

再见，大圣

张甫军

复员回家之前，我来看猴子。猴子说他闷得慌，让我带他出去走走。

"去哪儿呢？我还没有想好。"

"去楚河汉界吧。"猴子说。

楚河汉界是我们缉毒队管辖的一条边境线。

"楚河汉界？"我想问猴子，"还没待够吗？"但我没有问，他想去哪儿就去哪儿吧。

我背着猴子出发了。路上，猴子的肚子在流血，他一直大喘着气，汗水打湿了我的肩膀。走一会儿，我就回头看看他，怕他撑不住。

猴子见我回头，似乎明白我的意思，苍白的脸上挂着笑，拍拍我的肩膀说："这点儿伤算啥，我没事，俺老孙是谁？"

我苦笑，猴子这是在逞强，跟他共事五年多，他总说自己是齐天大圣，有一副金刚不坏的铜筋铁骨。

到了楚河汉界，熟悉的空气迎面扑来，放眼望去是一片望不尽的高山密林，林间弥漫着雾气，像一幅充满神秘色彩的油画。

"久违了……"猴子强打精神喃喃道，"我想下去走走，把我放下来吧。"

我把猴子轻轻放下来。他捂着肚子，血从指缝间流出来。他没在意这些，一瘸一拐地走到一块国界碑前，用手在国界碑上摩挲，神情痴迷，手也抖得厉害。

这个国界碑，猴子已经有三年多没摸过了。以前，他带我执行任务经过这里时，总喜欢在上面擦擦又拍拍，说，请祖国放心，请人民放心，有俺老孙在哩。

每次猴子信誓旦旦的样子，都像是战无不胜的齐天大圣，我可没有他那份自信。我们面临的是隐藏在边境线上的毒贩，可不是《西游记》里每次打斗前还会自报家门的妖魔鬼怪。相比之下，妖魔鬼怪比毒贩礼貌多了。

这些年，猴子身上留下了大大小小几十处伤痕，每一处都是在与毒贩交锋时留下的，有刀伤，有枪伤，有炸伤……

"壁虎、石头、佛头……"猴子摩挲了一会儿国界碑，声音微颤着说，"兄弟们，俺老孙替你们看过了，国界碑还在，这里跟以前一样，好好的。"

壁虎、石头、佛头是猴子以前的同事，也是我的前辈，我入队时他们就不在了，我见过他们的照片，但不知道他们的名字。他们跟猴子一样，都没有自己的名字。不是没有，是不能有。名字对于我们来说，有时比刀还锋利。

不经意间，山间起了风，一群鸟从雾气弥漫的密林深处飞出来。猴子的头发被风撩起，他把手从国界碑上拿开，迅速立直身子，目光警觉地望向山林。他的侧影，像极了出战前的齐天大圣。

"是有任务了吗？"猴子问我。

我随着猴子的目光望向山林，摇摆的密林深处，雾气缭绕，有风起的影子，也有风消失的影子。我摇了摇头。

"没有？"猴子看了我一眼，又望了眼山林，身体松弛下来，若有所思地说，"没有就好。"说着，猴子又把手捂在肚子上，大概是伤口的疼痛加剧，他的身体抖得不行，该回去了。

我背着猴子往回走。路上，他睡着了，但好像一直在做梦，身体一抽一抽的。以前，他睡觉就不踏实，常常一骨碌爬起来，又躺下。

到了地方，猴子醒了，我把他从背上轻轻放下来，他的眸子里，生命的光芒越来越弱。跟我告别时，他好像有很多话要对我说，然而，最后只是抓了抓我的肩膀说:"俺老孙去也。"说完,他便捂着肚子,一瘸一拐地走了。

很快,猴子的背影消失在烈士陵园深处。我坐在轮椅上,望着他的墓碑,默默地敬了个军礼……

诚信渡

刘 帆

诚信渡没有桥。

如今，21 世纪了，这个地方没有桥，很多人不解。是修桥资金不够，还是没有技术修桥？当今时代，修路架桥的公司一大把，要技术有技术，要人才有人才，要经验有经验，修一座桥很容易。

以现在的技术和设备，在诚信渡大河上架桥，就算水面再宽阔也根本不是问题。当然过去架桥是很困难的，架桥要先在浅水区修建桥墩，采取沉井方式或围堰法建桥墩，先把空心柱子放到河床上，密封好，将井中的水抽干后，挖到好的土层再打桩，修桥墩，桥墩固定后再铺桥面。而现在呢，架桥早已不是之前的人工架桥，而是装备式架桥，有架桥机、运梁机、造桥机、起重机等特种设备造桥。更神奇的是有装甲架桥车，一台架桥车过去，桥梁就架好了。

虽然诚信渡人的确没有专业的架桥人，但是不代表他们完全不懂架桥技术。渡口经常有专业的人来测量、规划，政府也有意向投入，桥通路畅，出行方便，诚信渡人不是不晓得，电影、电视和网络上的例子比比皆是，很多地方因为架桥而搞活了经济。

然而，诚信渡人还是无动于衷，不同意架桥。

曾经有人提议，也开会讨论过，但最终只是议一议而已，根本没有付诸实施。

据说，当时开会时，主持会议的是外地来的官员，他站在经济发展、搞活流通的角度，苦口婆心地讲架桥后会如何好。可是，会上一个诚信渡人的代表站起来说了一通话后，其他代表也纷纷附和，最后架桥计划无疾而终。据说最初那个说架桥好得不得了的人，后来也改变了观念，不再动员诚信渡人架桥了。

为什么诚信渡人这么固执，不同意架桥呢？面对来自上级的质疑，很多人说不出个子午卯酉来，最后还是先前那个主张架桥的人站出来，说出了个中缘由。

原来啊，是因为诚信渡人恪守古训，感念一个人。

说到感念一个人，就得说诚信渡的来历。

据说诚信渡之前是没有名字的，要说有名字，最多也是叫"古渡"而已。古渡这地方位置特殊，两岸青山，大河奔流，依水而居，诚信渡人少不得天天与水打交道。

有水就有船，有船就有了水路。过去，与人交往、易货买卖纯靠信誉，古渡以前没有见诸纸上的记载，如果说有，那也是存在于历史的某一深处。总而言之日里风中摇橹，夜晚桨声灯影，到底过了多少年，谁也说不清楚。

这古渡上的人，不知为什么，与对岸没有多少关联，似乎你过你的日子，我过我的日子。江边只有位老者在此摆渡，他收养了一个叫陈信的孤儿，有时候带在身边，有时候放在古渡，孤儿是吃百家饭长大的。

有一天，老者将摆渡的活儿交给陈信，陈信爽快地答应了。他继承老者的做派，不强求乘船人付费，摆渡后，陈信几乎不收钱。有时候，有些人不过河，却托他捎带东西回来或送东西给对岸的亲人，陈信也从未有过怨言。

风里来雨里去，时间一久，陈信见证的人和事就多了，尤其是每年洪水来袭，就会有溺水而亡者，陈信碰上了，少不得一番打捞，还要去两岸边通知人来认领。如果实在无人认领，陈信就帮忙埋葬，还给死者鞠几个躬才离去。

陈信的仗义，受到很多人的敬重，一传十，十传百，陈信远近闻名。因为他的名字，"诚信渡"由此传开。

当然，这是多少年之前的故事。但是，这渡口，有一样是流传下来的，就是"诚信"两个字，任凭风雨飘摇，一直没有改变。

　　诚信渡人实在，十里八乡的人几乎无人不知、无人不晓。诚信渡打陈信走了以后，又有他收养的人继续摆渡。习惯了舟楫往来的诚信渡人，脑海里似乎压根就没有想过架桥，在他们看来，这样的渡河方式，并没有什么不方便，反而有一种以水为家的自豪。因此，遇到劝说架桥的人，诚信渡人的热情始终不高。

　　"诚信渡人对河有感情，只有了解诚信渡才能走入他们的世界。"曾极力主张架桥的那人说。

　　话虽如此，众人还是有些不明白。

　　我听到后也觉得这诚信渡奇怪。有一天清晨，我因事路过诚信渡，站在渡轮甲板上，看到两岸青山相对出的景象，不禁惊呆了。

　　货客往来。那碧蓝碧蓝的水，多清澈啊！

对 决

李尚财

　　当谢文擘在擂台上被刘东击倒时，大家从老谢身上看到了英雄迟暮的落寞。

　　谢文擘和刘东皆为武警某部散打队员，一名是武警搏击的一线王者，另一名是从体校特招入伍不到两年的新锐。

　　在体校时，刘东就打遍全校无敌手，并多次获省市散打比赛冠军。到武警部队后，为了更好地培养他，上级特地安排老将谢文擘兼任他的教练员，从技术层面和参赛经验上予以辅导。谢文擘是散打队的头号选手，曾斩获世界警察搏击大赛冠军。自此，两人成为既是队友又是师徒的关系。

　　刘东先天条件好，身高、臂展、技术优势突出，其弱项是身体耐力不够，打击力量偏弱。谢文擘配合主教练为刘东做了"私人定制"，重点抓其体能和精准发力训练。经过一年多魔鬼式的训练，刘东完成了破茧成蝶的蜕变，在与队友的对抗训练中，一眼便可看出其非池中之物。用队友的话说，"刘东与冠军的距离就差一场比赛"。很快便有传言，刘东的实力或已超过老谢了。

　　营区旁的枇杷树又挂满了果实。新一届武警部队搏击大赛即将拉开帷幕。刘东早就期盼这场赛事的到来，他渴望通过这次机会一战成名。散打队组织举办了一次资格选拔赛。与刘东同一量级的选手共四名，其中包括谢文擘。由于谢文擘曾获过此赛级的冠军，按惯例直接进入决赛。刘东在选拔赛中大放异彩，毫无悬念地将另两名对手打败，最终在擂台上与师傅谢文擘相遇。这一战大家期待已久。

战鼓雷鸣，热火朝天。决赛当天，兄弟单位锣鼓队到场助阵，机关直属分队官兵，包括通信站、演出队的女兵受邀观摩见证，比赛尚未开始台下就分成了两大阵营，高喊："谢文擘加油！""刘东必胜！"随着一声发号令响起，师徒二人的脚步开始在擂台上旋转起来，刘东率先扫出试探性的一脚，谢文擘轻松躲过。谢文擘飞出一记高扫，刘东侧身闪过。又是刘东，力拔山兮，竟一把将谢文擘抱摔到地上，两人在地面上又展开了一番力量与技术的缠斗。由于占不到便宜，刘东主动放谢文擘起身，重新开启站立式对决。双方在不停的摇闪中，你来我往，拳脚交加，两个回合下来难分胜负。拐点出现在第三回合，老将谢文擘因体力下降，逐渐露出了败势。见一空隙，刘东转身一个高腿扫到谢文擘脸部，致使其失衡趴到护栏上。大家看得目瞪口呆，惊呼刘东"神腿"，同时为谢文擘的状况感到担忧。半晌，谢文擘才缓慢起身，走到刘东跟前与他握手示意认输。裁判一把举起刘东的手，宣告刘东获胜！谢文擘接过话筒，表示自己输得心服口服，刘东当之无愧代表散打队参加武警搏击大赛，衷心祝愿他梦想成真！

从老谢有些僵硬、尴尬的表情中，大家看到了本文开头的一幕，分不清老谢说的话是真是假。

果然，刘东不负众望，凭借着年轻激情与满格战力，一路力挫群雄，获得这一届武警搏击大赛冠军。

散打队随之开启了"双雄"时代。故事至此发生了转折。刘东回到散打队后，很快就不再将老同志放在眼里，认为他们的教学、训练法真是"弱爆了"，对新手的训练更是指指点点，嘴上成天挂着"两不行"："这不行""那不行"！别人的表现，在他眼里全不行。大家都说，刘东的尾巴翘上天了。由于他是新晋冠军，大家敢怒不敢言。人家有牛的资本！

谢文擘一如既往地辅导刘东，劝导他、敦促他专注训练，力争到全军、全国、国际赛事的擂台上打出名次。刘东对老谢的"唠叨"有些烦厌。他其实早就觉得老谢教不了他什么了，只是碍于情面没有说破。可是老谢怎么就认不清这点呢？

"搏击靠的是实力，而不是一张嘴巴！"终于，就在谢文擘又一次跟刘东"摆道理"时，刘东积压已久的情绪爆发了。他挥舞着拳头，气愤地回："这个才是擂台上的硬道理！"显然在"内涵"谢文擘作为他的手下"败将"，没资格再对他说三道四。

谢文擘先是一愣，而后脸红，接着是感伤与愤怒。他冷冷地剜了刘东一眼，说："走，上擂台！"

没有裁判，没有计时，反锁了训练馆大门。师徒两人再次展开了一场热血对决。不知是因为愤怒，还是纯粹就是蔑视，谢文擘杵在擂台上像一座山，任凭刘东发起一轮又一轮攻击，低扫、高鞭、抱摔，均被老谢轻松地接、化、发。刘东使出浑身解数，仍奈何不了谢文擘，使他尝到了"技术被实力碾压"的滋味。谢文擘则重心稳健，出手老到，招招制敌，打得刘东节节败退，毫无胜算之机。刘东心里似乎明白了什么，惊恐地看着老谢……

师徒在擂台上背对而坐。

"你为何将机会让给我？"刘东率先问道。

"因为你还年轻，你比我更需要这个机会。"谢文擘拎起上衣甩到肩后，朝训练馆大门扬长而去。

航空线

余清平

1956 年春天，我看到一队解放军，从十担丘的田埂上走过。泥巴小路，他们精神饱满，脚步整齐划一。我很奇怪，他们不走田中间被人踩出的直线路，却走凹凸不平弯曲的田埂。

解放军进了村，散入几户村民家里，帮助劈柴担水。我回到家里，看见父亲在与两名解放军说话，母亲在煮红苕饭。父亲对我说，你平时说要见解放军叔叔，这不就在你面前，快向叔叔问好。

解放军叔叔很勤快，年轻有力气，帮村民干了很多体力活儿。我与他们混熟了，对他们说出心中的疑团：你们为什么不走田里那条路？又近又好走。叔叔微笑着告诉我，田是老百姓的，我们走过去就踩紧了土壤，村民耕种时会多费力。我说，大家都在那里走，反正都踩紧了。他说，老百姓可以走，我们部队有纪律，不能走。

我还是不理解。另一个叔叔接口说，小朋友，我们排长说得对，等你长大了，参了军，就会明白的。

父亲笑说，小孩子咋这么多问题。

一句话说得大家都笑了。

饭熟了，父亲去喊解放军叔叔来家吃饭。吃完饭，排长按人数付了粮票和钱。父亲不肯收，说军民鱼水一家亲。排长握着父亲的手说，余同志，您的心情我理解，但是，如果不收下这粮票和钱，我们就是违反了部队纪律。父亲只好收下，用一个布袋装了一些红苕，说，张排长，山里路遥远，带路上解饥渴。

张排长连忙从身上拿出两元钱，说，余同志，钱你收下，红苕我就收下。

解放军往我家对面的列岭脑走去。我问父亲，解放军去列岭脑做什么？父亲说，前不久列岭脑竖了一根不锈钢旗杆，上面插着红旗，那是飞机的航空线，解放军是定期来检查的。

飞机？是的，我们山村的天空上经常有飞机飞过。我似懂非懂。不过，我后来知道了缘由，更知道解放军没来检查的日子，守护航空线的重任落在我父亲身上。父亲是高级社社长兼民兵营长，政府发给他一支冲锋枪，与解放军叔叔挎的枪一模一样。

几个月后，又有一队解放军来检查航空线，依旧在我们家里吃饭。带队的依旧是张排长。我发现这次叔叔们背的枪与上次的不一样，上次他们背的是冲锋枪，这次背的枪与冲锋枪有点儿相似，但弹夹是直的，且一长一短，枪身也短些。父亲也发现了这个问题，问张排长，这是什么枪？我第一次见。张排长说，这是卡宾枪。又向我父亲介绍了卡宾枪的性能。父亲很好奇，说，卡宾枪？我能看看吗？张排长有些迟疑，没说话，但终究经不住父亲的好奇心，把枪递给父亲。父亲接过枪，一边啧啧称奇，一边拿在手里抚摸。突然，"哒哒哒"，枪响了，一串子弹射向我家楼板。父亲大吃一惊，原来他的手摸到了枪的扳机，枪没有关保险。万幸的是枪口是向上的。

突生变故，张排长连忙拿过枪，一脸惊异。大家吃过饭，张排长依旧付粮票和钱，父亲吩咐母亲用家里仅有的一些面粉给他们烫锅底带到路上吃。张排长一边说谢谢一边掏出几元钱塞在父亲手里，又从衣袋里拿出一个信封递给我，说，小朋友，这是赠给你的，是你心心念念的红五星。

我高兴极了，连忙接过说，谢谢解放军叔叔。村民们也送来一些食物，张排长身上没有多余的粮票和钱，坚持不收。

一晃，又是几个月过去，解放军叔叔来了，这次带队的是聂排长。我有点儿失落。父亲没看见张排长，心情也有点儿欠佳。吃饭的时候，父亲还是忍不住向聂排长打听张排长怎么没来。聂排长告诉父亲，张排长几个月前，因为枪里少了几颗子弹，说是被谁不小心发射了，受罚不能来了。父亲顿时后悔至极。我望着楼板上的枪孔，想哭。聂排长也与张排长一样，带领解放军给几家困难户劈柴担水。他走的时候，父亲把村民送来的食物一起打包给聂排长。聂排长也坚持给父亲粮票和钱。

我长大后，当了一名光荣的空军飞行员。参军前夕，我怀揣着那个红五星，去航空线站了很久。我思念张排长。再后来，国家航空业发展迅速，有了雷达，航空线渐渐失去了作用，但航空线依旧像哨兵一样屹立在列岭脑。

高原红

张中杰

作为团部宣传干事，我被抽调到军史编辑小组。工作任务是整理资料，在"八一"前出一本军志。本来一切都挺顺，遇到一位牺牲的英烈高山，卡了壳。

高山，阿里守边战士，只有一张照片。稚气未脱，咧嘴笑着。黝黑的脸蛋上泊着红圆圈，那是西藏军人高原反应后共同的颜色。

我找到了当时参与救援的战友方向。

方向说，我听说高山是为陷入悬崖边雪坑的汽车脱困，不幸意外坠落，当场牺牲的。

去年冬天，高山班长带队巡逻，天擦黑时，天陡降鹅毛大雪，路遇一辆乘坐十几人的车陷入雪坑。他让副班长带队返回，自己留下来帮助司机脱困。

接到突遇险情，我们和医护急救人员赶去时，高山已经被两根树枝扎成的简易担架抬上来了。脸色青紫，瞳孔放大，连气息都弱到听不清了，除了口袋里一张新婚夫妻合影照片，连一句话也没留。方向话没说完，眼圈红了。

联系到了驾驶员，他说，那天黄昏，车的右面后轮陷进一个土坑，高低出不来了。车重才能增加摩擦力，全车人不能下车。天气越来越冷，车里的老人和孩子受不了。下来几个人推车也纹丝不动，那个执勤的高班长主动留下来帮我们解困。他让我挂一挡，稳住油门，他在轮胎后面推车。右倒车镜里，雪和泥水溅了他一身一脸。坚持了十几分钟，终于，汽车脱困成功。可是他却不幸意外摔下十几米高的悬崖。

没有人知道他的名字，后来才知道那天正是他复员回家，将和妻子团聚的最后一班岗。

"我后悔自己当初……"驾驶员哽咽了。

汽车、火车、中巴车，几经辗转，我见到了高山的妻子原青。

原青说，我打小喜欢红颜色。家乡果园的苹果红，天安门前飘扬的国旗红。所以，我初次见到高山哥脸蛋上的高原红，感觉特别亲切。

结婚五年我们只见过三次面。本来他属于晚婚，有十天结婚假期，可是部队临时通知有紧急任务，只过了三天蜜月就返程了。前年我去看他，半途遇到雪崩，无奈只能选择返回。

高山留给我们娘儿俩的只有这一摞书信。最后一封信，说不论男孩女孩，都叫高原红。高山说，那是我俩名字的组合，也有家乡苹果的颜色和味道。

"我喊起来会想念高原的高山，他叫起来会思念我和家乡……"原青泣不成声，怀里的女儿哇哇地哭起来。

我联系当初第一时间采访报道的记者凌云。凌云说，那是我今生唯一一次失败的采访。原青是我爸战友的女儿，当初原青作为征兵志愿者服务，看到高山脸上高原红的照片，心里就喜欢上了。后来，鸿雁传书，两人喜结良缘。

谁知道，结婚第五年，要转业回家，一家人盼着团聚呢，却等来他为救一车人牺牲的消息。

他也不管家中尚有七十岁的老爹老娘，还有原青和腹中尚未见上一面的宝宝。那是多么漫长绝望的等待啊。

可是，当我采访时，高山老爹说："高山娃儿活得值啊！一个人换十六条人命。"其他啥也不肯说。

原青捂着大肚子，不敢大声哭，怕伤了胎气。她也学高山老爹，说："救人命，都是应该的……"

结果，我的采访一无所获。没有宣传好，我很惭愧，也很内疚。

在"高原红"军人展览馆，我见到了退役保障局局长。局长说，高山同志牺牲十年，我们县政府获准接烈士遗骨还乡，安放烈士陵园。万人空巷，自发迎接专机到来。一束束鲜花，一声声鸣炮，一个个英姿飒爽的标准军礼，一双双泪眼婆娑在街道两旁，那是新中国成立以来全县规格最高的集体祭奠。

"我们收到了二十多万捐款，可是原青一家拒收。让我们代捐给县里仅存的九名抗美援朝老军人和烈士遗属……"

随着他的手势，我仔细观看展馆玻璃下高山和原青的放大照片。穿着军装的高山英气逼人，着红裙子的原青羞赧地笑。高山脸上的高原红映着原青的红脸庞，喜气洋洋。

那张照片是记者凌云拍摄的，高山是展馆五十六位英烈中留下遗照最少的。

望着照片上火红的高原红，我庄重地敬了一个军礼。

第 4 辑

我不是一条鱼

我不是一条鱼

非　鱼

我是一条鱼。

鱼戏莲叶间，是理所当然的。每天，我所有的快乐就是在那片荷塘里游来游去，嬉戏、觅食。夏日来临，荷叶田田，荷花绽放，那是我最幸福的时刻。偶尔，我会和其他鱼们比赛，那就是看谁能吃到荷花的花瓣。

老实说，花瓣并不好吃。作为鱼，我们天生就不是吃花瓣长大的。可有时候，那些淡粉、鹅黄、洁白的各色花朵，实在是太过鲜嫩娇艳，让人，不，让鱼们调皮一下，从水里跳起来，叼一口。

大多时候，我们谁也吃不到，毕竟荷花端端地高高在上。有时候，偏就有那么一朵，低了一点儿，运气好的话，就会成功。对此，我比它们经验略多，胜出的次数也更多。

我不是一条鱼。

我是岸边捕捉鱼戏莲的一个摄影师。

说实话，我也算不上一个真正的摄影师，临近退休，我需要给自己找个事做。想来想去，唯有摄影还略有兴趣和基础，就在几个老朋友的撺掇下，我置办了一套相机，周末有空了，就来这荷塘边随意拍拍。

有人说这片荷塘里的鱼会吃荷花，我不信。鱼就是鱼，怎么会吃荷花呢？可从他们发来的照片上，我的确看到了一条张着嘴的鱼，正跃出水面，奔向头顶的那朵粉色荷花。另一张照片上，那条鱼已经得嘴，一瓣花朵衔在唇边，正欲沉入水中。开眼界了，这是我第一次见到吃荷花的鱼。

我决定蹲守一下。

和他们一样，大清早太阳还没出来，我就把三脚架支在荷塘边，对着那几朵贴近水面的荷花，等待着阳光和鱼，如果运气好，也许就会抓拍到一幅完美的作品呢。

盯着取景器，我慢慢地等着鱼跃出水面咬上花瓣的那一刻。

为了有一张"镇得住"的照片，我有的是时间和耐心。

我是一条鱼。

岸上架起的一排排黑洞洞的"炮口"，对准了这个小小的池塘。我知道，他们在等什么。

荷花？不。年年岁岁花相似，他们已经对那些花失去了兴趣，他们等的是我们。我记得我说过，我们偶尔会调皮一下，会比赛，就是比看谁跳出去能吃到花瓣，他们等的就是这个。我们一跃出水，那些"炮口"就会齐刷刷地"咔咔咔咔咔咔"……

我告诉他们，别急。看谁能耗过谁，反正我们在水里，有的吃有的玩，让他们慢慢等去吧。

我不是一条鱼。

但我此刻有些恨那些鱼。连着七八天了，我的耐心快耗尽了，还没有一条鱼跳出来，别说拍了，连看我都没看到。荷花深处，倒是听到有鱼们跳出水面弄出来的动静。

太热了。那些聒噪的蝉拼了老命在叫，好多人已经收拾设备准备撤了，我也打算走。

电话响了，一个熟悉的号码。他问我，在哪儿？我说，在钓鱼。他说，发个位置，我马上去。我赶紧告诉他，没在钓鱼，在拍鱼，等着鱼吃荷花呢。他说，鱼会吃荷花？我不信。很快，他就来了。

我们席地坐在一棵树下，我给他说了鱼戏莲，是真的，我在等那个惊艳时刻。他看了看我的设备，又看了看别人的。他笑道，哥，你这装备不行啊，入门级的。我说，就是玩玩。

过了几天，他又打电话，说给我捎了一份土特产。土特产？他老家离我老家不过三十里，他的土特产还能比我爹娘种的更土更特？我说，不用了，家里人少，吃不了多少。但他还是送来了，一个大纸箱，箱子上真的写着山珍特产。我压根儿不会相信。打开，果然是一个硕大的照相机镜头，佳能，六百变焦。

我立马封上，打电话让他拿走。他说，哥，就一个镜头，不值几个钱。我咨询过了，想拍那种鱼戏莲，得用这种设备，你那个是拍不到的。我说，你再不拿走，我就把箱子放你公司门卫室了。

我是一条鱼。

那个老头儿太执着了。最近每个大清早都来，在众多的长"枪"短"炮"中，支起他寒酸的相机，跟他们一样耐心地等着。

嘿，看在他这么大年纪的分上，我就跳一下，给他表演一下，能不能拍到，就是他的事了。

我不是一条鱼。

功夫不负有心人，终于让我等到了。我盯着取景器，手一直放在快门上。看到一条青色的大鱼在水中绕着一朵花盘旋，我就觉得可能有戏。

果然，那条鱼好像知道我做好了准备，它晃了晃尾巴，一跃而起，嘴巴大张，咬住一片花瓣，又一个甩尾，那片花瓣就被它衔在嘴里，然后和它一起沉入水面。

从出水到入水，不过短短的一两秒钟，我全部拍了下来。

等那些长"枪"短"炮"听到动静，调整相机，去摁快门，那条鱼已经完成了它的全部动作。

我给他发信息，说我拍到了鱼戏莲，就用我的破设备。这么久了，那条鱼终究还是没忍住。忍不住，就会有被拍到的可能。

他没回我。

乌　鸦

侯德云

村里人哪有不羡慕老钱的？要吃有吃，要喝有喝，一人吃饱全家不饿。这是全村共识，谁都没有异议。他唯一让人看不惯的，是五冬六夏一身黑，瞅着有点儿像乌鸦。

老钱不光是要吃有吃要喝有喝，一人吃饱全家不饿，他还傲气得很。组织上原打算安排他当个生产队队长，他不干，怎么劝都不行。他说自己跛着一条腿呢，当领导影响组织形象。让他当会计，他没法推辞，整个卡屯，确切说是整个生产小队，实在找不出比他更有文化的人了。他早年在皮镇的一所小学里当过勤杂工，会写张王李赵，会背乘法口诀，他若不当会计，谁还敢当呢。

大家说老钱有吃有喝，指的不是棒子面饼子和稀粥，也不是咸菜疙瘩和凉白开，而是吃香的喝辣的。谁不知道炒花生吃着香，白酒喝着辣呢。老钱对白酒要求不高，一块钱一斤的瓶装酒，或者七八毛钱一斤的散装酒，都行。老钱能吃香能喝辣，全是依仗老朱。老钱跟老朱，有过命的交情。很多年前，两支队伍在皮镇附近打拉锯战，老钱和老朱都是支前民工，在战斗过程中老钱救过老朱的命，那条受过伤的腿便是铁证。后来老朱在皮镇的国营单位里一路高升，当了个一把手。老朱不忘老钱的救命之恩，每月开了工资，都要来卡屯看望老钱一次，伴手礼永远是二斤花生米和二斤瓶装白酒，临走再留下五块钱。五块钱的正面，是戴着前进帽的钢铁工人，如果不是老朱，老钱哪能月月都跟钢铁工人打上个照面呢，那是不可能的。老钱站着不比别人高，躺着不比别人长，别人一天挣五毛，他也是五毛，挨到年底才分红，扣下口粮钱不剩个啥，哪会有票子吃香喝辣呢？

老钱每天除了记记账、算算账，再就是一颠一颠地四处溜达，等于说是半个闲人。闲有闲的好处，但也有坏处。老钱一闲下来，就想吃点儿香的喝点儿辣的，不知不觉就喝高了。

老钱酒量不大，一过二两就醉，有时醉得一塌糊涂。要是醉在家里也就罢了，可他不，他是随时随地醉倒，有时醉在海防林里，有时醉在海滩上，更多的时候是醉在皮镇。老钱进了皮镇供销社，来到卖散白酒的柜台前，说，来一提。一提就是一两，倒在一只小搪瓷缸里。老钱从兜里抠出两粒花生米扔进嘴里，嚼得满嘴喷香，用力一咽，迅速端起搪瓷缸，一仰脖，一两酒就下去了。接着说，再来一提。再抠出两粒花生米，再嚼，再一仰脖，又一两酒下去了。到此为止，啥事没有。关键是他逛完街，回家路上走到供销社门前，又管不住自己的嘴了。钻进去，再来一提，喝完出门，一见风人就不行了，晃晃悠悠，没走出三步就倒在路边。消息传回卡屯，队长便打发人，用粪筐把他抬回去，有时扔在饲养员的小屋里，有时就扔在场院上，供全体社员围观。

老钱的形象就这么一天天一年年被自己弄得猥琐起来，他的身体也就这么一天天一年年地委顿下去，直到某年的大年三十，他永远地醉了过去。

老钱小时候是孤儿，死前是光棍儿。死后不久，老朱就搬到他生前居住的小套院里，直到退休后，仍然住在那里。对老朱的到来，卡屯说什么的都有，但都是背后嘀咕，没人敢上前去质问老朱，就连生产队队长也不敢。

老钱住在卡屯最东边，独门独院，紧挨着海防林，离老五家四五十米的距离。老五读初中和高中那几年，经常在老钱家门前走动，那是老五去海边的必经之地。

老钱家已经不是老钱家了，已是老朱家。老五在心里对自己说。

老朱搬过来没几天，就在院子里立起一个索伦杆。起初老五不知道那东西叫索伦杆，是听屯中老人们说的。老人们还说，索伦杆是用来喂乌鸦的，满族人有崇拜乌鸦的习俗。

老朱的索伦杆离房檐很近，高出房顶不到两米。老五亲眼看见老朱踩着梯子登上房顶，往索伦杆顶部的方斗里撒高粱和玉米，逢年过节，还要撒点儿花生米倒点儿白酒。

老朱很快就跟乌鸦交上了朋友，老五也很快跟老朱交上了朋友。老五不记得他是以什么借口走进老朱家的，或者是老朱主动招呼他进去的也说不定。老五吃过老朱的炒花生，看过他的《红岩》和《暴风骤雨》，对乌鸦也有了别样的了解。

老朱说他在海湾里钓鱼时，中午去树林里睡了一觉，醒来发现一只乌鸦把钓线从水中拽上来，正在偷吃他钓到的胖头鱼；老朱说他看见两只乌鸦合作，从水獭口中夺食，一只先去啄水獭的尾巴，另一只趁水獭分神，迅速把鱼夺走；老朱说乌鸦可以模仿其他鸟类的叫声，比如猫头鹰；老朱说乌鸦是最早识别稻草人的鸟，它们喜欢站在稻草人的肩膀上嘲笑农民；老朱说乌鸦爱做游戏，衔一根小树枝飞上天，一张嘴，紧接着一个俯冲，再把树枝叼住，如此循环往复……

哇，乌鸦这么厉害，老五都有点儿仰视它们了。

某日黄昏，老朱脸色凝重地对老五说，一大早，他家的房顶上，有一大群乌鸦在盘旋，呱呱地叫，像开会一般，随后由一只硕大的乌鸦带队，"扑棱棱"向长山岛的方向飞去，只见飞去不见飞回。

老朱说，老钱活着的时候念叨过多次，说死后要变作一只乌鸦。

老朱说他立索伦杆就是为了祭奠老钱。

老朱说三十年前的今天，老钱站在海边迎接来自长山岛的新娘，可是到天黑也不见人影。后来得知，新娘搭乘的渔船，遭遇了一场龙卷风。

老钱就是从那天开始酗酒的。说这话的时候，老朱眼睛直勾勾地往天上瞅。

天上空荡荡，几丝云，一缕风。

花草诀

聂鑫森

矮矮瘦瘦的安于山，已经从湘楚花木公司退休快一年了。年届而立的儿子安晓林，在总经理的位子上，坐了也快一年了。安于山是全方位的交权放手，连"垂帘听政"都一概省略，只是用老眼旁观。

安于山，原来是乡下培花育草的花匠，三十年前创办了这家私营企业——湘楚花木公司。他脑瓜子活，吃苦耐劳，又是知花识草的行家里手，在春秋更替中，让公司由小变大，由弱变强，他也成了这个行业叱咤风云的人物。他当初租赁的这一大片荒山野岭，姹紫嫣红，嫩绿鹅黄，成了名副其实的金山银山。

安于山的公司有健全的机构，苗圃部、花木部、营销部、后勤部、接待部、党支部、工会，员工竟达五百之众。总部是一个竹篱小院，在芳草萋萋的土坪上立着一栋三层青砖小楼，各个部门都有单独的办公室。

在一场大病后，安于山突然有了莫名的疲劳感，他觉得，自己该急流勇退了。好在儿子很听他的调派，先读林学院的园林系，毕业后老老实实来公司当普通员工，在苗圃部、花木部、营销部、后勤部各干了两年，为人低调，做事踏实，还入了党，从上到下赢得了好口碑。

"晓林，爹当总经理已经力不从心了，你来干吧。"

身高体健的儿子连忙说："爹，我经验不足，您得先扶我上马，再送我一程。"

安于山微微一笑："你还有话没说出来，担心我'干政'！放心，我不会。你怎么安排领导人选，怎么开展业务，我一概不管。"

安晓林大声说："行！我可以走马上任了。"

令安于山诧异的是，儿子从二月上任后，公司的一切都按原程序运行。新官上任，调换各部门领导人选是常例，儿子居然没有任何动作。

安晓林只是在召集各部门领导开会时，说："我们是花木公司，总部大院里不能不摆放几盆花草，这是脸面啊。你们每人去挑一盆自己喜欢的花草，花盆外壁贴上写了自己姓名的标签，搁在花架上吧。"

安于山虽不在现场，但早有老部下悄悄打手机告诉了他。他又喜又叹：不调换领导班子，应该是为了大家情绪的稳定，好；在总部多摆放花草，不过是世俗的面子工程，是不在紧要处做工作，唉。不过，安于山没有当面告诉儿子自己的想法，尽管还没成家的儿子隔三岔五会回家来探望父母。

阳历的元旦快到了。每天都是大雪飘飘，寒气砭骨。

安于山屈指算了算，儿子上任十个月了。这十个月的业务报表复印件，儿子总是随意地放在家中客厅的圆桌上，业务量、利润都是平稳中略有增长。安于山知道当下的市场状况，能这样就很不容易了。

这天晚饭后，安晓林说："妈，不影响你看电视，我和爹去楼上的小客厅聊天。"

安于山有些意外，马上说："好。聊什么？"

"我知道爹一直想问，为什么让各部门领导领养一盆花？"

"对。我想听听你这是什么花草诀。"

楼上的小客厅墙上挂着几幅令人赏心悦目的字画，红木小圆桌上摆着一壶热好的黄酒和两个浅口小瓷碗。

安晓林给瓷碗斟上酒，说："爹，我敬您，您喝一小口，我全干了！"

安于山说："黄酒度数低，我也干了。"

两只瓷碗轻轻碰了一下，父子两人仰头喝了个底朝天。

"爹，元旦后，我要调整领导班子了，当然，是部分调整。您在位时，一人拉琴一人唱，不设副总经理，我现在要设一个了。"

"谁？"

"营销部主任古文玉。"

"理由呢？"

"我先说领养花草的事。古文玉当初选了一盆茶蘼花，枝叶长得很鲜活，开花却要到晚春。古诗说'开到茶蘼花事了'，它开花时，春天就快结束了；古人又说'茶蘼不争春，寂寞开最晚'，很有点儿自甘寂寞的意思。"

"我记得他的年纪，一入夏，就满六十了。"

"对。虽然他快退休了，但这盆花却依旧被侍弄得很好，到暮春时，白色的花开得又多又美，花草的姿态可印证他的生活和工作态度。那天，他找我办退休手续，打算按月领退休金。我说想留用他，原职原薪，他同意了。不过，他不肯要原薪，说只需补全退休金不足的部分就行了。他又告诉我，要换养一盆晚香玉，白色的有香气的喇叭状花，可以从 6 月开到 11 月，也是告诫自己虽近暮年，仍要奋发努力。他想出了不少营销新招：端午节前夕，他推介应节的龙船花；重阳节快到时，他向老人推介万寿菊；为迎接教师节，他和教委联合举办活动，邀请企业家赞助，向全市的名、老教师馈赠绿叶红果的万年青，一下子就销售了上千盆！"

"古主任是个人物！但你表姐刘艳，在花木部当主任也有年头了，才四十多岁……听说她领养的是月季花，又叫月月红，花开得红艳艳的。"

"爹，您的消息很灵通。不过，为她的花浇水施肥的，是总部大院的一个女清洁工，她自己从来没动过手。不过，表姐常自夸，她的月季花是艳压群芳的。她还常常不在办公室，听说是逛商场、看电影去了。她也不喜欢到花木部的基地去，谁也不敢说她，她是'皇亲国戚'嘛。"

"可她的业绩不错呀。"

"爹在位时，是爹暗中帮忙筹划。我上任后，是我委托苗圃部的主任江天流去安排生产，她仍然受之无愧。江天流只比我大两岁，上有老母，下有两个孩子，妻子是小学老师，从不因家事耽误公事。他一明一暗领导着两个部门，轻轻松松的。他领养的是一盆飞燕草，用心又用情，开花时节，淡蓝的花像一只一只燕子毫不张扬地衔泥筑巢，很让人感动。"

"表姐毕竟是咱自家人，你要手下留情。"

安晓林给自己倒了一碗酒，咕咚咚喝了下去，说："爹，花木部和苗圃部是公司发展的主动力，得用贤人、能人，表姐必须让位！"

"那让她去干什么？"

"去接待部，不是当主任，是当一般的接待员，得八个小时坐在办公室，接待来访的客户。"

"她要是不愿意去呢？"

"可以回家去逍遥，工资照发。不过，工资不由公司发，由我私人支付。爹如果不同意，我把总经理的宝座奉还。"

安于山说："我没说不同意……花木部的主任谁当呢？"

安晓林说："我建议，把苗圃部、花木部合并成一个部，叫花木苗圃部，由江天流当主任。古文玉当副总经理，兼管营销部。其他各部门的领导，一概不动。从他们领养的花草上，我认识了他们，这就是我的花草诀。过了元旦，我准备开个大会，我先从认养花草谈到干部的调换，再谈公司发展的长远计划。"

安于山猛地仰头大笑，说："儿子，这个花草诀说明你有眼力，也有胆气，好！你怎么认定就怎么干，我不干涉，哈哈。"

楼下忽然传来响亮的叫喊声："你们快下楼，和我一起到院子里去闻闻梅花香！"

安于山回应一声"好嘞——"，悄声对儿子说："你妈老来疯啦，召唤我们去踏雪赏梅。她知道我们会谈些什么，她这么高兴，我也放心了。"

安晓林说："妈是个明白人！"

马　戏

芦芙荭

那年春天，麻城来了个马戏团。他们把老虎和狮子装在铁笼里，用车拉着满大街转。老虎和狮子在铁笼里时看起来并不怎么威风，趴在那里眯着眼，似乎在打盹儿。

那几天，我们在学校里上课都没了心思。马戏团每天演出两场，早上一场，下午一场。马戏团早上演出时，我们一般都在听数学老师讲课——我们的数学老师很厉害，他在黑板上画圆根本不用圆规，手在空中一抢就是一个圆，这让我们很崇拜。下午，我们要么在上语文课，要么在上体育课——一个学生趴在地上当木马，另一个学生跳过去。我们都有些心不在焉。趴在地上的同学就学着老虎的样子，完全忘了我们是在上体育课。

马戏团的到来，给麻城人带来了很多欢乐，大街小巷谈论的都是马戏的事——凶狠的狮子可以像我们过年玩的狮子那样滚绣球，不过，真狮子脚下踩的不是绣球，而是很大的皮球；猴子穿着人的衣服，竟然还人模人样了；最让人提心吊胆的是美女和蛇，两条两米多长的蟒蛇，一会儿缠住美女的腰，一会儿缠住美女的脖子，美女还用她涂了口红的唇去吻蛇的嘴；还有红鼻子小丑、将一张纸点燃瞬间变出鸽子的魔术师，等等。我们听了，恨不得立马能亲眼看一场马戏团的表演。

那些天，下了晚自习，我们急急地跑到麻城广场，马戏团就在那里演出。广场已被围栏围住，里面又用幕布围起一个台子，白天的马戏表演就是在那个地方。晚上，表演早已结束，偌大的广场空荡荡的，马戏团的人正在台子后面的场地上吃晚饭，那里还撑起了一排帐篷，是马戏团的人睡觉的地方。在帐篷前摆着一些铁笼子，马戏团的老虎、狮子、猴子等都关在那里。

我们像猴子似的攀在广场旁边的树上，从那里往广场中心的那些铁笼看，这样也许能看得更清楚些。我们蹲在树枝丫上，可惜天已黑了，广场四周的路灯虽亮了起来，可太昏暗了。我们什么也看不清。过了一会儿，帐篷里的灯也一个一个熄灭。马戏团的人大概是累了，相继睡去。

透过树枝的间隙，我们看见月亮已爬上了天空，月光下的广场更加静谧。这时，帐篷外的铁笼发出了一些声响，不知是狮子还是老虎将铁笼啃得"咔嚓咔嚓"的一片响，好像随时都会将铁笼咬开似的。此时，笼里的动物们都醒了，先是猴子吱吱叫了几声，接着，老虎、狮子都接二连三地跟着叫了几声。

听着动物们的叫声，我们心里都很激动。据说马戏团在麻城的演出一直持续到周末。我们掐指算了算，还得两天时间呢。

周六中午，我们放学回家走在街上时，发现整个麻城街道上的人神情都有些古怪——他们走路时都很紧张，就是几个人凑在一起说话也会情不自禁地东张西望。有人说，就在昨天晚上，马戏团出事了。

我们听了，吓了一跳，难道是那锁在笼子里的老虎或者狮子跑出来伤了人？我们顿时也跟着莫名地紧张起来，仿佛那跑出铁笼的老虎狮子就躲在身后，要趁我们不备一口咬住我们的脖子似的。

后来，我们才弄清楚，跑出笼子的并不是老虎狮子，而是那两条蟒蛇中的一条。那时，麻城里很多胆大的人都和马戏团的人一起在大街小巷里寻找那条蟒蛇。

寻找蟒蛇的工作持续了几天，最终也没有什么结果，马戏团的演出活动也因此而停止了。

那几天，学校不得不把早上去学校的时间推迟，要等天大亮了才让我们往学校去。学校的晚自习也不得不取消。那么大一条蟒蛇，要是被哪个学生遇上，可不是闹着玩的。即便这样，有些小心的家长还是要手里拿着棍棒送他们的孩子去学校。

整个麻城因这条逃跑的蟒蛇而被打乱了节奏，陷入了一片恐慌中。以前那些喜欢吃完晚饭出门散步的人，现在也不敢再出去了。就是晚上睡觉吧，也得将门窗闭紧，害怕蟒蛇钻进屋里，趁人熟睡时突然从家里的房梁上掉到床上。

马戏团在一周后不得不离开麻城。那么多人地毯式地寻找了那么多天也没寻到那条蟒蛇。马戏团的人坚信，那条蟒蛇一定是溜出麻城，跑到郊外，回归大自然中去了。没有演出就没有收入，还有那么多动物要吃要喝，他们在缴了罚款后，拉着其他的动物离开了麻城。

马戏团来了，又走了。我们没能看上马戏，但那条蟒蛇却留在了麻城——我们坚信它还在城里，也许哪天早上我们上学时，它就从某条巷子里蹿出来与我们相遇了。

放电影

谢志强

马连长接到团部晚上放电影的通知，做出了两项安排。

第一项，通知炊事班提前一个钟头开晚饭。全连 6 点钟收工，留出吃饭、打扮的时间，8 点集合，开赴团部。第二项，马连长前往女排。他刚走近女排垦荒的地方，牛遇秋排长就放下坎土曼（注：新疆地区的一种铁制农具）过来了。

马连长和牛排长是夫妻。都说"牛头不对马嘴"，马连长却说："牛马一个圈，好相处。"马连长这个连队，离团部最远，紧挨沙漠。他曾是团长的老部下。团长要稳住这个"前沿阵地"，就"照顾"他，多给他分配来一队支边女青年——有一个班，总共 12 人。

按照团部任命，牛遇秋担任女排排长。牛遇秋说："人家要说闲话，一个班怎么能冒充一个排？"马连长说："三个排的光棍儿，都问我要老婆，我这个连长怎么当？团里都说了，我管的连叫'马连'，你管的排叫'牛排'。人是少了点儿，暂缺两个班，有新的就补充进来。再说了，也不能再安排一个男排长管女班，男人管女人，咋管？你们就自己管自己，甭叫我多操心。"

公开场合，马连长和牛排长是叫名字，还是叫职务？都不好叫。他俩之间有默契。他一出现，她就过来——当然找她有事儿，而且是急事——平常的事儿，都在枕头上布置好了。

马连长叮嘱，今晚是垦荒团组建后的第一场电影，他俩分头带队。马连长带男兵，牛排长领女兵。男的不用带，自己会走。女的不熟悉路，要领住喽，别走迷了路。

姑娘们大概已听到放电影的消息，挥动坎土曼，像在跳舞。沙尘弥漫，传出笑声。

马连长说："到了团部，你给我看紧点儿，让她们跟自己连队的说话，不让别的连队掺和进来，那些个男的，最会钻空子……"

牛排长说："你索性派人站岗放哨，画出警戒线算了。"

马连长严肃地说："这可不是开玩笑，眼下我们连队最缺啥？三个排男兵，一个班女兵，男女比例严重失调，再不守住阵地，大家闹起情绪来，我怎么领导垦荒？"

"马连"是最后到达团部的。团部前一片荒地中央（按照规划，未来是广场）保留着几棵胡杨树，正好悬挂银幕。荒地上黑压压一片人头，附近的胡杨树杈上，像大鸟一样，坐着好些男人。幸亏牛排长细心，预先叫一排的同志过来，占了一块空地。

团长的开场白非常简洁："师里关心我们团，特意送来一部片子《列宁在一九一八》，现在看电影。"

全场响起掌声，像荒原上下起了暴雨。月亮从云里露出来半边脸，好像也好奇寂静多年的沙漠发生了什么大事儿。

电影开始了。8.5毫米的放映机，摆在一张长桌子上边。换了几次胶卷，散场时，已是午夜零点。像爆炸，密集的人影四下散开。

忙累了一天，又站着看完一部电影，马连长的身子不听使唤了，似乎是两条腿在架着他前进。他的脑袋像煮着苞谷面糊糊，但有一点儿很清晰，他知道连部平坦坦的床在前方等待着他。不知走了多久，马连长到了连部。他躺下，刚响起呼噜，门像狂风吹开一样响。

牛遇秋推醒他："老马，女排有人走丢了。"

马连长揉揉眼，问："你咋在我跟前？"

电影放完，牛遇秋踏着月色，前边是神秘的夜色，身后，姑娘们兴致勃勃地讨论着电影。有的模仿男主角的口气："面包会有的……"有的边说边笑："苏联人那个……亲嘴……咋亲得那么响……"听着听着，走着走着，不知过了多久，牛遇秋后边没有声音了。茫茫的戈壁荒漠的夜色，好像是个无边的大湖，淹没了她们。她看见后边像有一个人发呆似的站着，走近一看，却是一棵胡杨树。到连部清点人数，才发现少了四个姑娘。

马连长顿时清醒，说："你咋不把自己走丢了？要是找不回来，你就卷起铺盖回老家去吧，我这个连长也甘愿当光棍儿。"

牛遇秋说："谁稀罕排长这顶帽子，可老婆不是说不要就不要的，当初可是你追的我。"

马连长穿上衣服，说："找不回来，你就别进这个门了。"

马连长喊出司号员，紧急集合，点燃火把，兵分四路——朝向四个方向。黎明前，有一队人马传来消息，在沙漠深处找到了人。四个姑娘都在，她们走得慢，没跟上队伍，迷路了，在沙丘之间转来转去，沙丘的模样都差不多。夜间寒冷，找到人时，四个人正抱在一起取暖。

她们一见牛排长，都围上来哭。牛遇秋说："怪我怪我，只顾自己走，和你们走散了。"

马连长捡来红柳、碱草，点上篝火。

她们围着火。红柳噼噼啪啪、哧哧溜溜地响。

牛遇秋招呼她们："转个身，烤烤背，沙漠里烤火，一面热，一面冷。"

马连长叫参加搜救的男兵回连队，放半天假，补个觉。

牛遇秋瞅瞅马连长，笑了。

马连长板着脸，说："看啥？笑啥？我脸上又没花。"

牛遇秋说："昨晚，那么凶，暴露真面目了吧？"

马连长的嘴，像果壳炒裂了，他咧嘴笑着说："昨天晚上，两场露天电影，一场《列宁在一九一八》，另一场《女兵在一九五六》。"

姑娘们都笑了，但不敢出声，有的捂嘴，有的抚肚。

牛遇秋站起，说："瞧瞧，这匹马，嘴咧得跟裤腰一般。姑娘们，烤热了，一起回连部。"

公交车上的气质女神

邓洪卫

公交车上，我时常遇见那个气质女神。

她一头栗色的波浪卷发，额头光洁，皮肤白皙，脸庞线条流畅，眼睛大而有神，鼻梁高挺，嘴唇饱满，下巴紧致。一切都那么自然和谐，像一幅画。

坐着时，她上身挺得笔直，一手扶着搁在腿上的包，一手拿着手机。头微低，眼睛跟手机保持适当距离。有时转脸看窗外，似在思考，光影轻轻落在她脸上，半明半暗，让人忍不住猜测她在想什么？待转过脸来，立即恢复光泽，似心情柳暗花明。

如果没座位，她就得站着了，穿过一个个人的脑袋，或身体间的缝隙，我会贪婪欣赏她的曼妙身材。她站得直，头微仰着，露出光滑而紧绷的脖颈，骄傲如天鹅。

她的服装四季分明。春秋天都是一袭风衣，当然款式不同，多为偏淡的奶油卡其色，凸显肤色优势。冬天多为呢子大衣，有时也穿羽绒服，丝毫不显臃肿。夏天最好，多为长裙，高端优雅，也穿短袖衬衣、浅色西裤，衬衣一定是扎在长裤里的，好像没见穿过 T 恤，嗯，没有。对，包是必不可少的，有时拎着，有时挎在胳膊上，跟身体融为一体。原谅我不懂包，对包也不感兴趣，无法做出细致的描写，更无法说出它们的品牌。她在空气混浊的公交车厢里，显得那么清新明亮，在众多满脸焦灼甚至晦气、愁苦的乘客中，那么引人注目，无论站在哪里，坐在何处，都会直击你的眼神，仿佛有光照耀。

有时呢，她会遇到熟人，打着招呼，她的脸上浮着恰到好处的笑容。她的目光是清澈的，像含着一汪水。她的牙齿是洁白的，整整齐齐。她的气息是阳光的，温暖而柔和。你找不出她的任何毛病，真的。

这辆早晨八点左右的公交车，沿着长长的解放路一路向北。车上坐着的大体是两类人——一类是上班的人群，他们多为中青年，个个表情复杂，有的满怀希望，跟着这趟车走进美好的工作时光，有的一脸晦气，厌倦、烦躁、不满，不知道这一天又将发生什么，上司的批评、同事的算计，周而复始毫无意义的活计，如同赴刑场、下地狱；一类是老年人，此人群又分两类，一类是到坐落在城北的老年大学学习，一类是到城北的大菜场买全市区最便宜的菜，再折回城南的家中，为自己，也可能为儿孙们做丰盛而实惠的饭菜。免费的车让他们喜悦，便宜的菜更让他们快乐。与上班人群低头看手机不同，他们热烈交谈着，上到国际国家大事，下到菜价肉价，中到个人身体健康、生老病死。

车厢里弥漫着老人的气息，还有各种复杂的气味，融入卑微而真实的生活。

气质女神下车了，在我的前一站下车。她总是在我的前一站下车。她从车上跨到站台，不疾不徐地行走着，跟身边人的步履匆忙形成鲜明对照，她是那么沉着自信，那么端庄大方。这一站靠近一个医院、一个学校，两家单位都在路西，医院向南，学校又过一条马路往北。于是，很多人出了站台，到路西去，再分两批，一批往南边的医院，一批奔路北的学校。而气质女神则往路东去，过马路再往北。接下来，我就不知道她奔赴何方了。公交车继续轰然行驶向下一站，那里是我要下车的地方，我将把一天的时间交给我的单位，实现人生价值。这人生价值就是也许够我养家糊口的薪水，每个月十号随着短信的一声提示，人民币就牛哄哄地跳到我的银行卡上。

有一天，当那个气质女神下车时，我也跟了下去。跟着她到路东，再到路北。我听到她高跟鞋踏在水泥路面上咚咚咚的有节奏的声音，看到她间或把头发往后一甩。我习惯性地把头往后一偏，仿佛头发要打到我脸上。哈哈，其实差得远哩。

我们过了路北，走了一百米左右，拐进一条巷子，穿过去，拐进另一条巷子。大约又走了一百米，她在路边的早餐摊前停住了。做鸡蛋饼的大妈跟她打招呼。在短暂的思考过后，我也在早餐摊前停下来。她看了我一眼，我心虚地躲过她的眼神。很快，她的鸡蛋饼好了。她一手提着包一手拎着鸡蛋饼，还有一盒牛奶，走进旁边的一个院子。那是一所幼儿园。我听到保安向她问好：园长早。她优雅地回答：早。我通过铁栏杆的空当，看到她走过院子，上了台阶，上了楼。一会儿，她出现在三楼的走廊上，进了一间房，该是园长办公室。你可以想象，她把包挂在衣架上，把鸡蛋饼和牛奶放在桌上，也可能把风衣脱下挂在衣架上，烧一壶水。然后，坐在椅子上，一口一口吃鸡蛋饼，喝牛奶。

回过头来，我到早餐摊前拿起我的鸡蛋饼，也要了一盒牛奶。我继续向北，不到十分钟，到了单位。保安也向我点点头，我报以微笑走过去，却又回头把牛奶和鸡蛋饼的袋子递到他手里。他惊讶地看着我。我说，我吃过了。他说，我也吃过了。我说，你比较辛苦，再吃点儿。他说谢谢。

我到办公室，脱下外套挂在衣架上，到走廊尽头打了一壶开水，泡了一杯茶，换上工装，稳稳坐下来，以久违了的庄重感，开启一天神圣而有意义的工作。那一瞬间，忽然就想到我不该把早餐给保安。

应该像那个气质女神一样一口一口吃下去，香喷喷的。

我们都是兵

刘国芳

这天在大街上走，一个人过来抢了我的包就跑。我便喊有人抢包。一个兵听到我的呼喊，风一样跑起来，去追那个抢我包的人。兵跑得很快，没多久就追上了那个抢包的人并捉住了他。兵很年轻，高高大大，阳光照在他脸上，看起来非常英俊。

我就这样认识了兵，我不停地向他道谢，还说："要不是你出手，我的包就被人抢了，真的非常感谢！"

兵说："不用谢，谁见了都会这么做。"

我问："你在我们福州当兵吗？"

兵说："是。"

我说："是我们福州人吗？"

兵说："不是，我是江西抚州人。"

我说："江西抚州，我知道，福州抚州，听起来好像是一个地方。"兵笑着说："是，好像是一个地方。"

过了几天，一个孩子放风筝，就在我们重宇合众律师事务所不远处的一块空地上放，后来风筝飘呀飘，飘到一棵很高的树上。孩子扯着风筝线要把风筝扯下来，但线扯断了，风筝还在树上。孩子后来爬到树上，要把风筝拿下来，但爬高了，孩子不敢下来了，吓得在树上哇哇大哭。

兵走了来，就是那个帮我把包追回来的兵，兵爬上树，把孩子抱了下来。

孩子懂礼貌，对着兵说："谢谢兵哥哥。"

兵说："下次不能爬那么高了。"

我走近兵，跟他说："你又做了一件好事。"

兵笑一笑，跟我说："举手之劳。"

这后来好久再没见到那个兵。

这天从河边走过，老远，看到几个孩子在水里玩水，一个兵跑了过去，还喊："小孩子不要下河玩水。"

一个孩子回答："我们会游泳。"

兵说："没有大人在边上，会游泳也不能下水，快上来。"

近些，我看清了，就是我认识的那个兵。兵不停地喊孩子们上来，但孩子们不听，还在水里玩。兵看孩子们不上来，就脱了衣服，下河赶他们上来。我这时也到河边了，我大声说："谁叫你们下河游泳，赶快上来！"

因为兵在水里赶他们，又有我在岸上喊，几个孩子终于上来了。

第二天，我住的那幢楼出事了。一个孩子从四楼掉了下去，一个兵在楼下走过，伸手把孩子接住了。我当时在十楼，我看清了，还是我认识的那个兵。我赶紧下楼，但到了楼下，兵走了，只看到孩子的大人抱着孩子以及几个围观的人。我赶紧问："孩子要紧吗？"

孩子的大人说："不要紧，被那个兵抱住了，一点儿事都没有。"

我问："那个兵受伤了吗？"

孩子的大人回答："没有，可能是楼层不高或者是孩子还小，那个兵没有受伤。"

我说："那个兵呢？"

孩子的大人说："刚走了。"

我到处看，要找到那个兵，但我没有看到他。

仅仅隔了两天，我又见到兵了，这次兵跟我打着招呼说："好久不见。"

我说："好久不见？我这几天见到过你呀。"

兵说："你这几天见过我？"

我说："是呀，前几天有几个孩子下河游泳，你喊孩子们上来，孩子们不上来，你还下水赶他们上来；昨天你又徒手接住了一个从四楼掉下来的孩子。"

兵说："你这是在说我吗？"

我说："是呀，我亲眼所见。"

兵说："怎么会是我呢，我都在外地待了一个月了。"

我很惊讶，我说："你在外地待了一个月？"

兵说："是呀，我在外地集训，上午才回来。"

我说："那个兵不是你？可是，我怎么觉得他像你呢？"

兵说："我们都是兵呀。"

草原隐者

申　平

那是刘星到草原上给人放牧的第二年，有一天赶羊上山，他遇上了一只狼。

那时候，他正坐在草坡上看书，羊群突然轰的一声炸了窝。他一惊，站起来四下一看，天哪，一只个头很大的狼一拐一瘸地正向他走来！

他听人说过，会装瘸的狼是最狡猾凶恶的，于是他赶紧操起羊叉，准备与狼进行殊死搏斗。没想到那狼却在离他不远的地方趴下身去，抬眼望着他，口中呜咽有声。真能装！老子才不会上你的当。他心里想着，转身赶羊就走。不想那家伙又一拐一瘸地追上来，在离他更近的地方趴下来，两只前爪还朝他直拜。这时他才看清，这只狼还真的是受了伤，背上有一道伤口正在流血，一条后腿血肉模糊。哦，看来它是来寻求人类帮助的。

刘星是个善良的人，但是面对一只狼还是有点儿犹豫。东郭先生的故事，他从小就耳熟能详。于是他就绕开狼说：狼啊，我也不打你，但我也不救你。你走吧。刘星看见那狼的眼神里立即充满了绝望，他心里动了一下，随后还是硬起心肠赶羊走了。走了很远他回了一下头，只见那狼摇晃着身子，忽然栽倒在草丛里。

圈羊之后，刘星心里还想着那只狼。毕竟是一条生命，也没有祸害过自己的羊群，真的见死不救可不好。最后，他还是咬咬牙，带上酒精棉、消炎药，还有纱布等，又带上一块肉回去找那只狼。走了几步又返回来，拿了一根铁棒，以防万一。

太阳压山的时候，刘星终于找到了那只狼，它已经站不起来了。刘星就把肉扔给它，那家伙看来是饿坏了，几口就吞进肚里，随后感激地望着他。刘星试探着往前走，只觉得头皮一阵阵发麻。那狼大概看出他害怕，索性趴在地上，闭起眼睛任凭宰割。刘星的胆子这才大了一些。他把铁棒放在一边，哆哆嗦嗦开始给它消毒，上药，又用纱布把它的后腿包扎起来。这期间，尽管那狼疼得一抖一抖的，但始终趴在那里不动。

终于弄好了，这时候天也黑了，此时刘星反倒不害怕了。他对狼说：你这伤口是怎么搞的呀，一时半会儿肯定好不了。这样吧，我索性好人做到底，你就藏到那边的沟里去，我会来给你换药，送吃的。

这时候狼睁开了眼睛，刘星看见它的眼角里流出了泪水。他心里就想：都说狼坏，这不是挺知道好歹的嘛！唉，比某些人强多了。

十多天以后，狼身上的伤慢慢好了，可是它竟然不肯走了，要跟着刘星回家去。此时刘星已经给它命名"大个儿"，他就对大个儿说：大个儿啊，你不能跟我去啊！你是一只狼，怎么可能和人住在一起呢！就算我能容你，别人也不能容你呀！你还是回山里，去找你的同伴吧。

但是大个儿只管在后面跟着他。刘星无奈，只好找来绳子把它拴在屋后，生怕别人看见。没想到第二天他去山上放羊，大个儿却咬断绳子跑来找他。它先是在他身边趴着，后来竟然主动帮他拦起羊来。开始的时候，羊群吓得不敢动弹，渐渐发现这只狼不吃它们，也就把它当成牧羊犬了。这样刘星倒是省事了，羊一跑远，他只要对大个儿一指，那家伙就箭一样飞奔过去，拢得羊群服服帖帖。刘星乐得有更多的时间看书。

日子久了，刘星从大个儿的体型、机敏度等方面看出，它绝对不是一般的狼。可是它是怎么受伤来到这里的呢，难道是在狼王争夺战中被打败了？他不由得联想到了自己，不是一样流落草原吗……于是他对大个儿就更加关照了。

冬天来了，草原上大雪下了几天几夜，形成了"白灾"。很快就有狼群来袭扰羊群了。此时牧羊犬就显得非常重要了，但是大个儿本身就是一只狼，它会与狼搏斗保护羊群吗？事实很快证明，刘星的这种担心是多余的。黑夜他通过监控观察，发现确有狼群企图袭击他的羊栏，却见大个儿猛然跳出，龇牙一吼，那些狼立刻望风而逃。刘星更加确信大个儿不是一般战士。于是便给它更多的肉吃，还在它脖子上装了个带有钢刺的脖卡子。

这天夜里，刘星被一阵狼嚎声惊醒了。打开监控一看，不由得倒吸一口凉气，只见羊栏外来了十几只狼，正在和大个儿对峙。一只看上去比大个儿还要强壮的狼突然扑上前，和大个儿缠斗在一起。它们都发出惊天吼声，翻滚着，撕咬着，打得不可开交。其他的狼都站在一旁观战。

战斗终于结束了，倒下去的是那只壮狼。大个儿跃起身，跑向狼群。那些狼有的趴在地上摆尾，有的过来和它亲热。刘星立刻明白了什么。

第二天一大早，刘星走出来，站在那只死狼前发呆。那家伙是被大个儿断喉而死的，它体型巨大，如果不是大个儿戴着脖卡子，还真未必是它的对手。这回好了，大个儿依靠人类，终于夺回了王位。但是他也知道，他们分别的时刻到了。

果然，大个儿不知从哪里跑过来，先是在他脚下匍匐，接着又人一样立起，和他拥抱，舔他的脸。

刘星动情地说：大个儿，我早就看出你不凡了。你走吧，回到你的群体去吧。等春天来的时候，我也要走了。我也要回到我的群体里去，夺回属于我的东西……

大个儿一步三回头地走了，远处的山峦上，有一群黑点在等着它。

刘星不断向大个儿挥手，不觉热泪盈眶。接着他又从怀里掏出一本书，准备再读一遍。那本书，说的是越王勾践如何卧薪尝胆、东山再起的故事。

规　矩

袁炳发

　　旧时的哈尔滨染坊胡同，是道外区最长的胡同。胡同内除有染印厂十多家之外，还有豆芽坊、油坊、豆腐坊等作坊。

　　喜贵的老爹在染坊胡同做了一辈子豆腐，临死时给喜贵留下五十块大洋的债务。

　　爹告诉喜贵，这钱是给他娘治病时欠下的，一定让他还给汤爷。其实不用爹嘱咐，喜贵知道事情的来龙去脉。当年要不是汤爷，他娘也不会又多活好几年。

　　爹入土为安后，喜贵赶紧去找汤爷。

　　汤爷住在道外的尚朴街。

　　汤爷站在家门口好像是在等喜贵，他把喜贵让到屋里。

　　喜贵说，汤爷，听我爹说当年跟你借钱没有凭证，今儿我来是想给汤爷立个字据。

　　汤爷一笑说，我跟你爹认识三十年了，每天都吃他做的豆腐，你爹就是凭证。

　　喜贵说，现在我爹不在了，我是怕你……

　　汤爷眉头一皱说，你是怕我担心你赖账？你看轻汤爷了！

　　喜贵用手挠着脑袋，有些不好意思。

　　汤爷说，反正我一时半会儿死不了，你也不用急着还钱。

喜贵从汤爷家里出来，想着汤爷说的话，心里十分感动。第二天，天还没亮，他的豆腐车就停在汤爷家门前了。

汤爷说，你不用来这么早，别耽误你做生意。

喜贵说，不耽误，是顺路。汤爷给豆腐钱，喜贵不要。

汤爷说，我借给你爹钱那是情分，你给我送豆腐也是情分，收钱是规矩，咱一码是一码，千万不能坏了这规矩。

汤爷每天只留一块豆腐，多了他吃不了。从染坊胡同到尚朴街要经过好几条街，喜贵爹活着时每天只做一盘豆腐，轮到喜贵他要做两盘，他想早些把钱还给汤爷。

其实，喜贵家的豆腐无论是炖还是凉拌都好吃，不用走这么远就能卖掉。汤爷明白喜贵跟他爹一样，是特意给他上门送豆腐的。

汤爷是尚朴街出名的酿酒师，年轻时跟一个唱戏的好过，也没结婚。不要说在尚朴街，就是全哈尔滨的人如果遇到难处，他也一定会出手相助。现在老了不能赚钱了，可他也从没把钱当回事儿。

通过一段时间接触，喜贵发现汤爷人缘儿极好，那些过去在一起喝酒吹牛的老哥儿们不算，尚朴街的人几乎都喜欢去汤爷家，陪他聊天，有时还要给汤爷带点儿应季的青菜或水果。

喜贵曾经问过汤爷他为啥这么招人。

汤爷看着喜贵笑了，说，你喜贵的豆腐难道不招人吗？

汤爷说得不错，喜贵只要一进尚朴街，不喊豆腐而是直接喊汤爷，人们听到他的叫声就都出来了，不一会儿，他的豆腐便被一抢而空。

两年了，喜贵陆续给汤爷还上了四十二块大洋，他记得很清楚，每次还钱的时候汤爷都说不急，甚至在接钱的时候还有些不好意思。

汤爷年岁大，他必须抓紧清账，否则一旦汤爷走了，钱没还清，他没法跟爹交代。喜贵把自己的意思跟媳妇说了，让她在家看着豆腐坊，自己凑了一笔钱，跟几个贩卖皮货的去了"新京"。

"新京"有一个皮货市场很大。喜贵不懂皮货，看人家买啥他买啥，好在同来的几个皮货商懂行，做了几单生意他还真赚着钱了。

走的时候刚入秋，树叶还半绿呢，喜贵回到哈尔滨时已是遍地积雪了。当媳妇把汤爷已经去世的消息告诉喜贵时，他呆呆地看着媳妇，半天没回过神儿来。

媳妇问，汤爷走了，钱没还清怎么办？

喜贵点了一根烟，没说话。

屋里的气氛很紧张，媳妇也不敢问。喜贵抽过烟后，开始泡豆子，兑卤水，把长长的木板放在外面屋顶准备冻豆腐。他一天也没歇着，八块大洋都让他买了豆子做成豆腐。进入腊月的时候，他的仓房里已经装满一板一板的冻豆腐了。

天刚放亮，喜贵和媳妇简单地吃口饭，便拉着三轮车离开了染坊胡同。

尚朴街又能听见喜贵喊汤爷的声音，正是早晨，炊烟袅袅，天空飘着雪花，人们都出来扫雪。

喜贵每到一户人家门前，就卸下一板豆腐，然后说这是汤爷的意思，不收钱。

雪花纷纷扬扬地飘着，尚朴街像披上了一层银装。

做　人

田洪波

坐电梯下七楼，他在这家三甲医院绿色草坪上的长椅上坐了下来，颤抖着手翻阅体检报告。

也不知道是怎么回事，上了年纪后，他的肌肉组织的某个部位常会莫名痉挛。不是右腮受了惊吓般抖动就是小腿处一阵阵抽筋，再就是左右手哪个手指突然不听使唤，有时让他手足无措，有时火从心起，更多时是徒叹。毕竟六十多岁的老人了，每年他都坚持体检，每年身体上的毛病都在增加。他很瘦弱，体重还不到130斤，但这几年却查出了脂肪肝，之后又是前列腺肥大、血糖偏高血脂偏高。他的身体就像一列负重的列车，零部件陆续出现问题，修理哪儿都不轻松，耗资又劳神。

果然，他看见了腰椎间盘突出的诊断，当时医生也说了，但不像医生那么轻描淡写，体检报告单上的腰椎间盘突出标明情况很严重，建议他尽快手术治疗。纸张在他手中抖动，这与他的自我判定相同。近段时间，他的确因为照顾年迈的父亲劳神不少，折腾不少，有时夜里腰痛起来锥心刺骨，想死的心都有。手术就得需要住院吧？那父亲谁来照顾？父亲已经九十多岁了，虽然自己能简单上个卫生间，其余的照应就得有人帮忙，他们兄妹五个，只有他适合扮演这个角色。

这些年，兄妹们不像他那么多心思，他们很庆幸他们的父亲活到九十多岁了，这种长寿基因说不定也会遗传给下一代，他们对此深信不疑，充满信心。

只是他们都很忙碌，只有他这个排行老三的早早没有了老伴儿。平时他也是出了名的好说话，自然重任在肩了。

钱不是问题，他们每家都出一点儿。逢年过节时看望老人，他们多半关心父亲的身体，从没人顾及他的劳累。也是，累什么呢？不就是照顾个老人嘛，何况照顾的还是尚能走动的老父亲。如果老人不幸瘫痪在床上，那才谈得上不容易。

事实上，父亲的情况远不是他们想象的那样。他很多次想和他们说实话，可临到说时又犹豫了，担心这样一抱怨，兄弟姐妹们就对他另眼相看了，误以为他心里又打什么小算盘，他们谁家也不差钱。父亲虽然能走，但大部分时间是不肯走的，就是一个任性的孩子，心安理得地享受着儿子的照应，对他呼来喝去，你受累了、给你添麻烦了这类字眼儿，常挂在嘴边，让他很有陌生感。

他不敢在医院久留，急急忙忙去赶公交车上市场买菜，也许是走神了，在市场门口结结实实摔了个大跟头，这一跤摔得很实在，他半天都没能爬起来。有行人热心问他要不要帮打120，他狰狞着表情说不用。

回到老旧小区的单元门，他拎着菜又歇了一气。他很担心父亲，怕父亲盲目地走上阳台，盲目地张望他是否回来。他们家住在六楼，阳台窗户没有安装防护栏，铁皮门窗早已腐朽生锈，他真怕父亲把身体搭在上面。昨天晚上父亲没睡好，没缘由地把屎尿弄了一身，他一通折腾收拾。去医院前老父亲睡得正香。这样的场景过去也有过，他去附近银行取钱什么的，也是这样尽可能快去快回，从没出过差错。

我也会长寿吗？他常被这样的自问困扰。时代不同，条件有异，他身体状况却明显不如父亲。他警示过自己，千万不能在父亲没什么问题的前提下，自己先踩了红线。

回家开了门，发现儿子不知何时来了，正与父亲亲热地聊着天，告诉他来取户口本，给媳妇办理户口迁移。儿媳妇已经成功考取另一座大城市的公务员，在很短的时间内证明了自己，他们夫妻两个打算迁到那里定居发展。现在看来，儿子全家远走高飞已成事实。他听后声音很弱地说了声好，然后踅进厨房忙碌。儿子鼓励爷爷越活越年轻，要活到他的重孙子上大学结婚。儿子从房间里走出来，看到了他放在鞋柜上的体检报告。儿子的眉毛越拧越紧，盯视他半天说，你这身体这么多毛病，得抓紧时间治啊，千万别耽误了。我们没时间照顾你，你得照顾好自己。你得活得像我爷那样长寿，别拿自己不当回事，到时候让我们措手不及。

　　儿子下楼后，他一直在阳台里转磨磨，就是想不起来自己要干什么。无疑，儿子的潜台词他听出来了，别给子女添麻烦。尽管努力控制，他眼里的泪还是无声地流下来了。

大风秧歌

蔡　楠

秧歌出场了。秧歌礼貌而又镇定地敲开了特岗教师面试的大门。经过考官允许后，秧歌亮相了。面前有七位苛刻挑剔的考官，三男四女。

那是一个怎样的亮相啊？只见秧歌一身戏装，上绿下红，头包英雄巾，左手霸王鞭，右手响竹板，昂首挺胸，唱一声"6 号考生来也——"，然后一挑眉毛，一个虎步，就稳稳地立在了答题桌前。

一阵热烈的掌声和惊叹声响起，考场上起了不小的动静。主考官打量了秧歌半天，才轻轻地发问，你这是什么扮相？

秧歌用浑厚的男声说，这是河北南皮落子的扮相，是武落子，因为表演热烈健壮、欢快豪爽，所以也叫大风秧歌，表演大风秧歌的过程叫跑落子。

秧歌说着，嘴里就敲出了悠扬激烈的鼓点，随之竹板打起，鞭子舞起，唱腔响起：

竹板响，锣鼓敲，跑起那落子闹元宵——

好，主考官被秧歌点燃的目光逐渐收回了，他抽出考题，严肃地说，6 号考生，下面我们进行答题环节，第一题，请问：当今社会是经济社会，当特岗教师寂寞、清苦、劳累，你为什么选择这个行业？

秧歌的眼神柔和下来，那柔和的眼神从考场飘向了窗外，飘向了家乡。我选择教师这个职业，是因为我做教师的父亲。他老了，马上就要退休了。我出生在一个偏僻的小乡村，我们那个村子直到现在没有一个大学生教师。我父亲是个老民办教师，后来考上师范转了公，又回到了他原先任教的小学任校长。除了上师范的那两年，他没有离开过学校。学校是他家，学生是他的孩子，所有的学生都是他的孩子，可他却没有自己的孩子。三十岁那年，他的儿子不慎掉进学校附近的臭水沟，再也没爬上来。可就在那天晚上，他是去做家访，说服辍学的孩子来复读。他的妻子因脑梗三次住院，而他只能周六周日去医院陪护妻子，平时就让自己的妹妹在医院照顾，自己从没耽误过学校的工作，虽然出院后妻子的生活不能自理，但他仍然是每天第一个到校，最后一个离开。他家境并不宽裕，可他却捐助了五个贫困生……

我就是他捐助的贫困生之一，我就是那个在他儿子死去的当晚被他说服重新读书的孩子。在我考上重点高中的时候，我认他作了父亲。在我考上重点大学的时候，我选择了音乐。我对我父亲说，毕业我就回来，我要来这个小学校，做你领导下的一名教师……

第二个问题，主考官说，你为什么选择音乐专业？

秧歌的声音变得欢快流畅。秧歌说，这还是因为我做教师的父亲。他是个音乐迷。他最迷的就是我们家乡的南皮落子。落子的鼓点一起，他就兴奋，就坐不住了。我们南皮落子那真叫个棒，那真叫个美，那真叫个令人陶醉。南皮落子有150多年的历史了，在这块曾经贫瘠的土地上，人民期待丰收，盼望美好生活，载歌载舞就有了这个落子。逢年过节，婚姻喜庆，村里人就跑起落子。落子成为我们文化的一个象征。后来时代变了，变得一切向"钱"看了，落子受了冷落。虽然2008年被评定为国家级非物质文化遗产，但跑落子的人们都老了，跑不动了。年轻人都到村外去跑经济跑业务跑花花世界了。我父亲看在眼里急在心上，他自己出钱买来鼓钹镲，买来戏服道具，在学校办起了落子培训班，请来跑落子的老师傅来教学生。可是学生家长不干了，纷纷找到学校对父亲兴师问罪，他们说，你平时教孩子们《三字经》《弟子规》我们也认了，现在又教什么跑落子，真是不务正业。孩子们要考大学，你只教数学语文等正经课程就行了。父亲笑笑，没理会他们，落子培训班依然照办不误。家长们就把他告到了县教育局。那一段时间里，在黄昏，在学校的操场上，只有我一个学生。父亲大声对老师傅说，教，一个也要教下去，让祖宗留下的宝贝失了传，我就是罪人啊！

主考官沉默了有一段时间，看了其余考官一眼，发现他们眼里都有了亮闪闪的东西。他的喉头也有些哽咽，他继续发问，第三个问题，假如你面试成功，你如何当好一个乡村音乐教师？

秧歌环顾四周，逐一与七名考官目光交流。考官们柔和的神态让秧歌有了自信，秧歌走到了试讲台上，在黑板上写下了清秀隽丽的板书——弘扬乡村文化，传承南皮落子。然后转过身来，假如我面试成功，我要到我父亲教书的学校教音乐。在正常的教学工作完成后，我要搜集、挖掘、整理好落子这个剧种，顶住压力把落子培训班继续办起来。现在文化大环境很好，要借着群众基础广泛的特点，破除单纯的升学观念，培养复合型人才，让南皮落子在校园扎根，储备新一代人才。我还要为南皮落子著书立说，为传承、发展、革新南皮落子奉献一生！回答完毕！

屋里沉静了片刻。沉静之后，是竹板一样清脆急骤的掌声！

主考官大声宣布，6号考生面试完毕，请退场！

秧歌退后一步，又右跨一步，将整个身子重又展现在考官们面前。只见秧歌卸掉行头，一头缎子一样的黑发便倾斜在了肩上，倾斜在了考官们的面前！哦，原来是个女孩子——

就在考官们惊诧地交换眼神的时候，秧歌一扭身，笑着唱着舞着跑出了考场：

姐妹二人忙不停，梳洗打扮把衣更，镜子照花容。姐姐穿的是葱心绿，妹妹穿的是石榴红，裙子系腰中——

一小时后，面试结果张贴在考场门口，秧歌面试成绩第一！

丧　宴

魏永贵

　　老木那天从牌场回家时天已经快亮了，天色就像那种"鱼肚白"的样子。村子里很静，平时水沟里呱呱聒噪的蛤蟆也没叫一声。

　　老木那天把兜里的钱输了个精光，还欠了店家两包烟钱。输光钱有一个好处，就是感觉浑身轻飘飘的。老木轻飘飘地往家走，突然，他被吓得打了个趔趄——

　　跟自己并排住的老肖家门槛上，坐着个满头白发的人。

　　"老木啊，是我，你肖大妈。你以为我是鬼啊？"坐门槛上的人先说话了。

　　老木揉揉眼睛，这才看见的确就是肖大妈肖老太太。老木说："肖大妈，这大半夜的，你咋没睡呢？"在打了一夜牌没睡觉的老木看来，这个时间还是晚上。肖大妈说："天都快亮了，再说我也睡不着，我想看看这村子呢。"

　　老木说："这村子你都看了八九十年了，有啥好看的？"肖大妈一直独居，隔几天女儿来一趟陪她说说话再拎一兜菜回城里去。老木继续说："肖大妈，快回屋吧，外面凉。你接着睡吧，我也回家了。"

　　肖大妈轻轻叹息了一声，说："你回去睡吧，我知道你打了一晚上的牌。"肖大妈又说："老木啊，打牌熬夜输钱又伤身体，你别忘了还有个九十岁的老爹等着你伺候啊！"

　　老木"嗯哪"了两声就回家倒头睡了。

　　老木在梦中被吵醒了。梦里他赢了一堆的钱正拼命往衣兜里塞，偏偏这时候谁砰砰地拍门了。老木很恼火，趿拉着鞋开门，迎头看到的是一头卷发的肖妹，也就是肖大妈的城里闺女。肖妹说："老木哥，快快快！"

老木说："这大清早的，你一惊一乍的，咋啦？"肖妹来不及搭茬儿，拽着老木三步并作两步到了自家门前。肖妹说："今天我妈过生日，我和兄弟商量好了接她去城里，你看看这门咋就开不了。"老木推了几下。老木说："是啊，这咋回事？我半夜还看到你妈坐门槛上，我俩还唠嗑了呢。"

肖妹说："你说的是真的？眼睛看花了吧？你快想想办法把门打开。"老木没有多想，扒着墙头就翻了进去。肖妹只听里面一声"哎呀"，紧接着老木从里面拉开了门闩。肖妹扑进家门，就看见穿着齐整的老母亲半躺在廊檐下的旧沙发上，头发也梳理得纹丝不乱。只是没了呼吸。只是脖子上有一根不粗的绳，另一头悬在墙上那个她经常挂草帽的木桩上。

肖妹"妈呀"一声哭出来了。老木木头一样立在院子里。

后来肖妹不哭了，她请老木和她一起把肖大妈抬到了屋里的床上。后来肖妹拿出了一沓钱。肖妹说："老木哥，谢谢你帮我。这点儿钱，没别的意思，就是表示一份感谢。"

老木说："都乡里乡亲的，举手之劳，咋能收你钱呢？"老木说着就要往外走。

肖妹就拽住了老木。肖妹说："求求你木哥，你收了吧。其实我还有一个请求，求你不要说出今天你看到的我妈的光景，你懂我的意思吧。"

老木愣了一下，生气了。老木说："你就是拿钱堵我的嘴呗，你这么说我更不能收你的钱。"老木坚持着要走。肖妹说："木哥求求你。"

老木这回彻底生气了。老木说："你说的是人话吗？你把我当成了什么人！我是那种见钱忘义乘人之危落井下石不德不仁的人吗？看来我不收钱今天还走不出这个院子了。"

老木一把抓过钱来，逃也似的出了门。

老木后来拿着这一沓钱去了牌场。老木先把欠的烟钱还了，又在烟雾缭绕的麻将桌子边稳稳当当地坐了下来。

老木天黑回家的时候兜里又空了。不过这一次他一点儿也不心疼。

老木这一次再不能顺当地走回家，因为门前这片地方摆满了花圈桌椅，村子里的人都拿了份子钱来到肖家。肖家的两个儿子和女儿女婿穿着孝袍忙前忙后地敬酒撒烟。搁以前，村里这样的丧礼老木是一回也不落的。

隔壁的二蛋看见老木，说："老木啊，你又去打牌了？估计你又输光了。"二蛋那时候喝了不少酒，二蛋继续说："老木啊，你赌博五百六百地输，眼睛也不眨，眼下肖大妈走了你连一毛钱的份子钱也不舍得出，你真不是个东西！"

老木没有理二蛋。老木绕过这丧事的酒席回了家。一晚上老木没睡。

第二天老木洗了个澡就进了城。老木直接去了县城最大的医院，折腾了半个上午，老木揣着卖血的八百块钱回村了。

肖大妈的丧宴上，老木当着村里人的面把钱递到了肖妹手里。钱数就是头天肖妹塞给他的六百加另外二百的份子钱。肖妹一边对他挤着眼色一边推辞，高低不收。老木低声说："你不收这钱，你就不怕我说什么吗？"肖妹立马收下了。

老木高声大嗓地说："二蛋，狗日的，你快给老子倒满酒！喝了酒有力气，咱们要把肖大妈热热闹闹送上山去！"

八双鞋垫

范子平

假如说能找老婆，借个胆儿我也不敢去想桂香。桂香就像阳光下的小白杨，是俺村最俊的闺女，初中生，老爹又是队长。俺村三四百口人，只有三个生产队，桂香爹是一队的队长，还是村里的党支部委员，其地位可想而知。桂香待人真诚，话不多，能说到理上，声音又好听，所以早早许下婆家。公公是干部，公社大院事务长，女婿是售货员，在供销社里卖东西，那年头这工作最吃得香。这条件是农村女孩找对象的顶配。俺村适龄婚嫁的闺女十多个，没有第二个能找到这样上档次的人家。

当然别说人家桂香，村里村外，任何闺女都不会想找我，我家成分不好。虽然在俺村我个子最高，模样也不错，在县一中上高中时成绩拔尖，但村里可没人在乎这个。一天三晌就是下地，下地我也不是好劳力，干活儿有点儿笨拙，没少挨队长的骂，一天只记 17 个工分。谁会看得起呢？

桂香在队里干活儿口碑好，能干，不惜力，不过对我说话不客气。那一次去谷子地间苗，每一锄宽留下一小丛，但我将该留的谷子苗也锄掉了，正偷眼看四周，桂香马上教训起我来，说得小心啊！谷苗锄掉咋办？咱都凭这个吃饭呢！一时好几个社员都看我。还有一次在西北地人工拉耧耩麦子，中间休息，大家皆半坐半躺，我也斜躺在干玉米棵上。桂香忽然掩了鼻子说我，山子你穿上鞋！到家洗洗脚！其实几个男孩都脱了鞋，她咋知道脚臭是我？还真的不敢惹她，我慢吞吞穿上，只有绷住脸不说话。

这天到草屋院子里出粪。出粪就是把粪坑里的粪挖出来。草屋是生产队的牲口棚屋。棚屋外是半个篮球场大的粪坑，队里每年将玉米秸秆铡碎了，还有趁农闲去割草、刮碎草末子，都填到粪坑里，每填一层，就加一层羊粪和牲口粪，最后灌进人粪尿，外边和了麦秸泥抹平。经夏季几个月发酵，那粪土沤得黑乎乎的，拉到地里散开，庄稼长得壮。出粪是包干，队长将粪坑画了二十多个方格，每个劳力一个方格，有十来平方米，挖完记30个工分。跟我挨边儿的正是桂香。明晃晃的圆头铁锨将粪土远远地甩出去，开始容易，但脚下的粪坑越挖越深，而粪坑外堆积的粪越来越高，我越来越吃力，累得汗水淋漓胳膊酸疼。这活儿得两晌干。到后一晌，渐渐就剩我和桂香了。桂香是女孩，我是干活儿拙，都慢。不过我们之间没有"边界墙"。有的人奸猾，恐怕给邻边的出冤力，留层薄薄的边界墙，往往是墙的两边劳力都这样想，有时还得喊队长来评判解决。桂香干活儿厚道，有时都挖过她的包干边界了。我说，别侵占我地盘啊！这其实是表扬她厚道。桂香额头粘几缕秀发，汗水亮晶晶的。她黑眼珠一转瞥我一眼，不作声。

我脚下的粪还有一铁锨厚的时候，桂香先干完了。粪坑已经一人多深。她拿铁锨在粪坑壁上挖两个小坑，撑着铁锨攀上去，站到铲出去的粪山上。我瞅她一眼，她恰巧回头看我，对眼有两三秒时间。我顿感她有事儿了。是的，红润的脸色发白，目光软软的似有乞求。

果然，她扑通一下栽在粪堆上，接着斜滚下去。我立马撑着铁锨跳上去，下意识看了一眼草屋。草屋距离大粪坑不到二十米远，草屋门大开。喂牲口的，是桂香的大伯王增。此时不容我细想。上高中时让学工学农等，我趁机到县医院跟我表姑（护士长）学过护理和急救知识，因为我妈有心脏病。我试了试桂香鼻孔，没有气息，这三五分钟就会损大脑，如果直接往医院送，肯定走不到半路。

我将桂香挪到稍平坦点儿的地方，将她头稍微侧转一点儿，就跪在她身边，两只手叠压，找准左侧乳房的里侧开始使劲按压起来。王增急匆匆跑过来了。

我没停手，也没有抬头看他。他要是误解，会一拳把我打翻的，那就是要他侄女的命。但他显然是理解了，没到我跟前就突然转身，急匆匆跑了。我连续按压好一会儿了，桂香仍没有气息。我胳膊支持不住了，浑身大汗气喘吁吁。我俯下身，将桂香口中黏液吸出来吐掉，然后一手紧捏住她鼻子，另一手托起她后颈，深深吸一口气，对准她的嘴用力吹进去，再深吸一口气，用劲吹她嘴巴里……事后才敢坏坏地回想，有没有亲吻心仪美女的快感？可以说，真的没有一丝一毫。我记得表姑的话，成功了是一个鲜活的生命，失败了就是一具冰冷的尸体。反复无数次，腮帮子也胀痛起来，但终究顾不得了。谢天谢地，终于看到桂香胸壁起伏有幅度了，摸到她颈动脉跳动了。我放开捏鼻子的手，鼻孔有气息了，渐渐大了。我将桂香侧卧摆放，一屁股坐粪土上喘气。

有脚步声响过来，王增领着桂香的父母和哥哥们抬着担架过来了。担架就是小床两边绑扎着长扁担。好在桂香的呼吸越来越均匀，暂时应是没危险了。我知趣地退后。他们将桂香抬上小床抬走了。

我再见到桂香已经是一个月后。桂香看我的目光变了，是柔软的，友好的，甚至是含情脉脉的。我也敢光明正大地回望她了。有一天锄地，我落在后边，锄地到地头的桂香竟然光天化日之下接我来了，帮助我把地锄完，起身就走。

桂香的病，俺村的人都知道要保密，但婆家还是知道了。公婆的表态叫人感动：桂香是俺家的媳妇，有病俺给治。女婿还带着厚礼来看望了桂香。桂香很快就要出嫁了。但我却听说——桂香竟然提出，她要解除与售货员的婚约，因为她爱上了我，要立马嫁给我。桂香的父母大惊失色，和桂香的哥嫂轮番上阵劝解。她母亲又搬来救兵，是从小就很亲桂香的姥姥姥爷。那几天桂香家没明没夜地吵嚷辩理，简直没法过了。我虽救人有功，但家庭成分不好，前景难以看好。售货员家不仅地位高，人品也不错，对桂香看得很高的。好说歹说，连续几天的思想教育大轰炸，胳膊扭不过大腿，桂香还是含着泪水出嫁了。

桂香出嫁的前一天，她到我家来找我，这是她第一次，也是最后一次到我家。她喊我到院子里来，但不看我——以前不看我，是眼望远方，现在呢，是低头看地，站好一会儿没说话。我正诧异呢，她将一个小包袱往我胸前一推，小声说，你要勤洗脚啊。

　　包袱里是八双鞋垫，是桂香蹬着缝纫机，层层花布扎一块做的。每只鞋垫都扎上很多皱褶，前边的向后开口，后边的向前开口，是防止鞋垫打折。鞋垫香气扑鼻，是里面扎了香料。后来我才知道，扎这八双鞋垫她连明搭夜干了两天。父母问她，她泪眼模糊，哽咽着说我是给山子扎的，她父母就低头走开了。我想起了以前她说我脚臭的事儿，正想说些什么呢，她已转身走了。

　　后来恢复高考，我考上学离开了家，再也没见过桂香，但她做的鞋垫我保存至今，每当翻寻到，我都默默祝福善良的桂香一生平安和幸福。

瓦　片

王琼华

裕后街有一位镖师，俗称"瞎镖神"。

这绰号中藏着一股逼人杀气。

眼没失明时，街坊喊他瓦片。

瓦片是一个孤儿，却跟裕后街江湖行镖局老大佘春做了穿开裆裤的兄弟。那时候，两人一块摸螃蟹、捉泥鳅。不过，瓦片最拿手的活儿，是随便拾起一枚碎瓦片，也能掷射麻雀。他这瓦片名字也因此得来。佘春上城里念书时，瓦片则天天帮几家作坊到街门口一个叫南关上的地方挑水。时隔十年，佘春回到裕后街，这时他已是一个喝饱墨水的人，却接手了二舅的江湖行镖局。街坊讥笑，白面书生开镖局——散财童子。果真，佘春第一趟镖出了南关上，没走几里地，便遭旋风寨劫了。寨主一眼看中了佘春身上华贵的衣服和饰物，便要将他剥个精光。佘春吓得撒腿就跑，旋风寨两喽啰紧追不舍。佘春逃至南关上时，刚好被挑水的瓦片瞧见。他当即拾起两块碎瓦片，唰唰掷出去，伤了喽啰的腿。

当天，瓦片就被佘春拉进了镖局。

接着，瓦片领着弟兄，登上旋风寨，声称要拿回被劫货物。寨主即便一万个不同意，却看到手下三名副手一一被瓦片射伤，也只好将货物奉还。

瓦片名声响了，说他看哪打哪，不差毫厘。

他也成了江湖行镖局镖头。

喝酒时，佘春笑着跟瓦片说："别用碎瓦片当飞镖了。"

瓦片不解。

"这碎瓦片当吃饭的家伙，也太掉镖头身价。换用金钱镖吧。嗯，可不是跟他们一样也拿铜钱磨出锋边。佘某帮你用真金打磨成金钱镖，如何？"

瓦片晓得佘春很在乎镖局声誉，便一笑。

可惜，瓦片拿起金钱镖试手，连发三枚，哪怕看了又看，却一枚也没击中树上的那颗桃子。

佘春苦笑。

瓦片只得仍使碎瓦片。

碎瓦片百发百中，但街坊没见瓦片要过人家的性命。街坊对瓦片伸出大拇指的缘故，还有另一件事：瓦片从佘春手上拿到酬金，便会拿出一半施舍给穷人。有一天，佘春拍拍他的肩膀嘀咕道：

"省点儿钱，也好找个老婆。"

"我是一个吃百家饭活下来的孤儿。"

言下之意，他得知恩图报。

一个秋日。

瓦片路过码头时，看到包子铺主将一个邋遢男子推倒在地，并骂道："臭小子，你又来偷包子——"

瓦片愣一下，便走过去，跟铺主说："这钱我给。"

"他脏手一抓，整笼包子哪个还敢吃？"

"包子我全买了。"

铺主才哼了哼。

瓦片见这男子有一点儿模样，便聊了几句。对方称自己就叫小子，父母早逝。瓦片一听，心窝发酸。岂不是跟自己身世差不多？瓦片把小子径直带到佘春跟前，说想让镖局给他一碗饭吃。佘春见是瓦片带回的人，当即点头。很快，镖局上下对小子有了好感，夸他有头又有脑，手脚也勤快。小子一见瓦片，便会端茶倒水，半点儿也不敢怠慢。街坊嘀咕，瓦片这镖一掷即中靶心，人也是一看一个准。听到这种说法，瓦片有了几分自喜。

小子这时称，要拜瓦片为师。

瓦片却觉得，两人年龄相差不多，要不结为兄弟？他把自己的念头跟佘春嘀咕了。佘春一拍大腿，好呀，等你与小子走完这趟镖，再弄个结拜仪式，佘某做见证人。

得知这事，镖局人人皆喜，便跟小子道贺。

小子连连抱拳回礼，称自己三生有幸。

接着，他跟瓦片说："我想留在镖局，把结拜之事细细筹备一下。好事办好呗。"

"还是你会想事！"瓦片赞道。

第二天，瓦片押镖离开裕后街。行至三十里外时，他突然得到飞鸽传书：镖局正遭洗劫。瓦片一惊，赶紧带上人手往回赶。结果，他看到佘春已经倒在血泊之中，弟兄伤了不少，镖局也被洗劫一空。

瓦片倒吸一口冷气。

因为佘春的妹妹佘秋告诉瓦片：劫杀镖局的是旋风寨寨主，但引路的是小子。

他仰头大叫："臭小子，我要亲手杀了你！"

他带人追往旋风寨，却发现人去寨空。原来，寨主知道瓦片的厉害，劫杀镖局后，便躲了起来。瓦片这时得知，小子竟然是旋风寨寨主的干儿子，装成叫花子，就是要骗得瓦片的怜悯，卧底镖局，再趁机报复镖局。瓦片扑通一声跪到佘春灵柩前，心碎叫道：

"什么一看一个准？连一个人我都看不准。我瞎了眼！"

忽地，他掏出一块碎瓦片，往自己两眼上连戳几下。

这双眼就瞎了。

佘爷下葬这天，旋风寨寨主带着小子等人突然又出现在镖局。这小子得知瓦片瞎了眼，便建议寨主接手江湖行镖局当镖主。寨主当然很兴奋，便带着人马奔进裕后街。

他们却没敢踏进镖局。

瓦片正站在镖局门前。

小子冷冷发笑，冲瓦片嚷道："眼都瞎了，还能看哪打哪？废物一枚！我数三下，如果不让道，明年的今天便是你的忌日。一，二……"

小子刚要数到"三"时，瓦片突然一个抬手，早已捏于指间的一块碎瓦片，忽地飞出去，刹那间射进小子还张开着的嘴巴里，从后脖穿出来，刚好戳入站在小子后面的寨主额头上。小子身子晃了一下，扑通倒地。紧跟着，寨主仰倒。小子和寨主当即毙命。

旋风寨喽啰被吓得一哄而散。

看到这场景，街坊们皆惊呆了，接着才明白，瓦片戳瞎自己的眼睛，原来是使了一招苦肉计，要让小子误以为他无法再用碎瓦片伤敌。谁也没料到，瓦片竟能循声发镖。

瓦片一挺脖子，大喊："吉时已到，出柩……"

江湖行镖局又有了新主，即佘春的妹妹佘秋。打理镖局日常的则是她丈夫瓦片。

这时，街坊也称瓦片为"瞎镖神"。

酒　友

邢庆杰

　　德州是沿运河"四大漕运码头"之一。自古以来，城西的徐家渡口就是游人如织、车马拥挤的繁华所在。

　　徐家渡口往东，是进城的必经之路，路两边店铺如林。其间，有一家不起眼的酒馆，门口挂一条大红色幌子：李家酒馆。酒馆后院很大，一半是酿酒的作坊，另一半是老板和伙计们居住的地方。前面只有两间门脸，一间卖酒，摆满了大大小小的酒坛酒缸；另一间是餐厅，放了四张条桌，几条长凳。很多人来这里并不吃饭，而是打酒。李家酒馆的酒是家传秘方酿造的"德州原浆"，醇香甘洌，入口绵柔，在当地非常有名。很多人慕名而来，先点两样菜，烫一壶酒，细细品过，满意了，临走捎上一坛。

　　经常来酒馆喝酒的，有一个临清的老板，名叫徐城。他常沿运河往来于临清和德州之间，倒卖各种紧俏物品。徐城五六天来一次，在德州停留三五日，带的货出了手，再备齐回去的货物，就装船返回。他每次来德州，都吃在李家酒馆，住在酒馆对面的旭日客栈。徐城嗜酒，每日早、中、晚，都会烫上一壶"德州原浆"，独自小酌。他于菜上并不讲究，一盘水煮花生米或者凉拌豆腐皮，一碗炖杂烩菜或酸辣绿豆芽，都能伴下一壶酒。李家酒馆烫酒的锡壶是半斤的，他一顿喝半斤酒，却从未醉过。临走，他还要带上一坛，供在船上饮用。李家酒馆的酒坛子有五斤的、十斤的、二十斤的。他初时带的是五斤的，后来改成十斤的……再后来，不但只带二十斤的，还一次就是三五坛。

徐城跑德州十几年了，和李家酒馆的掌柜已经成了无话不谈的酒友。每次徐城来，李掌柜只要在店里，就会添两个菜，一壶酒，过来陪他喝几杯，天南海北地聊上一阵子。有一次，李掌柜见徐城走的时候又带了五坛酒，就皱了皱眉头，对他说："老徐，你得少喝点儿，再好的酒也不能贪杯。"

徐城说："放心，这些酒不是我自个儿喝，是给临清的朋友们带的。"

李掌柜这才知道，徐城每次带酒回去，都会和朋友们聚一下。大家喝着这酒不错，价格也不高，就都托他捎回一坛，这一来二去，托他捎酒的越来越多了。

李掌柜说："既然大家都喜欢咱的酒，你何不在临清开一个小酒铺卖酒呢。"

徐城想了想说："那我试试吧。"

过了几天，徐城回来了。他一见李掌柜，就笑容满面地说："老李呀，我回去和几个朋友一商量，都说这个生意可做。"

李掌柜一听非常高兴，就问："好呀，啥时候开业？"

徐城说："这几天我把临街的房子都腾出来，重新粉刷了一遍，只要酒一到，就可以开业了。"

两人到酒馆坐下后，李掌柜赶紧吩咐伙计上菜上酒，两个人要好好庆贺一下。

几杯酒下肚，徐城却面露难色，几次欲言又止。

李掌柜知道他肯定是有难处，就隔着桌子拍拍他的肩膀说："老徐呀，咱们是多年的朋友了，你有啥难处，尽管说。"

徐城这才不好意思地说了。原来，他这次来租了一条机帆船，如果进的酒太少，连运费也挣不出，但家里双亲先后重病，已经掏空了家底，只带来了二十坛酒的钱……

李掌柜听完笑了："这根本不算个事，先赊给你两百坛酒吧，你那二十坛酒的钱也不用付了，出门在外，手头上总得备点儿钱……"

徐城听了，眼泪马上涌了出来。

吃完饭，李掌柜安排伙计们将两百坛酒运到码头上，帮着装上船……

伙计们回来后，都有些担心，这么多酒，一文钱都没收，万一是骗子……

李掌柜笑着安慰他们："我和徐老板是多年的朋友了，他是个义气人，肯定不会黄了咱的酒。"

不想，徐城这一走，就杳如黄鹤。一个月，两个月，三个月过去了，还没有消息。这十几年来，徐城还从没有离开德州超过一个月。

伙计们私下里议论：这么长时间不回来，两百坛酒钱肯定是黄了……

李掌柜决定去临清走一遭，他不只是记挂那两百坛酒，而是真的担心徐城出了什么事儿。

李掌柜带足了盘缠，让两个随从的伙计挑上四坛窖藏三十年的原浆老酒，租一条小船，沿运河逆流而上。第二天上午，主仆三人就抵达了临清，在钞关码头上了岸。当时，临清的运河码头有八处，李掌柜之所以选择在钞关上岸，是因为徐城的家就在钞关码头附近，他每次回临清也是在这里装货、卸货。

李掌柜上岸一打听，知道徐城的人还真不少，问了几个人，就基本摸清了他近期的情况：徐城吃上官司了。

三个多月前，徐城在德州装了两百坛酒返回临清时，晚间在郑家口码头过夜，船竟在半夜起了火。由于火是从底舱烧起来的，大火烧裂酒坛，大量的高度酒洒在船底板上，火势迅速蔓延，很快把船底烧透了。等船上的人从梦中醒来时，船已经开始下沉，船老大和他的伙计们都弃船逃生了，徐城侥幸捡了一条命，但他雇的一个伙计不习水性，掉到河里淹死了。

事后，船老大不知所终，死者的家人一纸诉状把徐城告上了临清县衙，要求巨额赔偿。徐城拿不出钱，一直被县衙关押在大牢里。

当天晚上，李掌柜就让两个伙计挑着那四坛老酒，敲开了县太爷的后门。

本来就没多大的事儿，拿钱赎人，天经地义，县太爷又是个嗜酒的饮者，闻到了老酒的味道，很爽快地答应了。第二天上午，李掌柜如数缴上银子，把徐城赎了出来。

徐城在牢里苦熬了三个多月，迷迷糊糊地被放出来，一见李掌柜站在牢门口，以为是做梦呢，呆在了原地。等他终于明白过来后，当即跪下来，抱住李掌柜的大腿放声大哭。

李掌柜赶紧将他扶起来，安慰道："人都有旦夕祸福，老天爷这是度你呢。"

徐城哽咽着说："老李呀，欠您的酒钱还没着落呢，现在又欠了您这么大一笔钱……这天大的情分，我这辈子也还不起呀。"

李掌柜微微一笑："男子汉大丈夫，这点儿挫折算什么，咱来日方长，我相信你能东山再起，这里不是说话的地方，咱找个地方喝两杯。"

两人找了一家酒馆，边喝边谈，一场酒喝下来，李掌柜不但安抚好了徐城的情绪，还给他规划好了以后的生意……

此后，李掌柜又赊给徐城四百坛酒，帮徐城在临清把酒铺开了起来。

日月轮转。数年之后，"德州原浆"在临清一带打出了名气，销量一路看涨，不但徐城发了家，李掌柜的酒坊收入也节节升高。

晚年，徐城和李掌柜都把生意交给子嗣打理。他们有了闲暇时间，经常互相拜访，在一起小酌谈心。他们因生意而建立的友情被运河两岸传为佳话。

第5辑

地震波

卖艾蒿的小女孩

王剑冰

黄河还是一如既往地在远处流着。其实从塬上望过去，是看不到黄河流动的，看到的只是一道黄白。塬下的沟渠里常年有水。沟渠两岸长出蓬茸的树，树荫下，渐渐成了集市。早上的人最多。赶不上露水集，人们就在周末来，周末更显得热闹，卖什么的都有。

我这几天，就想着到集上去。

快到端午节了，卖苇叶和艾蒿的多起来。我是想看看那个小女孩和老太太还在不在。

去年的这个时候，我到人马寨村去，回来沿着沟渠往前走，就看到了这个热闹的集市。集市上到处弥漫着一股清香，独特的味道让人觉得就是这塬上的。集上卖菜的居多，也有卖箩筐、笸斗、猪槽、抓钩、镰刀之类的，还有卖一把把艾蒿的。离得近了，才知道刚才闻到的那股独特的味道，就是这艾蒿散发出来的。让人想起，老百姓很是在意的端午节快到了。

端午节家家插艾蒿，似是塬上的习俗。在门口插上一把儿，可以辟邪、保平安、不害病。因此集市到处都是卖艾蒿的，几乎来的人都会带回一两把儿。

这个时候，我走到了一个小女孩和白发苍苍的老奶奶这里。她们的脚边摆着一大堆新鲜的艾蒿，却少有人买。有人问了，听说只收现钱，就扭头走了。只有少数几位大爷大妈会打开小手巾包，摸出几块钞票。

一位大妈说，这一老一小，没有微信、支付宝，现在谁还带着现钱出门？

人家都卖完了，她们也卖不完。我听了，找地方去换零钱。好不容易找到一个卖剪纸的，说好微信转给她两百，买几幅剪纸，换给我一百元和几十元票子。而后我再返回到小女孩和老奶奶那里。

小女孩十一二岁的样子，一头整齐的短发，闪着一双机灵的眼睛，说，叔叔买艾蒿吧，两块钱一把儿。那么大的一把儿才两块钱啊，我说给我拿十把儿吧。女孩看了看我，露出疑惑的神情，说，叔叔要这么多干吗？用不完就蔫掉了。

我说我送人。也确实，住在地坑院里，认识了不少邻居，回去送给他们吧。

女孩大声地跟老奶奶说，奶奶，这个叔叔要十把儿啊！那位奶奶听了就咧开嘴笑了，说，好，好，再送人家一把儿，自家动手采的，值不得什么钱。

女孩一把把儿的，给我挑了十一把儿递过来，说，俺们没有这么大的袋子，用这个袋子装一下吧。我看她从身边拿出来个大尼龙袋，把里边的两件衣服掏出来。我赶忙说，不用不用，用绳子扎一下就行。

女孩看我坚持，就用塑料绳子扎好。我把一百元的票子裹在零钱里递给老奶奶，说，我数好了，装起来吧。老奶奶说好、好，接过来就塞进了口袋。

我提着一大捆艾蒿往前走，想着这么多艾蒿，得费一老一少多少功夫啊。

这个时候，就听后边有人喊着追过来，原来是那女孩。她气喘吁吁地将一百元票子递给我说，叔叔，你给多了。二十块就够了。要不是奶奶掏出来看，俺们还不知道。

我说这不是我的，你快拿回去给奶奶。

小女孩却硬要塞给我，说，奶奶的钱都放在她手绢里了，刚才她拿出来准备放进去才知道你给多了，这钱俺们不能要。说着就跑走了……

今年这个时候，我仍旧到集上去，想着能遇到那个小女孩和老奶奶。

还真看到了她，她似乎长高了，一头短发也扎了起来，却是形单影只的一个人。我上前问，你奶奶呢？她好像并没有认出我来，只是弱弱地说，奶奶，走了……

真是个让人意外的消息。女孩没有爸爸妈妈吗？还是他们出去打工了？我不好多问，看到她脖子上挂着一张微信收款码，知道她已经会用手机收款了，便说，我要十把儿。

女孩给我挑好，捆扎好。我扫了码提着就走，女孩只顾忙其他的顾客去了。走出老远，我按下了一串数字，发了出去，心里稍显轻松起来。

过了一日，微信显示款项如数退回。看来这个叫小爱的女孩，还是像去年一样，不肯多要别人的给予。可这里面还有她的艾蒿钱呢，我又怎能白得人家的劳动成果？

于是我打听着找到了沟边不远的这所小学。

我找到教师办公室，打听一个叫小爱的女孩。一位老师说，不清楚有这个学生。问我可知她的大名。我蒙了，还真不知道啊。我就说明了来意。我是带着零钱来的。老师让我等等，一会儿下课了再给问问。

我看着老师正忙着批改作业，就走了出来，到前后院子里闲逛，看看这座老建筑。

院落里铺的还是老石条，墙也是老砖。白灰涂抹的地方，写有孔子语录。

那位守门的老校工看到了我，走过来问我可见到人。我就把情况告诉了他，说得等到下课再问别的老师。

老校工说，哎呀，你刚才说你找老师办公室，你就说你找小爱不就行了吗？

我高兴起来，说你知道小爱？

老校工说，知道知道，一个村里的，怎么能不知道？老校工跟我讲起了小爱的事。

小爱是个苦孩子，也是个坚强的孩子。一岁时就没了爸爸，妈妈改嫁了，只剩下她和奶奶相依为命。后来小爱上了学，放学就往家跑，帮着奶奶干一些力所能及的活儿。奶奶喂了一头猪，养了一窝鸡。奶奶还带着小爱去采野菜、割艾蒿，到集上去换钱。猪到年底卖，鸡下了蛋，奶奶都给小爱吃。小爱不吃，也拿到集上去换钱。

去年小爱的奶奶死了。小爱哭得死去活来，那段时间，小爱总是跑到坟上去找奶奶。人们看到都掉泪。

后来村里商量着给小爱捐款献爱心。学校有位支教的姚老师一直单身，正好也是小爱的班主任，就担负起照顾小爱的责任，和小爱同吃同住，现在小爱上六年级了。

中学就在不远的镇子里，到时是住校还是继续跟着姚老师，还不知道。总之小爱现在好多了，学习成绩也很好。

正说着，下课了。

老校工指着走出教室的姚老师，而后又指出了小爱。

你别说，姚老师和小爱还真有点儿像。小爱的大名叫李爱菊。我跟姚老师说了小爱两次拒收善意的事儿。姚老师说，乡亲们和老师给她的捐款她也不要，还在我这里保存着。这孩子就这样，从小受奶奶的影响，以一颗善良之心看待社会、对待他人。

我跟小爱说，你拒收了我的好意，可是你得把艾蒿钱收下吧，你不收，我过意不去。小爱说，那算什么，俺们塬上有的是。

我还是执意拿出零钱给她。小爱说，叔叔我想起来了，去年也是你吧，总想着帮我。我真的不需要，村里和老师都帮助我，我还养着鸡、养着兔子呢！

我提出到小爱家里去看看。小爱看着姚老师说，端午节放假，我们包粽子，让叔叔一起来过节吧。姚老师刚才加了我微信，知道了我的身份，高兴地答应了。

一路艾蒿飘香，我知道，家家户户都插上了艾蒿，那香气里，还有粽子的味道。

牧羊人与野兔

吴连广

　　不想吃羊肉了。艾尔肯望着天空想着想着，就冒出这个想法：好长时间没有吃兔子了。

　　艾尔肯躺在胡杨下的沙丘上，没有一点儿睡意。他把眼睛紧紧地闭着，感觉都有一点儿酸疼了，才睁开眼睛，抬头看了看边走边低头吃草的羊群。突然，一只野兔飞快地蹿出了草丛，眨眼就不见了。今年胡杨林的牧草特别好，野兔也比往年多了。

　　一只羊艾尔肯吃了一个礼拜，要不是觉得扔了可惜，他真不想吃了。他想换换口味。

　　他开始寻找野兔的洞穴。兔子这东西狡猾得很，不吃窝边的草，怕暴露自己的洞穴。这艾尔肯知道，放了这么多年的羊，他没学会别的，逮野兔是他的拿手好戏。下套子，下夹子，都是他常干的。今天没有带这些东西，他想掏野兔洞穴。他专找草深的地方，找到野兔的洞口，再找出口。兔子是"地下工作者"，对挖洞很有研究，不仅把洞口选择在隐蔽处，还会在不同的方向挖出口，方便逃生。野兔天敌很多，狐狸、老鹰和蛇，地上天上都有它们的天敌。所以，野兔挖洞的时候，不会只挖一个洞口，也不会只有一个洞穴。狡兔三窟是野兔的本能，不想成为天敌口中之食，它们必须伪装好自己的洞穴，天敌从这个洞口来，野兔已从另一个洞口逃走了。

　　艾尔肯在上风口挖了个坑，弄来一堆柴火点着，烟子开始往洞里钻时，他跑到另一个洞口守着。野兔是忍受不了烟熏的，只要洞里有野兔，一准逮个正着。兔子再聪明，也绝对不会有人聪明。它只知道逃生，却不知道危险就在它的身边。可是缕缕青烟从他眼前的洞口冒出来，却不见兔子的踪影。他判断这个洞里没有兔子，正想寻找下一个野兔洞，一个黑影突然从他眼前闪过。当他回头看时，只看到那只野兔身上冒着的烟雾。他这才发现一只野兔逃走了。这是从来没发生过的事情，一只野兔竟然从他的眼皮底下逃走了。艾尔肯觉得这只野兔子成精了，竟然忍住了烟熏，还趁他不注意逃走了！艾尔肯拍了拍自己的脑门，长长地喘一口气，自言自语地说：这是一只什么样的兔子？

野兔并没有跑远，钻进不远处的草丛里了。艾尔肯蹑手蹑脚地走过去，那只野兔正卧在那里一动不动。他想趁着野兔不注意，以迅雷不及掩耳之势扑过去。就在他马上扑到野兔时，它就像一尾鱼，从他的眼前嗖的一下蹿了出去。他的衣服被刮破了，脸也被一根树枝剐了一拃长的划伤。艾尔肯有些恼羞成怒，在心里骂着，乌达当地（他妈的），你敢耍我！

这只野兔好像是在和艾尔肯捉迷藏，嘣噔嘣噔，蹦上几步就藏在不远处的草丛里。艾尔肯虽然捂着脸上的划伤，可眼睛始终盯着逃窜的野兔。他就不信了，一只野兔竟然和他较上了劲。他心里想：我倒要看看今天是你逃得过去，还是我吃你的肉，是你狡猾还是我厉害。

这些年来，艾尔肯不知吃了多少只野兔，从来没碰到这样的怪事儿，这野兔几次都从他的眼皮子底下逃走了，自己的衣服和脸还都刮破了。这要是让村里人知道了，他这张脸还往哪里搁。他的眼睛四处找寻，想找一颗石子，只要他能看到野兔的影子，就逃不过他手里的石子。可是找了好一会儿，也没看到一颗石子。胡杨林里不仅没有石子，连块像样的土块都没有。不过他还是找到了一块比较结实的土块。艾尔肯打土块很准，是这些年放羊时练的。羊群里总有不听话的家伙，艾尔肯懒得跑腿，扬手就是一土块，保准打在不听话的羊身上。

对于打土块，艾尔肯有十足的信心，只要让他看见野兔的影子，保管要了它的小命。野兔已经换了好几个地方了，可一直在艾尔肯的视线里。为了提高准确率，他悄悄地向野兔靠近了几步，在他觉得距离差不多时，他慢慢举起右手里的土块，嗖的一声甩了出去。就在土块出手之际，他看到那只野兔纵身一跳，便消失在草丛里。

他的土块像一颗子弹一样飞了过去，在野兔卧过的地方，溅起一团土块碎裂的烟雾。他实在不敢相信，那只野兔竟然躲开了他的土块。他觉得很奇怪，今天他竟然连一只野兔也没逮到，别说别人不信，就是他自己也不信。他就是不信这个邪，他要回牧羊屋去，把套子和夹子全都拿来，布下天罗地网，看它往哪里逃。没错，下套子下夹子，都是艾尔肯最拿手的好戏。每年冬天艾尔肯下夹子套兔子，都能赚几百上千块钱。

这不是艾尔肯自夸，而是村里人最羡慕的。特别是那个吾斯曼。他总是一副贪婪的嘴脸，似笑非笑酸不拉唧地说：艾尔肯，胡杨林里的野兔子都让你套完了，钱装进你的口袋了，我们全村人都看着你一个人腰包鼓起来了。

艾尔肯知道吾斯曼这张臭嘴冒不出什么好听的话。他不想和这样的人啰唆，吵起来丢的是自己的人，吾斯曼要是怕丢人，他就不会放这些不香不臭的屁了。世界上就是有这么一种人，看不得别人过好日子，眼睛红得像兔子一样。

回到牧羊屋，艾尔肯找到夹子和套子就出门了。他把所有的套子和夹子都派上了用场。把那只野兔的生活圈围了一个大大的圈，按照野兔的生活规律，下上套子和夹子，就等着捡兔子了。第一天，他转了一圈没捡到一只兔子。第二天、第三天也没有一点儿动静。他想：是不是这只野兔早就溜出去了。他认真地顺着下的套子和夹子转了一圈，还真发现了那只野兔子，它正在若无其事地吃草。他觉得太奇怪了，这只野兔子也太神了，竟然躲过了他下的那些套子和夹子，依然自由自在地活在这里。

就在这时，天空一只盘旋的鹰突然俯冲下来，当他看到鹰直扑那只野兔时，野兔却突然仰面朝天，就在鹰的双爪要抓上野兔的一刹那，野兔突然四腿猛然蹬出，鹰被蹬起三四米高，之后，野兔迅速钻进了洞穴。鹰落下时，羽毛在空中翩翩起舞。

艾尔肯彻底看傻了。

透过窗户的阳光

莫小谈

一间房，装修有讲究，是软包。

一把椅子，一张桌子，一张床，还有一扇窗。窗户的长度有七十公分，宽四十公分。当然，这组数据不一定准确，是他用手比画着丈量的。

他已经在这间小屋子里度过了九个日夜，明天是第十天。在这段时间里，他的生活节奏异常规律，规律到几近刻板。

每天早上五点半，他准时起床，先洗漱，叠被子，再打扫卫生，一切收拾停当后，他走到门前，透过门上的缝隙，望向大厅南墙的窗户。此刻正好东方泛白，一缕阳光从窗口投进来，照射在西面的地板上。太阳光由上而下，斜照进窗内，映成了一个斜着身子的方形。

他贪婪地看着窗户，窗户是方方正正的。他又眯眼看看光，这一缕光有棱有角，周正分明，明晃晃的，暖洋洋的。

刚进来那几天，他惶恐不安，仿佛一下子被人抛在了一个世外的孤岛。孤岛的四周是四堵墙，一扇冰冷的门好像不是为了方便出入而修设，更像是一道关卡。

大厅正西的墙壁上挂着一面钟，秒针围着一个支点打转，一圈一圈，吧嗒吧嗒地发出响声。在这个几乎与世隔绝的空间里，秒针发出的声响异常清晰，如同一柄铁锤，不停地敲在自己的心脏上。每响一声，自己就度过了一秒。他平生第一次感受到秒针因转动而带来的冲击。恍惚间，他感到时间在这里变得很慢很慢，每一秒都像是被无限地放大、拉长，仿佛这里与室外的天根本就不在同一个维度，什么都不一样。

远远地透过那扇窗，他只能看到模糊的天空，听到外界偶尔传来的鸟叫声——恍若是布谷鸟在叫——他想起了自己的过去。那时，他生活在农村，春播夏种秋收冬藏，一年一个轮回。

农村的孩子最喜欢麦季，那是专属于他们的狂欢。麦儿黄，粽儿香，阿公阿婆杀麦割秧。每到这个季节，他总会伴着布谷鸟清脆的叫声起床。偶尔累了，赖床了，母亲便会走来，说："布谷鸟都叫半晌了，太阳钻过窗晒着屁股了，快起床啦。"刚好又到麦季了，阿大阿娘一定正在伴着布谷鸟的叫声，把晒麦场打扫得干干净净，迎接这一年的收获。

今天还算好，他的心绪平复了许多，昨晚休息得也不错，睡了一个安稳觉，这是他进来后第一次睡了个通觉。他感到一身轻松，精神也好了许多，只是在起床时，两眼间汪出几滴泪。

那是悔恨的泪水。

他坐在桌前，铺了铺稿纸，拿起笔，思绪万千。

窗外的阳光因为角度变化已经投不进大厅，布谷鸟依稀还在叫："布谷——布谷——"

他想起了母亲，母亲曾对布谷鸟的声音有过另一番解读。在他还是孩童的时候，怯懦胆小，动不动总爱哭，哪怕走路一脚踏空跌一跤也会吓得哇哇大哭。母亲赶紧过来安慰他，鼓励他，说男孩子家家的，跌倒怕啥，母亲还会指向树上的布谷鸟，说："听，布谷鸟都劝你呢，不哭（布谷），不哭（布谷）。"

回看自己近几年走的路，他不由得吓了一跳，一个吃尽苦头的农村孩子，一个生性胆怯、连跌一跤就会吓得哇哇大哭的人，怎么能如此地胆大妄为，肆无忌惮？

阳光照在桌面上，白花花的，桌子上的稿纸就像一枚通往自由的船票，而那支笔是他驾驭人生的桨。他终于放下幻想，迎接重生。

下午，他被允许与家人团聚，他强装镇静与妻儿相见。但遗憾的是父亲没有来，母亲也没有来——他也无颜面对父母。儿子尚小，还不懂事，不知道这个家庭即将面临什么，伸出两只小手要爸爸抱抱。他望向看护人员，低声问："可以吗？"看护人员点头应允。

　　他久久地抱着孩子，不撒手。爱人在一旁抹泪。儿子好像被周遭的异常吓到了，哇哇大哭。他缓了缓神，将儿子送回爱人的怀抱，不停地抚摸着儿子的背，说："不哭不哭，再哭，布谷鸟就笑你了。"孩子不哭了。爱人也不哭了。爱人带着孩子走了。

　　爱人临走时替父母捎来一句话，父母说，要听话，珍惜身边的所有东西。父母文化不高，但话说得意味深长。

　　回到那间房内，此时太阳已经偏西，那束光挪到了大厅的东北角落。回味着刚才与妻儿的相会，他清晰记得自己托爱人转告父母的话，他说，他会珍惜眼前的一切，就连路过阳光时他都不忍踩踏一下。

半块渣饼

戴智生

景德镇住民嘴里说的渣饼，不是入口的食物。

百度搜索。渣饼：景德镇陶瓷业界的专有名词，指烧制瓷器时，为了防止瓷器烧制过程中被窑具黏结而垫在陶瓷器皿下面的瓷质垫饼。做渣饼，是陶瓷业最没有技术含量的活儿，只需一把木槌，把一坨瓷土敲扁即可。

许是这个原因，景德镇人若说谁没有本事，会说他是个"打渣饼的家伙"。

做渣饼的瓷土当然也不用那么精细，不用施釉，大小由烧制的器皿而定，多为饼状。开窑之后，渣饼脆薄粗糙，几乎没有别的用途，同废瓷片、废匣钵、窑渣等遗弃一边，景德镇随处可见。

陈家弄先有官窑，明代嘉靖时期开始"官搭民烧"，周围便聚集越来越多的民窑作坊，一代代工匠生活在这里，形成一半瓷业、一半民居。巷子口常聚一班孩童玩滚渣饼的游戏，地面横画一条线，孩童弯腰两丈远，人手一块渣饼轮流滚过去，渣饼压线或停在画线最近处的为赢，赢家刮一下输家的鼻子，或打下输家的手心，周而复始。突然听到大人叫："二胖回家写字呀，你想长大打渣饼？"二胖丢下渣饼，撒腿跑了回去。

喊话的是二胖的爹。他在一家瓷坊做事，不会拉坯，不会烧窑，做杂役。说是杂役，其实是管事的，二胖的爹上过几年私塾，会写字、会珠算，负责记工计件、记流水账。流水账主要是柴工送来的松木窑柴，用量大，一般都不会现金结算。

过后柴工结算的凭证，不是欠条。旧时纸张稀缺珍贵，柴工也不识字，不知哪个年岁开始，瓷坊给柴工留存的结算凭证是渣饼。柴工送来窑柴，过秤，瓷坊用蝇头小楷在一块渣饼上标记窑柴重量，渣饼掰成两半（无规则），双方各执一半，结账时认饼不认人，两半渣饼合缝即可。

瓷坊和柴工用渣饼当契约，其他行业也跟样。

布号从乡下进了两匹手织土布，为了脱手快，多赚点儿毛利，让伙计拿去染坊染色，一匹染靓蓝，一匹染万年青。染坊给布号伙计的回执也是渣饼，两块半片的渣饼分别点了一点儿靓蓝和万年青的颜色，立此存照，取布时如对染色提出异议口说无凭。

妇人用小方巾包裹碎银子去银匠铺，要为满月的孙子打对银手镯。银匠用戥子秤当面过秤后，从柜台下面拿出一块渣饼，用毛笔在渣饼上标明重量七钱四，损耗自有行规。银匠把渣饼放柜台边角上一磕，磕成了三瓣，随手往门外一丢，渣饼碎一地，他另找出一块渣饼，重新标记，磕成两半，给妇人半块，是取手镯的凭证。

岁月如梭，滚渣饼的二胖长大了，先成家后立业。立业是他爹帮衬，把家的厅堂腾出来，住房改成前店后寝的用途，把屋檐下方的斗坊刷白，书写黑体大字：陈二胖瓷号。他家不产瓷器，做中间商，零售兼批发，也接定制瓷器的生意。景德镇的瓷号星罗棋布，有作坊自产自销的瓷号，也有专门倒卖的瓷号，陶瓷产品远销海内外。

日本侵华期间，鬼子飞机轰炸景德镇很多次，陶瓷业也遭受重创，萧条了一段时间。二胖的瓷号开业，是抗战胜利之后的 1946 年，外地客商来订货的又多了起来。二胖在陈家弄长大，知道哪家的碗盘做得好，哪家的瓶罐做得好，他主要经营中高档日用瓷，不仅实用，也具观赏性。

二胖做买卖还算实在，赚取的差价适可而止，走薄利多销的路子。他下游最远的客户在武汉码头、宁波港。总的来说，二胖没有成为"打渣饼的家伙"，也没有赚大钱，只是可以糊口。

景德镇陶瓷业界公私合营，陈二胖的瓷号关张了。二胖参加了工作，因为有点儿墨水，他在供销社当了一名小干部。但二胖念念不忘一件事，每年腊月二十四大扫除，他都不肯把自家斗坊上"陈二胖瓷号"的字迹清除干净。

1980年，国家允许个体户经营，二胖是最早"下海"的那批人。当时他56岁，同事朋友劝他，再过几年就退休了，安稳过日子吧。陈二胖铁了心，着急辞了职。

陈二胖注册公司：陈二胖陶瓷经营部。经营场地还在老屋里。原来，陈二胖真有一些陈货，货柜上一对对青花釉里红梅瓶、青花釉里红双耳盘口瓶、青花釉里红海水云龙纹抱月瓶尤其显眼，造型端庄别致，瓷坯清白细腻，手绘幽靓雅趣。

奇怪的是，有人相中青花釉里红梅瓶，陈二胖不卖，出高价也不卖。

陈二胖郑重告诫过子女："这是以前开瓷号时人家付了全额定金定制的，没有约定取货时限，所以人家什么时候来取都有效。如果我死了，你们也要守信用。"

他说这话的当儿，从里屋拿出一个红布包裹，给子女展示的是半块当存根的渣饼。

七 夕

胡 炎

她约我喝咖啡，多少出乎我的意料。

下午四点，咖啡厅空荡荡的。她舞动着纤指，调咖啡，漫不经心地品呷，嘴角挂着一缕似有若无的笑意。看上去，她心情不错。

"怎么想起见我了？"我问。要知道，就在三个月前，我这位闺蜜心心念念的那位作家，离开她去了省城，和一位女诗人走到了一起。

自然，她痛不欲生的样子，还刻在我的记忆里。

"非要有个理由吗？"她瞟了我一眼，目光移向窗外。百米外的那条河，碧波耀金。

也许，的确不需要理由。但，今晚是七夕。

"你猜猜。"她狡黠地挤挤眼。

这样暖昧的眼神，开满了十里桃花。莫非，那位作家浪子回头，与她重修旧好？看她腕上那块微旧了的手表，还是几年前作家在情人节所赠。想必，这辈子她心中是抹不去作家的。

"破镜重圆？"我有意把眼神落在那块手表上。

"不对。"她摇摇头，接着品咖啡。

看不出她有多么激动，但表情里又分明藏着几许得意。实在猜不透她，放在几年前，她何须卖关子，巴不得把她与作家的情事第一时间和我分享。

"老实交代吧。"我看着她。

她竟叹了口气，抬眼望天花板："兜兜转转，还是那个巧克力男人。"

我愕然。这太出乎意料。那个每年情人节送她巧克力的男人，我见过。他叫于得水，白净，斯文，戴一副眼镜，样子看上去比作家更像作家。可她不喜欢，每次与我分享巧克力时，总嬉笑着说："让那个傻瓜送吧，送了也白送。不过，不要白不要。"直到作家出现，于得水才知难而退。自然，那以后我再没有分享过闺蜜的巧克力。作家是不会送这些的。

"他……还在等你？"

她点点头："死心塌地。"

这倒让我感动，天下真有这样的男人，弱水三千，只取一瓢饮。我这位娇俏的闺蜜，算得上有福人了。

"嫉妒了吧？"她挑挑精心文出的柳叶眉。

"有点儿。"想到我那个只会挥榔头的小工人，我难掩失落。

"今晚你又能吃到巧克力了。"

"你的意思是……咱们一起过七夕节？"我有些怀疑。

"不可以吗？"她晃了晃脑袋，有点儿儿时的调皮。

日光在远处的河面上一点点变淡，一个飘着巧克力味儿的黄昏就要来了。

"给你看一张照片。"她忽然把手机递给我。是和于得水的合影。于得水揽着她的腰，一脸幸福。她则翘着嘴唇，神情显出几分高傲。

"挺般配，"我把手机还给她，"感觉一定不错吧？"

"还行。"她托着腮，很认真地看着我，"照片拍得怎样？"

"高傲的公主。"我笑了。

"你确定？"她似乎在质疑我。

我对她的反应感到不解："瞧瞧你的嘴角，都翘到天上了。"

她如释重负地舒了口气，打开微信："我要把这张照片发给他。"

"谁？"

"明知故问。"她眯起眼，动作极是迅捷。我看到那张照片在她的纤指下飞了起来。

这大约算是最好的报复吧，不知作家看到这张照片会做何感想。就在这时，于得水的电话来了。我听得很清楚，于得水在丽景西餐厅定了雅间，除了巧克力，还有 99 朵玫瑰。

"我这边正忙，"她说，"现在还不能确定。"

我困惑地看着她："干吗这样说？"

"我不想去，"她拧着眉，"真的不想去。"

她一直盯着手机。我知道，她在等作家的回复。我在心里叹息了一声，为于得水。她只是暂借这个男人填补作家留给她的虚空。

可手机一直静默着。我希望这样的静默，能够一直持续下去。

"还是去吧，"我说，"别让那 99 朵玫瑰在今夜流泪。"

走出咖啡厅，街上已是华灯初放。月亮升起了，孤独地悬在天宇。此时，不知有多少双目光，在人间看着它。

我伸出手，和她握别。

"为什么？"她问。

"我得回家做饭，"我说，"我那位小工人干了一天活儿，一准累坏了。"

她没再挽留，抬起头看天，良久，自言自语似的说："天上的鹊桥该搭起了吧？"

两滴月光，从她眼里倏然坠落。

夕阳白发

周海亮

女人在理发店前徘徊很久，才怯生生推门进去。那是她光顾的第四家理发店，前三个，她只是问了问价格。她小心翼翼地问老板，染发多少钱？老板介绍说，价格不一样，一百多的，两百多的，还有三百多的……女人急忙说，最便宜的，能把头发染黑就行。老板举着梳子，扭头看看她，说，三十八块钱。不过您得等一会儿。

女人在角落寻一个位子坐下，却不停地看向墙上的石英钟。老板说您赶时间？女人说中午前能弄好吗？老板说没问题。女人放下心来，倚着墙壁，竟然打起了盹儿。

染发的时候，尽管老板一再保证不会把女人的衣领弄脏，女人还是坚持将外套脱下。她说下午她有要紧事，要是衣服脏了，会很麻烦。老板随口问道，喝喜酒吗？女人说，去应聘。

老板有些发蒙。满头银发的女人，去应聘？

去职介所见个雇主，昨晚就说好了。女人说。

可是阿姨，您得有……六十五了吧？

七十。女人说，我头发白得早，不到五十岁就全白了。我从不染发的，可是我想在雇主面前，显得年轻些……

女人不好意思地笑笑。

老板没有多问。他知道一位七十岁的阿姨还要出去找活儿干，肯定有着别人不能理解的艰难。他仔细地给女人染好头发，清洗干净，然后告诉女人，二十八块钱就行。

不是三十八吗？

老人优惠。老板说，跟坐公交车一样的道理。

女人留下钱，离开。她没有回家，而是直奔职介所。公交车上她给儿子打了个电话，问他吃饭了没有，儿子说刚吃完。她说吃完就睡一会儿，别总是看书看手机，会把眼睛废掉的。挂断电话，女人看向窗外，冬日的午后，街景萧瑟。

职介所的工作人员看到女人，说她染了头发，果然年轻好几岁。随后她嘱咐女人，雇主一会儿就来，一定要抓住机会。每周去两次，把屋子打扫干净就行。工作人员说，事情虽然不多，但考虑到您的年纪，我怕她会……

不碍事，不碍事。女人说，谢谢您一直费心帮我。

这是女人第三次在这家职介所找工作。如果这也叫工作的话。

雇主过来的时候，女人正襟危坐。她拘谨地与雇主说话，小心翼翼地回答雇主的问题。终于雇主问到她的年纪，她毫不犹豫地说，五十三。雇主说，那您挺显大。女人尴尬地挤出笑。雇主说您知道，我得给您一把家里钥匙，所以，您的身份证我需要看一下。女人说，哦。却没有动。雇主说您不会忘带了吧？昨天我特意嘱咐过的。女人看看工作人员，又扭头看向雇主。当然带了。她说。她的表情极为难看。

女人将身份证递给雇主。

雇主看一眼身份证，愣住。您可不是五十三啊！女人小声说，怕您不用我，瞒了年龄。雇主说对不起阿姨，虽然我无意冒犯，但是您的年纪……实在太大了。女人说，我身体好着呢，什么都能干。雇主说我真的不能用您，那样我会有……犯罪感。

女人没有得到那份工作。尽管那个下午，她对那个比她小近四十岁的女人说尽了好话。她坐公交车回家，冬日的黄昏，街道清冷。几只鸟掠过光秃秃的树枝，远方，落日正在慢慢坠入群山。

回到家，四十多岁的儿子正在等她回来。儿子歪在床上，勾着头，身体呈现一种扭曲并且怪异的姿势。看到母亲，他推开面前的书，咧开嘴，笑。

自十九岁那年遭遇车祸，儿子就一直闷在家里。他仅仅能够勉强做到自理，既不能工作，也几乎无法与他人进行交流。二十多年的每一天，他的生活里，除了书和手机，只剩下日渐衰老的母亲。

他问，妈你又去找工作了？

女人笑笑。

外面天气好吗？

挺好。女人说，想看夕阳吗？妈带你出去走走。

女人推着轮椅，来到僻静的小街。母子俩看着远山间的夕阳，夕阳摇摇晃晃，慢慢坠落，将旁边的云彩染亮。

地震波

叶北海

1

眼看着要把"曹操"砍死，陆梓轩的手机猛烈振动，弹出一个界面：地震预警。

啊——烦死了！

胡乱摁了好几下，才调回《王者荣耀》，果然，"曹操"跑了，自己也被虐到残血。

"梓轩快跑！"

陆梓轩扭头就跑，回城去补血。

蒙在头上的被子掀开了，妈妈边套衣服边来抓他。

来不及了！被子给重新蒙上，而且蒙了好几层，最后是两个人压上来，抱紧了他。

摇摇晃晃中，陆梓轩在泉水边补满血，准备再次出征。

2

意识到地震的那一刻，小萱没有紧张，也没从消防楼梯逃命。

她坐在飘窗上，双手抱膝，拨打那个尘封了七年的号码。

电话没接通，震感却消失了，只有吊灯在摇晃。

她觉得自己很傻：隔了七年，隔着三千里，还指望他像以前那样，跟你一起感受天塌地陷？

她挂断电话，对着手机大喊："宋晓涛，如果我死了，就再没有人这么爱你啦！"

然后，痛哭流涕。

3

扶着床头撑过第一拨摇晃，老张终于摸到了拐杖，挪到老伴身边。

"怎么回事儿？外边闹哄哄的。"

"不知道。"老张坐下来，替她揉腿，"可能是地震吧？"

"那你还不快跑？"老伴撑了撑身子，无奈腿上没劲儿，又躺回去。"瘫了这么多年，你别管我了。"

"不管你，还能管什么？一辈子净围着你转了。"老张拿过水杯，把吸管送到她嘴边，"你记得不？小时候，我把墨水洒到你的衣服上，被你追得满山跑。"

"还好意思说！我追不上，你就冲我做鬼脸，净气我。不打你打谁？"说着，在他胳膊上拍了一下。

4

"别坐电梯！"沈波还是有点常识的，喊住了摁电梯的老太婆。喊完，后悔了——两家对门住了三年，吵了三年，没一天消停；她要坐电梯就让她坐，困里边不正好？

老太婆倒也听劝，转到旁边的消防楼梯。

轰——

楼上冲下一伙人，差点把她搡倒，还是沈波扶了一把。扶完，又后悔了——我不推她下楼，已经是大发慈悲了……

想到"推"字，沈波浑身一颤，几次想要伸出手去。啪，啪！他用右手狠狠抽打着左手，这才控制住。

老太婆腿脚不利索，靠在一边："小沈，你要着急，你先下。"

"不急不急。我……我背您吧。"不由分说，背起老太婆，下楼。

一滴水落在沈波脖颈上。坏了，墙体开裂，水管破了！

5

小区广场上挤满了人，到处都是呼儿唤女的声音。

孙昊天跪在小桃身前，不停地扇自己的耳光："小桃，对不起，我也不知道怎么回事儿。当时就是蒙了，忘了你还在洗澡，只顾着自己跑了。你知道，我是真心爱你的，我爱你绝对胜过我自己。——你……你的头发是干的？"

"吹干了呀。"

"都地震了，你还……"

"地震怎么了？地震就得像你这样，光着屁股逃命，不要脸了吗？"说着，给他拿出整套的衣服鞋袜。

6

居民逐渐安静下来，拿出手机联系亲人，查看讯息，偶尔交谈两句，聊聊避震的惊险刺激。

这时，徐浩然的哭声就显得格外打耳了。

"不哭不哭，爸爸一会儿就回来。"妈妈安慰着小浩然，向周围的人报以歉意的目光。

还有人没出来？

所有人抬头看居民楼，消防楼梯的声控灯标示出他的行动轨迹：九楼，八楼，七楼……

爸爸终于跑出楼道，接住扑过来的小浩然，把书包塞给他。

妈妈解释说，里边有孩子的作业，每天做到半夜呢。

7

贾梦瑶买了盒"粉碧云"，点上，吸一口，让蜜桃味的烟气在肺里滋润，驱散刚才的惊慌与疲惫。

她抱着个与她气质极不相称的檀木匣子，里面装着七个房本、四张大额存单、三份离婚协议财产分割公证书、几十件金银珠宝首饰，还有两张孕检彩超单子。

下楼前，她仔细清点了一遍，都在，就是不见了那只枯黄的竹蜻蜓。最后一次见，是几年前来着？十年？八年？三年？又好像是昨天。记不清了。

她紧咬嘴唇，以免失态。

为了这些东西，她付出了那么多，所以，她不能死。

她抱紧匣子，半截烟灰抖落，被风吹散了。

8

见大家都没事，周全把小宝交给妻子："我得走了。"

妻子抓住他的胳膊："非得去吗？"

"发生了大地震，市里马上就会组织救援队，我身为消防员，得去。"

"平原县，隔着好几百里呢。"

"一方有难，八方支援。只要是中国的土地，我们就有责任。"他摸摸孩子的头，"小宝，照顾好妈妈。"

　　小宝举起胖乎乎的小手，敬了个军礼："爸爸放心，保证完成任务！"

9

　　小李指了指周全的短裤拖鞋，把换洗的保安服递过去："同志，穿件衣服去吧。下半夜的风，还挺冷的。"

　　"谢谢。等任务结束，我洗干净给您送过来。"

　　"谢什么！"小李挠挠头，"当年考消防，我差两分没考上。你穿我的衣服去，也算替我了却心愿了。"

　　"都是为人民服务，不分高低贵贱。"周全整理好衣服，敬礼，"我的家人，就靠你了。"说完转身出了小区大门。

　　目送他远去，小李看着广场上的居民、楼上的万家灯火，心中涌起一股自豪感。

别去人多的地方

海 华

那年冬，他办了退休手续后，内心突然有一种说不出的感觉，似有些解脱，又似有些失落。到了双休日，他习惯性地在家里客厅泡好茶，似有些坐立不安，还不时走出门外东张西望……

他老伴儿是退休教师，好几次想说他，但话到嘴边又吞了回去。

春节前夕，一连几天门庭冷落，他轻叹一声，以往这时候多热闹，人哪，真现实。

老伴儿终于没忍住，揶揄道，老岑呀，年过花甲了，咋还没活明白，以往人家上门找的是镇长，如今，你是个啥？

他愣了一会儿，轻轻地点了点头，而后又摇了摇头。

这天早上，他送小孙子上学，路过一早餐店，小孙子嚷着要吃包子，可买早餐的人排起了长龙，他见档主脸熟，便上前问道："乔老板，能否先卖给我两个包子？"

乔老板见是他，猛然想起一年前家里建房的事，去镇政府找到他，一点儿面子都不给，说第6层属违建，要守规矩，赶紧把第6层已扎好的钢筋拆除掉，不准再建，死活不松口。想到这，他心里就来气，立马板起脸，没见这么多人等着，要守规矩，排队去！

他一扭头，身后传来几句悄悄话："老板，他可是镇长耶。""那是老皇历啰。"

那天下午三点多钟，他在家闷得慌，出门去虎头山下的镇活动中心走走。想来，这活动中心还是他在任时建的，除有会议室外，两层楼共有二十多间活动室：文化室、书法室、棋牌室、乒乓球室、歌舞厅、练功房……门外还建了个大广场。他逐个活动室转悠，这里看看，那里瞧瞧，尽管不时有熟人拉他参加某项活动，但他不是不会玩，就是没兴趣，没有在活动室多停留，只是跟这位打个招呼，与那位闲聊几句，然后，信步踱出门外。此刻，一阵刺耳的音乐声把他的视线拉向大广场的东南角，只见一大帮上了年纪的男女在跳广场舞，动作虽然有些难看，也不整齐，可他们跳得很起劲。突然，一老者停下来，紧走两步拉住他，难得老镇长光顾，来来来，别当看客。好几位老人也直嚷嚷："一起乐和乐和，松松筋骨。"

他想，自己毕竟曾经是镇上有头有脸的人，在大庭广众之下踢腿甩手，摇头晃脑的，像啥？于是，他对老人们笑了笑，摆了摆手，离开了。

没走几步，西北角一阵喧哗，他抬眼望去，十多位老人凑在一起有说有笑的，好不热闹。他走上前，只听一位老人没好气地说："嘿！不就是在镇政府门边竖个宣传标语牌吗？一共八个字，居然用钢筋水泥浇筑八个好几米高的柱子，和八个横竖一米宽的预制块，成菱形立在水泥柱子上，再在预制块上面写字。这么一折腾，至少要一二十万。"另一个讪笑道："真逗，那八个字写的竟是'艰苦奋斗，再创辉煌'。真有钱也不该这么花！还说是学外地的，太形式主义了。"

他忍不住插嘴道，哪能这么整！

没想到，几位老人先是挤眉弄眼，后一齐看着他。他一转身，有人悄声道，这类事你在任那会儿有时也整过嘛。

他突然一阵脸红耳热，想了想，走开了。

走着走着，他突然想起十多天前偶遇老镇长，老镇长似不经意地问他，咋的，回到人生的原点，还适应不？

他笑了笑，反问道，你退好几年了，有不少感悟吧？

老镇长以有些神秘的口吻低声说，别去人多的地方。

他当时听了还不以为然，如今想来还真是那么回事。

傍晚，他回到家，儿子告诉他，老妈有饭局出去了，叫我们不用等她吃晚饭。八点多，他老伴儿回家了，见他脸色不太好，便关切地问，咋啦？下午出去遇到不顺心的事了？

他没吭声。老伴儿问多了，他只好把在大广场与一帮老人议论竖宣传标语牌的事说了。临末，还嘟哝道，都怪我多嘴。

老伴儿微微一笑，嘿！别往心里去。我跟你说点儿开心的事。

原来，晚上，他老伴儿跟一帮退休女教师去镇上皇都饭店聚餐，小房已订满，她们只好在大厅就座。席间，邻桌的八九位顾客喝得正酣，七嘴八舌地闲聊开了。他老伴儿似不经意地往邻桌扫了一眼，那些人看上去像是一些退休人员，但全是生面孔，便回头与女教师们推杯换盏。一位戴着眼镜的女教师扯了扯他老伴儿的衣袖，嘿！邻桌的人这会儿在聊镇上的事，没准会提及你家老岑呢。他老伴儿侧耳细听，果真传来一位老伯有些沙哑的嗓音，我看呀，身为地方父母官，在任期内能办成一两件让老百姓满意的实事就不错啦。咱镇上的前任岑镇长还行，镇里那几条主街道的整治和改造，建活动中心和森林公园，都是他主抓的，值得点赞。老伯的话音刚落，好几个人都说，是呀是呀。

少顷，老伴儿又抬高声调，我寻思着，这些话如果是别人当着你或者我的面说的，也许不太可信。但这是互不相识的老伯在背后说的，应该是真心话。

他轻轻地"哦"了一声。老伴儿悄悄地瞄了他一眼，只见他那有好些沟坎的脸上终于有了一些笑容。

泪落无声

胥得意

儿子参军走后，思念便成了连绵的雨丝，在母亲的夜里无止无休。但是母亲没有流过一滴泪水。

母亲只有一个儿子，她明白一个道理，庭院里跑不出千里马。她要让儿子在年轻的时候走更远的路。所以，当儿子大学毕业提出要参军时，母亲没和父亲商量就同意了。母亲相信父亲一定会同意的。因为，父亲曾经是一位老兵。

只是，母亲没有想到儿子一去千万里，一下子跑到了青藏高原上的国境线成了边防军人。

虽然想念儿子，但是母亲不敢有丝毫的打扰。儿子的手机有时有信号，有时没信号。而即便有了信号，按部队规定也不是随时可以使用。所以，母亲养成了一个习惯，就是手机从不关机，随时带在身边。只要儿子的电话打来，只响一下，她准能接起。

母亲和儿子在电话中聊得非常开心，她从来不讲想儿子的话。儿子也知道母亲惦记他，也从不讲边境上的苦。他告诉母亲的都是训练成绩又提升了多少，他们的蔬菜大棚又产了什么应季的菜，指导员对他有多好。

母亲以前对青藏高原是不太关注的，只是儿子去了那里之后，她才在手机上去一点点了解。她知道那里只有两个季节，一个是冬季，一个是大约在冬季。她知道那里高原缺氧，人在那里躺着都是奉献。她还知道那里离国境线实在太近，和边境那面的军人总要不期而遇。母亲虽然知道这些，但儿子不说，她也装作不知道，也不问。她问的只是天空蓝不蓝，穿得暖不暖，平时记不记日记。每次放下电话前，她不想说，但还是忍不住叮嘱儿子要注意安全。叮嘱完了她又暗自笑自己，儿子长大了，是属于国家的人了，好多事自己管不到了。

时间过得飞快。儿子入伍半年多时，给母亲寄回来一本证书，他被评为优秀团员。十个月的时候，儿子在电话中说，再有两个月，新兵入伍了，他就成为老兵了。母亲觉得儿子一下子长大了，他的身后又会有更年轻的战友加入了。母亲告诉儿子，当了老兵可得有个老兵的样子。

儿子毫不谦虚地对母亲说，你儿可是勇敢着呢。母亲的心有些微微的疼。

没过几天，母亲在手机上看到了不太好的新闻。儿子所在的国境线上，外军总是在制造事端，其中一段视频中，两国军人对峙时，鼻子尖和鼻子尖都快要碰到一起了，而他们的背上都背着枪。这让母亲很紧张，万一走火了咋办呢？

母亲还是忍不住把这担忧告诉了儿子。儿子有些大咧咧地告诉母亲，放心吧，人不犯我，我不犯人。母亲还是担心，那要是犯了你呢？儿子还是大大咧咧地说，我们天天训练是干啥用的？！母亲沉默了一会儿，叹了口气，我还是有些担心。儿子在手机那头哈哈哈地大笑起来，我们连队是二线连队，离国境线远着呢。你别惦记了。

手机挂掉后，母亲的担忧却更强烈了。因为，她明显觉得儿子在最后说了谎。父亲问辗转反侧的母亲，让儿子当兵是你同意的吧？母亲在黑暗中"嗯"了一声。父亲又问，现在部队真是有事了，你能把他领回来吗？母亲颤巍巍地回答了两个字：不能。父亲在黑暗中"哼"了一下，那就睡觉。母亲想了想父亲的话，只能转身睡了。

在儿子当兵一整年的时候，母亲接到了部队的来电，说是儿子受伤了，让父母尽快飞过去。

在县民政局局长的陪同下，母亲去了儿子当兵的部队。一路上，母亲在想，儿子到底伤到哪儿了呢？伤得如何呢？母亲把目光投向了父亲，父亲眼睛一直盯着窗外，沉默不语。

母亲一下飞机就感受到了什么叫高原反应。气短，头疼，像是有喷泉在脑袋里涌动，一鼓一鼓的。她在汽车里抱着氧气袋，一边吸着氧气一边不由得就想到了一年来，儿子是如何克服这些困难的呢。

当天晚上，母亲到了部队。好多的战士列成两队迎接着母亲和父亲的到来。母亲看到的场景和在电视中看到欢迎家属来队完全不一样。没有掌声，没有鲜花，战士们都沉默着，表情非常肃穆。那一刻，她明白了一切。恍惚中，父亲用力地扶住了她。

当天晚上，团里的领导向母亲和父亲详细地汇报了事情的经过：儿子在随部队巡逻时，连队官兵和越境来我方搭设帐篷的境外军人发生了冲突，在这次流血冲突中，指导员和儿子牺牲了，对方伤亡二十多人。

团领导汇报完事情经过，对母亲说，你儿子是光荣的，是为国牺牲的，家里有什么要求尽管提，我们全力解决。

整个汇报过程，母亲静静地听着，没有插话，没有哭泣，像是在听别人的故事。听完汇报，母亲又静静地侧过头看了看父亲，然后拿过了面前的话筒。在场的人似乎都紧张了一下，他们不知道母亲要做什么。

母亲拿起话筒，迟疑了一下，问，我只想知道两件事，是他们占了咱们地盘，我儿子才动的手？

得到了团领导肯定的答复后，母亲又问，我儿子当时勇敢不勇敢？

在场的人紧紧地咬着嘴唇，一同用力地点头。

母亲的眼神一个一个地检阅着会场上的目光，两行泪水在她的脸上缓缓流下。

此生，父亲头一次看到母亲流泪。

在异乡

张明重

抵达这个西北小城时，已是晚上八点多，华灯闪耀，人声鼎沸。

刘祥慢悠悠地走出车站，几个拉客的司机以近乎变态的热情同刘祥打着招呼。刘祥没有说话，只是微笑着加快了脚步。车站这个地方向来鱼龙混杂，稍不留意就会惹上不必要的麻烦，尤其是像他这样满口异乡腔调的外地人。眼见拉客无望，几个司机立马转移了目标，刘祥才得以脱身。

走在人声喧闹的街道上，刘祥深深地吸了一口气。西北的风有些粗犷和雄浑，夹带着一股牛羊肉、青草和泥土混合的味道，膻膻的，甜甜的，醇醇的。这是刘祥在内地平原小城嗅不到的，也是他临时起意来这里的原因。

在家乡小城生活的时间长了，刘祥总感觉很厌烦。这种厌烦是骨子里的。每天面对一成不变的生活和一成不变的环境，对喜欢追求新鲜刺激的刘祥来说，是一种彻骨的折磨。所以，当年休假批下来后，刘祥几乎像刑满释放的劳改犯一样逃离到了这里。

刘祥是一个天生喜欢流浪的人，这也是骨子里的。他喜欢到一个陌生的地方，看看不一样的风景和不一样的人，感受一下不同于家乡的味道。在这里，刘祥不认识一个人，也没有一个人认识刘祥，也不知道刘祥从哪里来，要到哪里去。这种神秘感让刘祥有一种眩晕的快感。

刘祥欢快地走在街道上，面带笑容地看着每一个迎面而来的人，目不暇接地看着道路两边风格迥异的建筑和从来没有听说过的美食。这个世界真奇妙，原来在某个未知的角落里还有一个长成这样或那样的人，还有这样的建筑和美食。刘祥忍不住兴奋地大喊了一声。周围的人诧异地看着他，像看怪物一样。刘祥也不在意，反正也没有人认识自己，把自己当成怪物也好，疯子也罢，都无所谓。这是刘祥在家乡所不敢的也不能的。

按照导航的指引，刘祥很快来到了自己在网上订的宾馆，西域风情假日宾馆。在网上搜索时，刘祥一下就相中了它，这应该是自己梦想的休息之地。事实也不出刘祥所料。宾馆圆柱拱门，柱子上雕刻了精美的花卉和人物场景。大堂内，一位老人正在弹奏着天籁，让人有一种说不出的惬意。坐在宾馆大堂里的沙发上闭目聆听了一会儿，刘祥才起身去房间。

在房间里稍作休息，刘祥走出了宾馆，想找一家特色小吃店一饱口福。住大店，吃小吃，这是刘祥外出时掌握的一个原则。大店安全，小吃有特色，更何况这是自己神往已久的地方。

路边的一家"大骨头店"，让刘祥停下了脚步。这家店的名字像西北的景色一样简单明了和粗放，给人一种豪迈的感觉。店里的人很多，一看都是当地人，肯定好吃。

刘祥毫不犹豫地走了进去。在老板的推荐下，点了一份牛大骨和两碟当地的特色小菜，又要了一瓶当地产的酒。酒的度数有点儿高，比家里的酒辛辣一点儿，但口感不错。大骨头量很大，味很足，刘祥一度怀疑老板在赔钱赚吆喝。面对美食的诱惑，刘祥也顾不上形象，用手抓着，大快朵颐起来。

正吃喝得畅快淋漓，一个男人拿着酒瓶和一碟菜走到刘祥面前，笑着说："老弟，外地来的吧？"刘祥好不容易把一大口牛肉咽下，连忙说："是的，是的，快坐下来，一起喝两杯。"男人也不客气，放下酒和菜，坐在了刘祥的对面。刘祥指着大骨头，说："你们这里的大骨头太好吃了，来一块。"男人苦笑了一声，说："老弟，你吃吧，我早就吃腻了。"刘祥给男人斟上一杯酒，说："尝尝这酒，味道不错。"男人说："我还是喝这瓶外地酒吧，你这酒我不习惯。"

两个人边喝酒边你一言我一语地交谈起来。男子说："挺羡慕老弟的，有空能出来走走。不知道你咋想到来我们这里了？这个地方太没意思，我在这里待了几十年，烦透了。空气也没有你们那里清新，饮食也没有你们那里精致，景色也没有你们那里灵秀。有时间，我得去你们那里体验体验。"

刘祥愣住了，不知道如何回答。他嘴里无意识地咀嚼着牛肉，感觉没有那么香了。

第6辑

尖　叫

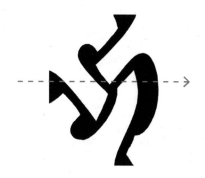

打艾草

乔 叶

　　端午节临近时，问秀梅超市里进不进粽子，她笑得不行。说她这店自打开张就没有卖过粽子，不仅是粽子，就连冷冻食品也就只是夏天的雪糕冰激凌和冬天的元宵。看看城里超市的冷冻柜就知道你们有多懒，饺子、馄饨、葱花饼啥都有，就连油条都能做成速冻半成品，又贵又不好吃，都是钱多给惯的。说咱们这边的粽子都是自己做的，今年我多备些，你就等着吃吧。又听我说要去买点儿艾草，更是笑软了腰，她呼啦啦用手臂画了个大圈，说咱这山里哪儿没艾草？还用得着买！都说没文化的人是文盲，这有文化的人该咋说？地里长的东西能认识几样？得说成是地盲吧。地老师，你又姓地，哈哈。

　　笑话我一番后，她便抽空带我去找艾草，果然到处都是。又教我区别艾草和艾蒿，说这两样乍一看一样，仔细比对就知道，气味不一样，高度不一样，细节更不一样。艾蒿叶子阳面有毛，艾草叶子是阴阳面都有毛，叶面也比艾蒿叶面厚。

　　那几天里，只要有空，我就去打几把艾草，随手插在哪里都是一束清香。它也是一味好食材。焯水后团成团冷冻住，吃时拿出来解冻，用料理机打成泥，和上面，加进糯米粉，再拌进去蜜枣、葡萄干和花生碎，就成了完美的青团。只是得要最嫩的，嫩的汁液充足。待老原来了，我便让他陪着我沿着白陉古道往深里去寻。阳光正好的下午，山风吹着，到处有树影，一点儿也不热。我们慢慢走在山间的小路上，前后都没有人，只有我们。打够一捆，就放路边，继续前行，等返程时再捡回来。这种东西在这种地方，不用担心有人会拿。有人拿了就是笑话。

还别说，打这个字，用在草身上还真是好。草不是花，不能用摘，不能用采。又不是连根要，所以也不能用拔，不能用挖。用割也行，只是太工具化，不带感情。唯有用打。草是泼皮的，强韧的，想得到它得使一些力气，得和它较一点儿劲，可不就近乎打？

有一天，走得更远了些，到了黑岩村地界，忽然想起了马菲亚，这小半年来，她的土鸡蛋和土鸡不断地供货，我们算是她的大客户了。她一直叫我和老原去耍，但我们从没去过，便给她打了电话。她呀呀呀地叫着说，快来呀，我那口子今儿下了山，剩下我一个人，正盼有人来呢。手机里指着路，又走了半个小时，听见了鸡鸣狗吠，转弯便看见了原木搭出的一个小门头，上面写着三个稚拙的大字：自然居。

正欲进门，突然就看见了一只大白鹅在旁边小坡的灌木林里。便打给马菲亚，她说是咱家的鹅，又去外边野了。你们顺手给赶回来吧。会赶吧？我说会。还疑惑她怎么问了这么一句。等到和老原开始往回赶时，才发现没那么容易。这鹅很傲慢，完全不把我们放在眼里。且狡猾，不在路上走，只在灌木里钻。灌木密度很大，其间还野草丛生，积年的落叶满山坡，没有现成的路，人在其间穿行着实辛苦。我和老原前追后堵，它却游刃有余地跟我们打游击，有时候它挑衅般地不动，等我们靠近后再从从容容地远离，完全是一副欺负人的样子。

这一块灵活晃动的白色，让我们俩忙活了好一会儿，却还是在原地盘桓。赶着赶着，老原停下来，看着我笑。我知道他笑什么，就也笑。此时我已发型凌乱，蓬头垢面。外搭下摆原镶着一条小蕾丝边，此时也已条条缕缕，好死不死。手也被拉出几道血印子，还差点儿刺着眼睛。老原也好不到哪里去，脸上是灰土加油汗，擦出了几道华丽的印子。他说算了吧，还是叫主家自己来吧。正准备再打电话时，马菲亚已经跑了出来，看我俩的样子就笑起来。她绕了个圈靠近了鹅，便以迅雷不及掩耳之势抓在了手里，这鹅仿佛被施了定身术，呆在那里。怪不得有个词叫呆鹅。我怔怔地看着她。傻看我干啥？她问。我说：你真帅。

进了院子，狗只远远地空叫着，冲过来的是三只大白鹅，领头的大鹅尤其凶。马菲亚把它们呵斥开。她说原有三只鹅，两公一母，两个公的老是打架，就又买了这只母鹅，因是新来的，老被欺生。问她怎么分公母，她说看身架子知道，公鹅壮大些，母鹅就娇小些。看脖子也能知道，公鹅脖子长，母鹅脖子短。听叫声也能知道。公鹅叫起来是咯嘎咯嘎，声高，母鹅叫起来是嘎嘎嘎，声低。看性子也知道，母鹅不怎么好事，公鹅就暴烈，好占地盘好争斗。万物公母都差不多德行。

爱 笑

陈 敏

在藏族聚居区，我经历了一段净化灵魂的旅程。

三年前的七月中旬，我独自经过漫长旅程，在林芝休整两天后，来到了巴松措。

突然被当地的一个女人拦住，她热情地让我加入他们的团队。我试了好几次都没拒绝掉，只得停下脚步，和她交谈起来。她叫罗尼，长得矮矮胖胖，红脸蛋，肤色黝黑，高原红特征明显。

她的普通话里夹杂着浓浓的藏语腔调，使我们的交流多了一些障碍。因此，她比画说要去哪儿，我只得点头称是，以为她说的那个地方也值得一去。

"统一服装能凸显出团队的整体性！"罗尼这句完整的汉语让我一惊，没等我问清需要多少导游费，一套上面写着"美丽公约"字样的蓝色服装递了过来，罗尼帮我穿上，还递给我一本小册子和一副手套。

进藏公路沿途垃圾来源于各种不文明行为。"美丽公约 擦亮天路"守护地球第三极活动已开展了十年之久，来自全国各地的志愿者有 9 万余名……

这是我从册子里看到的一段文字，随即明白了这个藏族女人的用意。我惊得半天无语。满以为她是个地陪导游，想着加入她的团队一定很有意思，很好玩，没想到她这个团竟是个捡垃圾团。我这才弄清楚，她让我当志愿者，只用半天时间就好。

她没多解释，只是一个劲儿地冲着我笑，挤出满脸善良的皱纹。

她又递给我一个袋子，让我学着她的样子去做。她在地上捡起一块破油布，抖了抖，装进袋子。

　　她在前面缓缓走着，偶尔回头冲我笑一下，继续往前走。有一段陡坡路，不太好走，她蹲着往下滑；她还钻进一个洞里，从里面掏出了两个饮料瓶。

　　沿途上的垃圾令人触目惊心：饮料盒、各种各样的食品包装袋、睡袋、帐篷、一次性台布……

　　回想对罗尼的误会，我突然感到有些惭愧，原来，她是在找人帮忙清理高原上的垃圾啊！我决定一心一意跟着她一起干。脚下的碎石、戈壁，高原上稀薄的空气都让我有些头重脚轻，她背着麻袋边走边捡，不一会儿就捡了一大包。其实，她走得并不快，而我不论如何加大脚步也跟不上她。

　　高原上捡垃圾一点儿都不轻松，我只干了半天，就有些受不了，胸闷、气喘、头晕眼花，而罗尼说她已经干了整整五年。

　　"干这么重的活儿报酬一定很高吧？"我好奇地问罗尼，想着在内地，一个清洁工每月至少能赚 3000 元的薪水。罗尼摇头说没报酬。这又一次让我惊讶，问："没报酬，为何要如此辛苦？"这话一出口，顿时就觉得自己很不地道。罗尼笑着看我，说："是信仰！地球很干净的，太幸福了！"原来她捡垃圾不是为了赚钱。罗尼补充说，她是净化地球的志愿者，像她这样的志愿者还有很多。

　　大半天的劳作，我们终于清理出了一大片草地，整出了两麻袋的垃圾，罗尼一一扎好袋子，示意我跟上她，我以为是要换个地方继续捡垃圾，没料到她带我来到一处泉眼，打开一个井盖，从里面舀出一瓢泉水，对着水虔诚地祈祷一番后，说："洗手！"她摘下我的手套，居然帮我洗了手。这个善良的藏族女人，她将时间付给了脚下的土地，却忽略了时光在自己脸上留下的刻痕，她还不到 40 岁，看上去却比实际年龄大得多。

　　半天的义务劳动结束了，罗尼歉意地微笑着，欠身屈膝，向我辞别，说："再往前面走一段路，就到了景区大门，祝你玩得开心，扎西德勒！"

　　返程途中，我禁不住停下脚步，回头再望，顺着罗尼的身影望去，通往景区的路上，数十位"净化地球"的志愿者扛着各自捡来的垃圾包。

那天，我才真正明白，这片神圣的土地之所以纯净，是因为有罗尼这样一群"蓝色精灵"在守护着。那一刻，我湿润的眼睛看见了光，我正襟直立，深深鞠躬，扎西德勒！

不好意思说出来，我是同公司领导赌气跑出来散心的，凭什么创意性产品却把高福利给了销售部门？就这么点儿原因！不给老娘及小弟小妹们应有的待遇，就是不行，该不会是"兵熊熊一个，将熊熊一窝"吧？

从小我妈就说我不是个省油灯。

冷静下来，看着公路、机场、酒店的志愿者，戴着口罩、防护服，我突然明白过来，销售代表们全国到处跑，家里人跟着提心吊胆的，要不是为了公司恐怕都愿意在家待着。那、那……

现在我们公司能屹立不倒，大家有说有笑的，我经常想起罗尼的微笑。

比我大十岁的老公经常不自然地说我比以前爱笑了，心眼大了不少，好像我是他的难题似的。

青衣风月

红　酒

风月是剧团里的台柱子，扮相俊美，嗓音稍稍带些鼻音，听起来反而格外有韵味。

剧团有三四十人，旦角演员也不少，却只有风月是科班出身。她省戏校毕业后分到团里，一来就挑大梁。

风月扮演过许多角色，《铡美案》中的秦香莲、《断桥》中的白娘子、《龙凤呈祥》里的孙尚香，最拿手的两出戏是《秦雪梅》和《铁弓缘》。风月考入戏校时年龄还小，选什么行当自己做不了主。

不过这也没关系，注定吃这碗饭了，只要不演媒婆，不演大花脸都成。风月心中暗想。

风月的授业老师姓萧，深知选一名合适的青衣演员有多难。十几个俊丫头排成两行，萧老师从左往右再从右往左挨个相看。风月站最后一排，萧老师在她面前驻足不前。

这小丫头柳叶眉、丹凤眼，不用勒头眉眼都向上挑，羞羞看人一眼，就低下头笑，不声不响，安静得像朵栀子花。

萧老师问一句，风月柔柔地回一句，嗓音像画眉子在叫。萧老师拉着风月的手走到一边，问，愿不愿学青衣？风月使劲儿点点头。

唱念做打，手眼身法步，是做演员最基本的艺术修养。台上一分钟，台下十年功，风月比别人学得都上心。

风月一个"卧鱼"没做到位，萧老师手中的板子就敲过来了。风月"呀"一声，抚着被打痛的胳臂，眼泪成双成对地掉，宛如梨花带雨，楚楚动人。萧老师后悔自己下手重了。

玉不琢，不成器。梨园行自古以来有陋习，老艺人爱说"打戏"，出师后即便是红遍天下，学戏时挨打也在所难免。萧老师曾是当红的大青衣，当年也是这么过来的。

萧老师取来一枚新鲜的生鸡蛋，细心地把蛋黄分出，仅留下蛋清，轻轻揽住风月，在她已经青紫的胳臂上涂抹，怜爱不已。我不怪萧老师，你是为我好呢……风月抽泣着，反过来却安慰萧老师。

即便是哭着说，也能咬字分明。萧老师端详着风月还挂着泪珠的小脸，心中一动。

萧老师说，一个好演员不能过于单一，梅兰芳梅大师正工青衣，可刀马旦、闺门旦都拿得起放得下。老师没有门户之见，你学学闺门旦吧，《秦雪梅》这样的悲情戏也适合你。

风月答应了。

秦雪梅这个剧中人物的行当属于闺门旦。在《哭灵》一折中，有这么一句：秦雪梅见夫灵悲声大放，哭一声商公子我那短命的夫郎……秦雪梅拿着祭文，手抖得如同风中秋叶。可别小看这个抖手，那是个功夫，风月苦练多日，还是不得要领。

风月急得直跺脚。萧老师逗她说，去集市上买条活鱼，把手放松，顺着劲，随鱼而动，细细揣摩，反复练习，功夫到了，自然就会了。风月却当真了。

那时风月是个学员，没钱买鱼。伊茗湖畔经常有人垂钓，风月就趁课余时间跑到这里，静静地蹲在人背后，看见人家钓上一尾活蹦乱跳的鱼，就忙不迭地帮着把鱼钩取下，有意在手中多拿一会儿找感觉。

钓鱼人都喜欢这个文文静静不爱说话的小姑娘，鱼一咬钩，就冲风月使眼色打手势招呼她过来捡鱼。后来知道风月是戏校的学生，拿活鱼是为了练习基本功，便越发喜欢她了。有个老伯还送她一只红色小水桶，钓了鱼专门送到风月的住处。

手势语言在戏剧中被称为演员的第二张脸，风月一次次抓鱼，一遍遍地找感觉，终于掌握了其中的奥妙。萧老师发现，这丫头双手动作起来，表现力极强，尤其听说她真的去练抓鱼，惊讶极了。

上了妆的风月一袭白衣，宛如天人。她手拿祭文，跪拜在商公子灵前，一声"商郎——"凄艳哀绝，荡气回肠。尤其是唱到"商郎夫啊你莫怨恨莫把我想，咱生不能同衾死也结鸾凰"时，风月藏在水袖里的双手上下抖动，犹如白蝶飞舞，银花翻卷，凄美空灵，让人眼花缭乱。

一下戏台，萧老师就把风月抱住了，说，丫头，你抓了多少条活鱼呀？

在团里挑大梁的风月曾有过一段失败的婚姻，后来和花脸海椒结合了，事业上顺风顺水，家庭美满幸福，风月依然是剧团的台柱子，青衣、闺门旦甚至刀马旦都拿得起放得下，可谓文武不挡，色艺双绝。

真正让风月声名大振的是《铁弓缘》这出戏，花旦、青衣、小生、武生四个行当全在一出戏里集于一人之身，唱念做打缺一不可。风月把青春貌美、武艺高超的太原守备之女陈秀英演活了。

就在《铁弓缘》这出戏赴京演出的前夕，风月突然病了。这一倒下，就是小半年。

病愈后的风月基本没有变化，就是手抖动得厉害，连一小杯水也端不稳。风月郁闷地问海椒，我还能不能上台了？海椒说，能，《铁弓缘》咱不能演，还演不了《秦雪梅》？风月含着眼泪笑了。

萧老师闻讯，心疼坏了，心急火燎专程赶来探望风月。

师徒俩深情地望着对方，激动得说不出话来。半晌，风月好像想起了什么，就把一双手举到萧老师面前，眨了一下眼，说，萧老师，要是现在练习抖手，我就不用去抓活鱼了吧？

风月话说得很轻松，那神态，像个俏皮的小花旦。

地　震

李伶伶

　　管秋回到家时不到中午。一进门，看到她的拖鞋东一只西一只地躺在门口，她有点儿疑惑：上次走的时候没把拖鞋放进鞋柜里吗？

　　铁军在货栈干活儿还没回来，管秋着手收拾屋子。铁军从来不收拾屋子，他说这不是男人该干的事。管秋每次回来都要先收拾屋子。

　　换洗床单的时候，管秋在床单上发现了一根黄头发，有一尺多长。她从来没染过头发。看到这根黄头发，她脑袋嗡的一下，整个人像遭遇地震一样差点儿摔倒。她马上想到自己脚上的拖鞋，立即脱了下来。她捏着这根头发呆愣了很长时间。若是以前，以她的性格肯定会立刻给铁军打电话，问他是怎么回事，然后跟他离婚。但是现在，她不能那么冲动。她已经离过一次婚了，再离，她不知道该怎么面对周围人的目光。冷静下来后，她把那根黄头发装进一个小塑料袋里，然后放进床头柜最底层的抽屉里了。

　　管秋本来想在家住两天，给铁军做点儿好吃的，再帮他包点儿饺子冻起来，方便他以后吃，但是她突然没了兴致，甚至没等铁军回家就走了。

　　管秋回到母亲那儿，母亲问她咋这么快就回来了。管秋撒谎说，铁军帮他亲戚盖房子去了，过几天才回来。母亲没多问。

　　父亲去世后，母亲一个人生活。管秋曾把母亲接到她家，但是母亲住不惯楼房，说在楼里住心里憋闷，执意回了农村老家。一场重感冒过后，母亲的身体衰弱了很多，腿疼病又犯了，心脏也不太好。管秋不放心母亲一个人住，又没有兄弟姐妹帮她分担照顾母亲的责任，她就只好三天两头往母亲家跑。从母亲家去城里她工作的超市，坐车得一个多小时。乡下的车都不那么准时，所以她上班经常迟到，老板不高兴，她干脆辞了工作。铁军对这事很有意见，跟她大吵了一架，说她心里只有她母亲，没有他和这个家。她承认在照顾母亲的时候忽略了他，可是，这就能成为他背叛她的理由吗？

晚上，铁军给她打电话，她没接。铁军在微信里问她，为什么没等他回家就走了。管秋想说："你自己不知道吗？"想了想又改成了："邻居找我有事，我就先回来了。"

管秋每个星期有五天陪母亲，有两天回城里。自从在床单上看见那根黄头发，她就不想回城里了。

这天，管秋的手机又响了，她一看是铁军打来的就不想接。可是电话顽固地响个不停，她只好接了。手机里传来一个陌生的声音，说铁军的脚被砸伤了，已送往医院，让她赶紧去。管秋虽然在生铁军的气，听说他受伤了，还是匆匆赶到了县城医院。

铁军的脚肿得像个大馒头，幸好没有骨折。管秋来时，铁军正在医院走廊里打吊瓶。管秋问他脚怎么伤的，铁军像没听见。她来前，他正跟病友聊天，有说有笑的。看到她来，他马上收起了笑容。——铁军也在生她的气。

管秋没跟他计较，问他中午吃啥。铁军说，随便。管秋出去买了铁军最爱吃的大馅包子和菠菜鸡蛋汤。吃完午饭，铁军脸色缓和了很多。打完吊瓶，管秋说："要不咱俩回我妈家吧，反正你现在也做不了活儿，在哪儿养都是养。"铁军说："我不去，我在你妈那儿住不惯。"农村的住宿条件确实不如城里，管秋没再坚持。

回到家，安顿好铁军，管秋又开始收拾屋子。自从在床上发现那根黄头发之后，她总觉得家里不干净，怎么收拾都不干净。她克制住心里的不舒服，收拾完屋子做了晚饭。

做完这些，管秋抬眼看看钟，正好五点半，回老家的最后一班车六点发车。

铁军看出她又想走，说："你就不能说服你妈来咱家住吗？"管秋说："你就不能去我妈家住吗？"铁军说："如果你妈的腿疼病一直不好，你是不是要一直陪着她？"管秋说："是。"铁军说："那你还要不要这个家了？"铁军说这话时，好像黄头发的事从来没发生过一样。铁军说："我的脚都伤成这样了，你就不能陪我几天吗？"铁军这么说，管秋就没走，她给老家邻居吴二嫂打了电话，让她帮忙照看母亲。

晚上，管秋躺在熟悉的床上浑身不舒服，虽然床单已换了新的，可她还是觉得不舒服。如果母亲一直在她家住，是不是就不会发生这样的事？如果她能说服母亲来她这儿住，她可不可以当黄头发的事没发生过？管秋躺在床上翻来覆去睡不着觉，好不容易睡着了，又做了个梦。

她梦见老家发生地震，她家的房子倒了，母亲被压在废墟里。管秋一下子醒了。她拿起手机看时间，凌晨三点四十五分。管秋起来穿衣服，她要回老家。铁军也醒了，说："你没事吧？要回也得天亮再回呀。又不是真地震，你家的房子怎么可能倒？"管秋没听他的，执意回了老家。

公交车还没有开始运行，她是打车回去的。到家看到房子好好的，她松了一口气。进到屋里，看到母亲倒在地上，她惊慌地叫了起来，打电话叫来救护车，把母亲送到了医院。但还是晚了，母亲因突发心梗永远地离开了她。

管秋像淋了一场暴雨，眼睛就没干过。

处理完母亲的后事，管秋平静地对铁军说："我们离婚吧。"

尖 叫

冷清秋

张小群最近看妈妈咋看咋不顺眼。

随随便便一件事都会引发她和妈妈的争吵。

张小群对闺密说："我一定是得了'周期性厌倦妈妈症'。"

看到妈妈穿着自己初中时穿过的一件粉毛衣准备上街买菜，张小群一下子就炸了。她和妈妈大吵一通后，拉着行李离开了家。

张小群吃住都在公司办公室，她很感谢办公室的网络和沙发。张小群给闺密发微信说："住办公室有什么不好？有网络有空调有电脑，还有单独的卫生间和洗手台，我就差个帅气的男朋友过来谈恋爱了！"

闺密说："你们物业公司楼下热乎乎的豆腐脑胡辣汤两掺也是超好喝，改天你请我。"

这些外在条件满足了张小群的日常生活，张小群觉得自己实在没必要再回家去看妈妈找不自在了。自爸爸过世至今，妈妈对张小群的管束越来越严苛了，几乎到了不可理喻的地步。她不但干涉张小群的穿衣打扮、头发染什么颜色，还对张小群交往的男女朋友横加干涉。

妈妈对张小群说："女孩子家家的，每天晚上九点半之前必须返家。"

张小群赌气："堵车呢？刮风下雨呢？电动车半路坏掉推不动呢？"张小群面红耳赤地向妈妈据理力争，最后却只能精疲力竭地看着妈妈黑着脸一挥手扔掉了电视机下面的机顶盒。哗啦一下，机顶盒零件四溅的同时，张小群觉得她和妈妈之间的感情也荡然无存了。

还有十五分钟下班，和闺密约好去蹦迪的张小群溜到卫生间给自己画了眼线补了妆，出来后抓起手机给闺密发了一个嘚瑟的笑脸。

办公室突然通知说："张小群，你现在立即和秩序部的姜师傅一起到三号楼一单元 101 户那边，去等派出所民警过来，配合开锁师傅开 101 业主家的入户门锁，后续情况及时报备。"

"都要下——"小群的"班"字还没说出口，那边直接就挂了。

尽管心有不满，小群还是乖乖戴好口罩，匆匆朝三号楼那边赶。路上她想，又是哪位爷爷奶奶丢钥匙了。进入小区物业上班半年多，这类情况已发生好几次了。上周五机电组的同事温志国发牢骚说："敢情咱物业就是天天做好事呗。我天天上班帮着院里的叔叔阿姨扛大米，拎食用油，搬牛奶。哎呀，什么机电工？我看我就是个搬运工嘛！"

当时张小群还抢白他来着，说："咱们物业不就是做服务的吗？为业主服务就是为人民服务。"老旧小区老人多，上了年纪记性不好，忘带钥匙太常见了。

从棕榈树那边抄小道一溜小跑，老远就看到姜师傅和警察同志都等着了，旁边埋着头在门前叮叮咣咣的，不用说就是开锁师傅。没几分钟，101 户的房门就打开了。惦记着要早点下班做汇报，张小群率先朝里面钻——

一脚踏进客厅的张小群吸吸鼻子，突然遭了电击似的叫了一声就朝外蹿，谁知就把额头结结实实撞在了门框上。"妈呀"一声叫，她的泪水一下就出来了。

姜师傅抓住张小群的肩膀说："你这丫头，咋呼什么？独居老人，儿女不在身边，出现这样的情况不是很正常吗？再说，不是还有民警同志和我吗？要不你出去！"

说不清是委屈还是什么，泪水一汪一汪涌出来，模糊了张小群的视线。二十一岁的张小群——不，确切地说是才刚过了二十岁生日没多久的张小群、以为自己是大人的张小群——极力稳住自己的情绪后发问："这……还有救吗？"

没人回答张小群的问话，也没人注意张小群此时嗓门已变得嘶哑。浓重而令人窒息犯呕的气味里，只听见姜师傅透过口罩的重重叹息，他用很大的声音说："小区暖气——呃，太热了！"

暖气的确是太热了。老人应该是半夜上卫生间时突发不测的。如果不是物业公司和警方接到老人远在海南的女儿打来的求助电话，说一直联系不上母亲，请求物业出面和警察上门帮忙查看，不知道还要耽搁多久。老人扒在地砖上的手极力朝上举着，像是想抓住什么站起来，或者是试图呼叫救援。冬季天冷，门窗紧闭，民警推测老人过世至少有一周左右了，室温过高加速了肌体腐烂。

事情处理的结果是，社区工作人员给老人远在海南的女儿电话报丧说明情况，让老人的女儿连夜坐飞机赶回处理后事，同时帮忙联系火葬场来车收尸。

至于张小群，由于身体出现极度不适，只好通知她的家人过来接她下班回家。如果此时你恰好从九州桥附近经过，就可以看到一个一脸焦灼的中年妇女正卖力蹬着自行车呼呼地朝新华大街这边赶过来。紧裹在她发福变形的身体上的那件校服样式的蓝色卡其布大衣——嗐，别提了！一定是会惹得张小群再次爆炸的点。不过，谁知道呢？人总是会慢慢长大的。

譬如，张小群后来利用下班时间，耗费两个多月在小区里按楼栋逐门逐户讨要业主儿女的联系方式进行登记造册，积极筹建了小区业主儿女的微信群。

张小群在群里发起了"常回家看看"倡议书，倡导"邻里之间互通互助互爱"活动。经过张小群的努力，现在楼与楼之间、户与户之间、人与人之间，形成了互相帮助互通有无的亲密氛围和良好局面。一些兴趣爱好相同的老人更是成了莫逆之交。

公司方面鉴于张小群的出色表现，正私下商讨准备年终给予张小群"优秀员工"的称号，以资鼓励。但这毕竟是年终的事情，还是先说说现在吧。

现在的张小群已经不再看不惯妈妈的节俭，而妈妈也不再坚持要张小群必须每天九点半前返家，不再干涉张小群的青春自由。张小群对妈妈现在的得体穿着很满意。

张小群说："是问题都能解决的。只要找对方向，一切都会越来越好的。"

老秀才

赵淑萍

人们都叫他"老秀才"。因为，他在戏台上扮的都是老秀才。

有一次，他自己掰着手指算他扮演过的角色，奇怪，确实扮的都是老秀才啊。即使有几个不是，也是清官大老爷或者上了年纪的良民。

他虽然老了，但眉目清秀，文质彬彬。夏天，还摇一把折扇。折扇上是他曾经的学生、现已是小有名气的一位书画家给他题的诗句"青松夭矫老来姿，白梅清疏月下魂"。

活跃在民间的戏班子，经常来请他。这些班子都知道他的脾气，来了先给他讲剧情，再讲角色。只要是正面角色，他肯定去演。报酬不计，哪一天班子里缺了什么，他甚至还会慷慨解囊。只是他有一个要求，要带上老妻。他总是提前半个小时就候台。一上台，就一板一眼，中规中矩地演。但是，这群业余演员，越剧还好，如果是唱本地的滩簧戏，唱着唱着就胡编唱词，时不时还来几句荤的。他下台后，就批评他们："现在什么社会了？老百姓素质都很高了，你们还那么不文明？"演员们下了场嘻嘻哈哈，胡侃海聊，他和老妻就笑眯眯在旁看着听着，从不多嘴。

大伙儿公认，无论是唱腔还是扮相，他都可以和专业演员媲美。甚至，有老戏迷说，没想到"野鸡"队里，飞出了一只凤凰。怎么他年轻时没看他演过戏，他那时要是上台，那就是妥妥的英俊小生一个。

他年轻时画过画，种过地，当过代课老师，还办过厂，就是不唱戏。虽然，他是个不折不扣的戏迷。

年轻时，他还是上过一回台的。

那年，有一个外乡的草台班子农闲时来演戏，搭台搭在他家旁边的晒谷场上。演员们还在村小的教室里打地铺。可是，一天，一位主角发烧了，昏昏沉沉的。怎么办，救场如救火，他提出自己可以试试。他越剧、姚剧都会唱。村里广播每天都播放戏曲，他唱词都记熟了。他那天上台，全场轰动。那出戏是《梁山伯与祝英台》，草桥结拜、三载同窗、十八相送、楼台会，他都记得滚瓜烂熟。唱到楼台会时，那女演员眼波流转，水汪汪的眼睛看着他，他怦然心动。这两个在台上生离死别，撕心裂肺，观众只觉演得真，其实两人居然真动起了心思来。

他回来时已经很晚了。妻子正在昏暗的灯光下，戴着口罩纺石棉。男人在舞台上出尽风头，她却浑然不知。她每天纺到夜深，就是为了早日还清债。今天，因为等丈夫，纺得就更晚了。而女儿，已经在床上甜甜睡去。

他想起白天，他当代课老师时的一名学生来看过他。那名学生已经考上了美院。学生说，当年，小周老师教他们美术和音乐。老师在黑板上画了一棵椰子树，还画了大海和船。从那时起，山里的孩子就憧憬起了大海，爱上了画画。现在，山里的学生终于能走出去了。他很欣慰。妻子这时给学生冲了一杯糖开水。学生看着他黑黑的显老的妻子，有些疑惑。学生可能想，心中的偶像，英俊而且多才多艺的老师，怎么找了这么个不相配的妻子。他十岁时父亲因病去世，还欠下了一大笔债。他小学毕业就辍学了。认字、画画，全靠自学。后来做了代课老师，不久，乡里造了一所小学，村里的这个学校就停了。他只好回了家。好多姑娘中意他，但一听家境就望而却步。只有她，不顾家人反对，辫子一甩就咬牙进了门。妻子从来不让他干重活儿。有一次，他画画，画了一个灶王爷。母亲看不下去了，责备他一个大男人就知道玩，什么也不干。妻子却让他再画几张，第二天她挨家挨户去卖，居然卖掉了。这村里人家的灶台上，都贴着他的灶王爷呢。

"你饿不饿？我煮了老南瓜，焖在大锅里，还热着呢。"妻子说。

"戏班子请我吃过夜宵了，你吃吧。"他说。

"我不饿，明天当早饭吃。"妻子说。

他想起了那个旦角在送他出门时，在月亮下说过的那句话："明天我们就要到另一个村去演了。你愿不愿意跟我们一起去？"他没回答。

"明天早上八点，如果你愿意，就来。不愿意，就算。"旦角那双眼睛，就像在台上一样勾魂。

那晚，他想了很久。第二天，他没去。

有谁知道曾经是最贫困的人家后来会成为殷实之家呢。两个孩子都很聪明，像凤凰一样飞了出去。现在，夫妻俩有钱又有闲。还是一年农闲时，他出钱让班子来演戏。自己客串了一个老秀才。老妻在底下看，乐成了一朵花。后来他演戏一发不可收拾。现在，那些班子在演戏时，还专挑有老生的，如果没有，就说"稍微改编一下，一定要加一个老秀才"。

暗　夜

朱红娜

　　黎川推开门的一刹那，感觉头部血流直往上冲，气直往外涌，眼球快要蹦出来，心里喷出一团火，脸上的肌肉颤动着，如果他可以看见自己，一定是个满脸通红的愤怒的狮子。他无法想象，如此丧尽天良的事会发生在他家里，他真想冲进去咬碎他们。但血流停顿了一刻，他身子转了过来，手用力一拉，门在他的身后"砰"一声巨响，双腿箭一般跳下楼梯，逃离了这个是非之地。

　　门里传出的尖锐声音碰撞了一下他的耳膜，随即被他飞奔的身体化作一缕轻风飘逝。

　　手机响了起来，是她打来的，他狠狠地按了拒接。手机再次响起，他再次用力按拒接。手机顽强地响起，他一把将手机关机了事。

　　逃出小区，他再无处可逃。他放慢了脚步，脑子却转得更快，什么温柔体贴，什么朴实得体，都是平时装出来的，这一刻，才发现她的庐山真面目，竟然体贴到这个人身上。当年，就是因为传出这个人的办公室绯闻，妈妈离开了这个人。结婚仅仅一年，他们究竟什么时候开始的？有多长时间了？她喜欢他什么？这些问题水一样往他脑子里灌，他的头越来越重，越来越晕，越来越混乱。

　　他向江边走去，散步的人，跳舞的人，带娃的人，一派悠然祥和，两岸璀璨的灯光，投影在江面，斑驳迷离。他从心里喷出一声"哼"，在这平静的江水下面，也许是暗流涌动。

他急需要一瓶酒将自己灌醉，他平时不怎么喝酒，酒量很差，烦闷的时候喝两杯就醉，醉了之后睡一觉烦闷也跑了。但今晚不是一般的烦闷，是天塌一样地陷一样的沉重。他在江边一溜儿的酒吧中，找了一个热闹的酒吧。他很少去酒吧，服务员把他领到一张小桌子边坐下，问他喝什么。他问，都有什么？服务员是个不到二十岁的小女孩，嘴唇涂得紫紫的，突出又夸张，两张嘴皮子一碰，一串名字绕口令一样缠着他的耳朵：青岛、燕京、蓝带、百威、银子弹、白兰地、威士忌、朗姆酒、葡萄酒、杜松子酒、伏特加酒、教父、亚历山大、戴克利、琴费士、金汤力、马天尼、曼哈顿、血腥玛丽、香槟酒、马提尼、朗姆可乐、七七波旁水、苏格兰苏打……

除了啤酒、葡萄酒，他根本弄不明白那些词语背后的含义，他只想把自己灌醉，最好喝醉之后不再醒来。给我最烈的酒。他说。

服务员虽然年纪不大，但也许在酒吧中见多了形形色色的客人，一看就知道这样的人一定是受到了某种刺激，这样的人这样的时候往往会不顾一切。很快，她端来满满一高脚杯的酒。这是本店最烈的酒。她告诉他。其实她在下单的时候很有保留地点了苏格兰威士忌。

一杯落肚，他已经醉眼蒙眬。再来一杯。服务员又乖乖端来一杯。他又一饮而尽，虽然呛得咳嗽连连，但他感觉自己的大脑开始减速了运转，胸腔的火苗渐渐熄灭。再来一杯。服务员不敢拒绝，也许醉了对他是件好事。他叫喊服务员的声音越来越频繁，越来越大，直至头伏在了桌子上，变成呼噜呼噜的声音。

酒吧四点打烊，服务员将他摇醒，买单。晕晕乎乎打开手机，一看，发现她发来不止100条语音，他忍不住点了开来，都是她急切的呼叫，快回来，爸爸心脏不行了。快来医院，爸爸入院了。快来医院，爸爸马上要手术了。下面一条，是她疲惫的语音，老公，你怎么那么狠心啊，医院已下了病危通知，爸爸不一定能下手术台，你推门的时候，爸爸心脏病发，我正在对他施救。他快速翻听着，听到她哭泣的语音，老公，你在哪里啊，爸爸不行了……

他一下子清醒过来，他再也翻不下去了。走出酒吧，一股冷冽的风吹来，他打了个冷战，叫了一辆"滴滴"，直奔医院。

医院里灯火通明，像白天一样，病人还不少，生病可不管白天黑夜。他几乎是扑了进去，问明父亲住院的科室，护士却不在值班室，他一个个病房的门推进去，却再也没有发现父亲的身影。他跪在医院的走廊里，号哭的声音，在暗夜里惊破天空。

疤　痕

蒋静波

这已经是小姑挑的第十串项链了。

起初，小姑叫服务员拿出几串不同款式的珍珠项链，叫服务员帮她一一试戴。她看中了两串，一串珍珠小一些，光泽亮丽，却不能盖住疤痕；一串珍珠大一些，光泽稍逊，正好掩住那个疤痕。

按照小姑审美的眼光，那串小的更契合她的心意。她最终要了那串大的，再次戴上，果然遮住了那个疤痕。付款前，她检查了一下珍珠的质量。为了看得更清楚，她要了一个放大镜，越看越失望，那一粒粒珍珠，要么不是正圆，要么有一点儿小坑小洼或针眼。

小姑换了一串又一串的同款项链，没好气地说，怎么净是次品？

服务员说，十珠九不圆，珍珠和人一样，总有一些瑕疵的呀。

瑕疵？这两个字，像一把手术刀，再一次伸向了小姑的脖子。

数年前，小姑在颈脖处动了一个手术。手术是成功的，遗憾的是，留下了一道疤痕。尽管随着时间的流逝，疤痕越来越淡，但它还是存在着。小姑一直在后悔：想当初，那病并没有发展到非动手术不可的地步，自己怎么就不选择其他疗法，而是去动手术呢？或者，至少可以到最好的医院，找最好的医生，说不定，就不会留下疤痕了。后来，她去看美容科，用激光除过，用药膏涂过，还是不灵。前几天，美容科医生建议，要不再动个手术，将疤痕切除，用美容缝合的方式缝合。

小姑问，你能保证，这样疤痕会完全消除吗？

医生说，动手术，总归会留下一点儿痕迹。

她有些纠结。

丈夫说，你疯了，弄不好，新疤比旧疤还要明显。

她一听就来气，之前丈夫口口声声说，在正常的社交距离内，她的疤痕一般发现不了，现在怎么改口说明显了？

她的心头，升起一团无名之火，骂道，伪君子。

真是莫名其妙。丈夫甩门而去。

都怨这个疤痕。小姑狠狠地扭一下脖子。脖子疼了，像是在抗议。

小姑明显地感到，自从出现了这个疤痕后，丈夫对她少了之前的耐心，也不再多看她一眼。自己做事，也磕磕绊绊起来，譬如烧个菜，常常不是烟了生了，就是咸了淡了。

她遇到陌生的女人，总是习惯性地盯着人家的脖子，看有没有伤疤。如果发现有，她会萌发一种同情心。

她常问女儿，妈妈的疤痕难看吗，明显吗？开始时，女儿说，难看，明显。后来，改口说，不难看，不明显。如今，女儿看一眼她的脖子，像是在寻找某种东西，说，咦，它到哪里去了？

小姑不确定，是女儿长大了，学会哄人了，还是只是安慰她？

她出去了，没有目的地闲逛。路过一家珠宝店，店门口的那幅巨型画像一下子吸引了她的眼光。画中，一个姑娘修长洁白的颈脖上，戴着一串珍珠项链，珍珠粒粒圆润，散发出温润的光泽，衬得姑娘的颈脖熠熠生辉，柔美优雅。

小姑的心一动。她知道，自己曾经像画中的姑娘，有一个美丽的颈脖。她有好几串项链，金的、银的、玉的，就是没有珍珠的。以前，她最喜欢穿低领的衣裙，佩上不同的项链，实在引人注目。自从动了手术，她的穿衣风格变了，领子高了，项链也不戴了。

珍珠项链比她目前拥有的那些项链要宽，应该能遮住疤痕。小姑的眼光一闪，走进了珠宝店。

谁知，那些珍珠都有瑕疵。有瑕疵的颈脖再戴上有瑕疵的项链，那不是雪上加霜吗？

她将项链还给了服务员，失望地离开了柜台。身后，她听到了服务员的话：哪有完美的珍珠，它本身就是瑕疵变成的。

小姑一怔，收住了即将迈出大门的脚步。过了好一会儿，她才缓缓转过身，整了整心绪，重新走向那个柜台，微笑着对服务员说，姑娘，那项链，我要了。

服务员会意，拿出刚收起的大颗珍珠的项链。

不，我要珍珠小一点儿的那串。小姑说。

小姑重新解开脖子上的两粒纽扣，叫服务员帮她戴上项链。服务员说，真美。

嗯，真美。她自己也夸赞了一句，笑了。此时此刻，她突然觉得，好像有一层痂皮正从脖子上褪去。

她想，从明天开始，就换上低领的衣裙，戴上这串珍珠项链。

饭　局

胡　玲

　　摄影师江远秋转战丽城发展，安顿好后，在大学同学微信群里发了条信息：我到丽城了，今晚诚邀丽城的同学们吃饭叙旧，大家能否赏光?

　　信息发出后，群里如同一潭沉寂的死水，无声无息。

　　三天后，庄文像一尾鱼儿突然游出水面冒了个泡，在群里说：大摄影师来丽城了？晚上我请客，专程为你接风洗尘。江远秋欣然应允。大学时期，江远秋和庄文住同一宿舍，感情甚笃。大学毕业后，大家天各一方，逐渐失去了联系。

　　晚上，江远秋准时赶到约定的酒楼雅间。庄文已经到了，还有两个中年男士，一个高瘦，戴一副金丝眼镜，显得温文尔雅；另一个矮胖，衣着考究，满面红光，一副阔绰豪气的样子。

　　一见江远秋，三人纷纷起身，热情得像见到久别的亲人。

　　庄文紧紧握住江远秋的手，老同学，多年不见，分外想念啊。你来丽城了，咱们以后可以常聚了。

　　金丝眼镜走上前，亲切地跟江远秋握手，庄校长的同学，那就跟我的亲同学一样，以后有啥用得上我的地方，尽管开口。庄文向江远秋介绍金丝眼镜，这位是李局，丽城文化圈的风云人物。

　　矮胖男人也凑近来，笑容可掬地说，庄校长是我的好兄弟，以后咱们要常来常往。庄文介绍矮胖男人，这位是王老板，大型广告公司的老总，商界名流。

庄文说，老同学，今天这个聚会可不简单，我把咱们丽城的两位大人物都请来陪你了。

幸会幸会！江远秋有点儿受宠若惊，心里涌起一股暖流。

美酒和美食悉数上桌，四人边吃边聊，相谈甚欢。酒过三巡，江远秋和庄文滔滔不绝聊起他们大学时的趣事，李局和王老板识相地退出雅间。

中途，江远秋出来上厕所，看见李局和王老板在前台争抢着买单。经过他们身边时，俩人正交头接耳窃窃私语。本来是我们请庄校，他怎么叫上他同学了？他葫芦里卖什么药？今天咱俩都沦为陪客了。谁叫咱们有事要求他呢！江远秋突觉一丝尴尬与失落，低头悄悄从他们身后走过，没让他们注意到自己。

江远秋回到雅间，李局和王老板也进来了。李局端着一大杯白酒走到庄文身边，庄校，我敬您一杯，今天这个聚会，您把同学都请来了，说明您没把咱当外人，那我也不把自己当外人，刚好有件事情想请庄校帮忙。说着，李局举起酒杯，一饮而尽。

你有什么事情就直说，别卖关子了，庄校又不是别人。王老板在一旁附和。李局说，那我就直说了……庄文吐着酒气，打断李局的话，今天的主题是为我同学接风，工作上的事先不谈。

王老板给李局空着的酒杯装满酒，说，上次请庄校帮忙的事，不知庄校可有眉目？庄文摆摆手，我难得和老同学聚聚，其他事情先往后搁。李局和王老板欲言又止。

庄文抬手看看手表，时间不早了，我同学也要休息了，咱们下次再聚。江远秋和李局、王老板互换了手机号码。

下次我组局，咱们再聚！我请大家才是。李局和王老板争先恐后地说。

庄文叫了代驾，执意要亲自送江远秋回去。

小车送到江远秋租住的楼下，庄文把江远秋拉到一旁小声说，我还有点儿事想请老同学帮忙。江远秋说，有事尽管开口。庄文说，我领导的女儿明晚十八岁生日宴，没找到满意的摄影师。你摄影这么专业，我想请你一展身手，不知方便不？江远秋说，举手之劳，小事一桩。老同学真够义气！庄文用力拍拍江远秋的肩膀。

几天后，江远秋将一本精致的相册送到庄文手上，这是你领导千金的生日宴相册，每张照片都是我精选出来的。

庄文给了江远秋一个大大的拥抱，感激地说，老同学，你帮了我的大忙，找时间我请客，好好感谢你，等我电话。

江远秋没有等到庄文的电话。

两个月后，江远秋的影楼开业，他打电话邀请庄文一起吃饭庆祝。庄文那边的声音很低，老同学，我正在开会，先挂了啊。

几个小时后，江远秋再次打过去。庄文说，实在不好意思，我在出差的路上，手机信号差，你那边声音怎么这么小？等我回去请你吃饭。庄文挂断了电话。

从那以后，庄文的电话一直没有打过来。

江远秋的影楼生意日渐红火，他想给影楼做一则宣传广告，不由得想起王老板。打电话过去，王老板今晚有空吗？我请你吃饭，和你谈谈广告方面的业务。你是谁？怎么有我的号码？王老板充满戒备地问完，挂断了电话。

半年后，江远秋准备在丽城举办个人摄影展，他突然想起分管文化的李局，一个电话打过去，李局，今晚请你吃饭，顺便向你请教一些筹办摄影展览的事宜。你哪位？我们一起吃过饭，庄校的同学，想起来了吗？哦，想起来了，你是报社上班的那位吧？太不凑巧了，今晚我有公务，脱不开身啊。李局挂掉电话。

三年后，江远秋的摄影作品获得全国权威摄影大赛金奖，丽城电视台、丽城报社等各大媒体竞相采访报道江远秋，他一下子成为丽城炙手可热的名人。

那段时间，江远秋突然接到许多久违的电话，其中就有庄文、王老板和李局的电话，他们说好久没聚了，要请江远秋吃饭，说要为他庆贺。

江远秋本想毫不客气地挂掉电话，突然想到女儿要来丽城上学了，说不定要找庄文帮忙；自己以后会经常出席各类文化活动，难免和李局碰面；他的影楼要做大做强离不开宣传推广，可能会找王老板合作。于是，他一笑说，太好了，很长时间没见你们了，今晚我请客，咱们好好喝几杯。

蒲河之约

佟继萍

小镇在北方，四季分明。马嫂望着衣带渐宽的河床叹息着：蒲河都开了，咋不见鸟儿的影子？

这年，儿子去南方读研，五十岁的马嫂从岗位上退下来。马嫂以往照亮无数人的精气神儿一点点暗下来，她感觉自己成了孤灯一盏，从未有过的空落。就连门外料峭的春寒，在她门前打个转，也嗖地就走了。

打从丈夫马哥出事，天塌了。马嫂的心上了一把锁，用她的话说，一岁的儿子与年迈的婆婆，哪个都是她的命，一个都不能舍。

转眼，马哥已走了二十一个春秋。马嫂的青丝也被风雪刮得褪了色，守着儿子侍候着婆婆，任凭月老踏平门槛，鸟儿飞来飞去，马嫂的心搅碎了一朵又一朵泛起的浪花。

镇上哪家女人春心荡漾时，老人都会拿马嫂说事，马嫂成了小镇的贞洁牌。

可不知咋了，这第二十一个春天刚刚掀开三月的盖头，马嫂耳边总是回荡着鸟儿叽喳的声音，整夜翻腾着无法入睡。天一放亮，马嫂就脸不洗头不梳奔向蒲河岸。

让马嫂失望的是，没有鸟的天空混沌沌的。封冻的河面如男人铁青着脸，白杨夯拉着头杵在两岸，桃枝没有一丝笑容。马嫂长叹一声，趁小镇还没醒来赶紧回了。

这里是马哥的家乡，马嫂是羞成一朵花那会儿被大卡车送来小镇插队的。

在马家村遇到一身绿军装的马哥，第一次约会就在这蒲河岸。当时河床干瘪成一条龙须沟，堤坝窄得就剩两条车辙，他俩一人一条车辙拘谨地迎风走着。那天的风很柔很软吹开了一树桃花。鸟儿飞过来飞过去。他说，这鸟儿不单羽毛美歌声更美。她笑眯了眼说，她也喜欢听鸟儿唱歌。车辙的尽头成了一条小路，他们肩头挨着肩头，挡不住的青春被鸟儿带向天空。

一年鸿雁往来。鸟儿再飞来时，马哥回来了。她成了马嫂。

二十一个春天了，马嫂看着儿子一天天长大，春天后的春天是她的期盼，鸟的歌声撑起她的天空。马哥出事时，部队首长把一枚军功章递给她，她感觉沉得捧不住。她是烈士的家属，儿子是她的希望。头顶的光环让她无奈，婆婆临终时还说，让她为自己活活吧。

多少个春天里，马嫂不敢看街上鸟儿似的飞来飞去快乐的身影。因为只有她自己知道，她脸上有多灿烂，心里就有多凄苦。

渐渐的马嫂就开始恋床，夜长梦也长。

梦里马哥又回来了，一身绿军装，非要看她穿旗袍的样子。说他在那边很好，儿子也大了，老人也送走了，让马嫂该为自己活了。马嫂醒来时枕头湿了一大片。马嫂翻出当年压在箱底的旗袍，左看右看穿在身上，把散乱的头发盘起。看着镜子前的自己，不知所以地笑了，问自己这样要干吗呀？家里除了自己就是自己，给谁看呀？

马哥的梦一天接一天，再三央求她穿上当年的旗袍去蒲河边，他会在那里等她听鸟儿唱歌。马嫂信了他的话。

马嫂，一大早打扮成这样，去干吗呀？

街头有好事的，见了她就话里带话地叫着。起初她只是笑不作声，后来扛不住嚼舌的姨婆们纠缠，就实话实说了。

可谁会相信呢？背后指指点点，说马嫂想男人想疯了。马嫂感觉脊梁骨刺痛，更有甚者当面就质问她，守了二十多年，是不是守不住了？马嫂满身是嘴说不清。

马嫂感觉这辈子活得太憋屈了。她转身奔向蒲河，哗哗的眼泪肥了河道。她一步步走入蒲水。

岸边不远处的垂钓者，丢下鱼竿奔过来，马嫂感觉到背后有只热乎乎的手抓住了她，就晕了过去。

垂钓者自我介绍：本人马宏强，喜欢钓鱼，常在蒲河岸边消磨时光，还说之前见过她一次次在岸边徘徊……

马嫂出院了，提着一袋水果来蒲河边，答谢恩人。

感谢您相救，要不是您我可能早没命了。

严重了，妹子，谁见了都会搭把手的，不要在意。遇事往开处想，没有过不去的坎。

嗯！嗯！您喜欢钓鱼？咋没见鱼？

哈哈，退休后闲着没事，就恋上这里，起初我是钓上来鱼就放生，后来干脆改成喂鱼了，我的鱼竿没有钩的。我当过兵，回地方又做警察，养成了坏脾气，我本来是为了磨磨性子，可渐渐地就喜欢上了这里。

您天天出来，又没带回去鱼，家人不会说您吗？

唉，老伴儿前年得病走了，女儿在国外读书，我老哥一个，自个儿管自个儿。

哦，原来老哥是这样，您这么善良，女儿一定差不了。

别夸我了，你的事我可听说了。哈哈，老哥服气。

一句一句的，搭起话来一个下午过去了。鸟儿归巢时，他们的背影，随着夕阳滑入蒲水。

从此，老马的头顶多了把遮阳伞。马嫂本来像蒲水一样平静的心，泛起涟漪。

马嫂来去的路上，耳边常响起鸟的歌声……

好心人劝他们一起取取暖吧。

日子久了，老马看马嫂时眼睛眯成一条缝，蚊子都飞不进去。马嫂一见到老马，就感觉自己飞进鸟林，身体里有种说不清的东西在跳。

马嫂与老马的事很快在小镇传开了。

蒲水结冰了，鸟儿丢下垂钓者与马嫂，唱着歌飞向了远方。

春天再来时，垂钓者如清淤的河床瘦了许多，整个人清爽欢快，哼着小曲，边垂钓边用余光勾着扭着腰身走来的马嫂，河水中映出他们的剪影。

蒲河岸边，鸟又飞回来了，马哥也该安息了。

口头禅

女 真

这次住院，我遇到一件难以跟家人言说的事情——跟病情和手术都没有关系，是因为住在一间病房的病友。

是个女病友，我年轻时跟她谈过恋爱，分手后再没见过的女人。

那天我刚打完点滴，拔了针心理放松，竟然睡着了。被一个女人的声音吵醒时，我睁开眼睛，想了一会儿才反应过来自己是在医院的病房里，头一天刚刚做完手术。手术后，我发现自己对什么事情的反应都慢半拍，我把这种迟钝归因于麻药。惊呼我名字的声音来自一个女人："哎呀，真是你！完了，你也手术了！"我不知道她凭什么认出我的。我穿病号服，头发早已不浓密，岁月在我的脸上涂了老年斑，刻下了皱纹。后来她说第一眼看见我时，也没敢马上确认，不相信世界这么小，是挂在床头的患者信息卡出卖了我。

分手多年以后，我们住进同一间病房，得的是同样的病，区别是我已手术完毕，她还在等待手术。我很庆幸她不再提当年我为什么不同意跟她结婚。她没有一丝怨言，只是细致问我患病、确诊的过程，以及吃了什么药、化疗需要几个疗程、手术是哪个医生操的刀、用不用给医生和麻醉师塞红包、给多少合适等。单纯就是两个病友在真诚交流。儿子淘淘过来给我送饭时，她一言不发，显然在盯着淘淘看，但并没有暴露我们之间这种特殊的关系，过后也不问淘淘妈妈为什么没出现。如果她问我，我会如实告诉她的。老伴在我住院之前把脚崴了，行走不便，正躺床上静养。她不问我，我当然也就不开口问她的婚姻状况、这些年过得好不好，但我真的没看到有亲人来护理或者看望她——她雇了一个护工。她没有亲人吗？如果她这辈子没结婚，没有生儿育女，我需不需要自责？毕竟当年是我先追的她，宣布解除恋爱关系的也是我。那年她三十岁了，十足的大龄女青年，已经过了嫁人的黄金时间。

我们晚上住在一个房间里，这是我们年轻时没有做过的事情。我们年轻的时候去看电影、逛街、拉手、接吻，但没上过床。现在，我们名正言顺住在一间病房里，晚上中间隔着一道帘子，彼此的动静都能听到。她起夜，喝水发出吸溜的声音。我打呼噜，不知道她起夜是不是因为受了我鼾声的干扰。如果我们结婚，现在可能也会分房住了，像许多我们这个年龄的夫妻——跟感情是不是淡漠了没有关系，单纯就是年纪大了，毛病越来越多，彼此不再迁就。分开住好，怎么舒服怎么来。

她的脸上已经没有年轻时饱满的胶原蛋白，一看就是六十开外的人，脸上的皱纹和鬓角的白发出卖了她，但她有一个特点没有改变，那就是口头禅。"完了"——这是她经常挂在嘴边的两个字。"完了，你也手术了！""完了，饭菜凉了。""完了，裤子穿反了。""完了，脑袋又疼了。"她每讲一次口头禅，我的心头都会一凛。往事历历在目。多年以前，我们谈了两年以后，我把她领回家里让爸妈过目。她虽然长相中等，工作也普通，但我的感觉还好——自己是普通人，为什么要求别人多么出众呢？我没想到妈妈居然没看上她，极力反对我把她娶进家门。妈妈是我们家的女王，家里大小事情都由她说了算。妈妈反对的理由曾经让我哭笑不得，妈妈说接受不了她的口头禅："你不能一辈子跟一个整天说'完了'的女人在一起！"我有自己的判断，但我最后还是听从妈妈的话，接受了家里介绍的另外一个人，也就是现在的老伴儿，淘淘的妈妈。老伴儿性格沉稳，遇到任何事情，总是不慌不忙，她常常挂在嘴边的几句话是："好的。""没关系。""会好的。"跟老伴儿在一起这些年，我们经历过很多事情。她确实是一个合格的妻子。跟她在一起，日子过得还算踏实。

我出院那天，也是她手术的日子。我们头天晚上交换了电话。我跟她说多保重，但不确定自己以后还会不会跟她联系。人生可能遇到各种荒谬事。仅仅因为她说话的一个习惯，我们就成了陌路人。妈妈当年的判断是对的吗？我不敢肯定。人生的另外一种可能终止于妈妈的反对，但是不是也因为我对她爱得不够坚定？

好吧，悦耳的话毕竟人人都爱听。

我跟她说了再见，看着她被护工搀扶出病房。穿病号服的蹒跚背影，是她留给我最后的印象。我还记得我们之间的初吻，在记忆深处。甘甜，温情，晕眩，持久，此生只有那一次。

她是不是也记得呢？

知了叫了一整天

高晋旭

文公路上有一家中医老字号叫"和济堂"。和济堂大门口的老槐树上，知了好像知道自己是这片的"知了王"，一大早就鼓起肚子弄出些声响来。

邢师傅在柜台前忙碌着。一会儿擦立在最右边的人体经络穴位模型人，上面画着红黑穴位点、北斗七星似的蓝色经络线，一会儿又抹抹老铜杆秤、大红酸枝老式红木包角算盘，珠子早已包浆，一边的包角翘起皮，曾被父亲修理过，落下数个被锻打过的凹点。最宝贝的要数边上摆起的《本草纲目》《中医疑难病方药手册》《针灸大成》等十几本医书。这些书他一翻就是四十多年，早已烂熟于心。身后是和济堂祖传下来的清代老榆木中药柜子，从那些古色古香里逃逸出阵阵中草药味儿。石地板像一块来自亘古的寒冰，他穿着千层底儿老粗布鞋时常能感受到脚底的凉气。

门外又一个知了的"长号"划过，屋里一片寂静。

邢师傅擦柜子的手停在桌子上，一双鱼鹰眼透过鼻夹上的圆片眼镜看向高大的树冠，鼻子里哼了一声："小伙计，怪勤咧。"邢师傅有一个儿子，一天到晚不着家，说是打工呢，还说家里这门手艺不值钱。邢师傅火气上来了，抽了儿子一巴掌，颤抖着声音说："你不干，有人干。"赌气贴了招收徒弟的广告，天天坐在堂里等，也没见个年轻人来。他想不通。祖父、父亲都是那个时代的传奇，到了自己手里怎么经营不起来了呢。

他打小就在和济堂跟着父亲学习岐黄之术，耳濡目染，也时常能从父亲嘴里听到像表演口技一样的各种"鸣叫"。比如脑子是不是像撞钟一样，"杜昂、杜昂"地跳着疼，响后还有"嗡——"的耳鸣，像知了塞在耳朵眼儿里？病人点点头咬着牙说："对呀，太对了大夫，正是这样。"眼神里透着对病痛的厌恶。父亲便灵巧地连连下针，插秧一样精准。洗了手，开药方，对着药柜的伙计喊："抓药——"病人就领了方子去抓药。下一个病人来了说肚子疼，父亲会望一望病人的脸色，啊——伸舌头，肚子是不是"咕噜咕噜"像有盆开水。病人嘴里"哎哟、哎哟"不停，说："是呀，是呀。"父亲手里开的方子，一剂知，二剂已，手到病除。堂里挂满了锦旗、牌匾，一层又一层。而自己守着和济堂和零零星星的病人，已经很久没发出口技一样的"鸣叫"，如桌子一隅的荣誉证书埋没在时光里，落了灰。

"爸，折腾啥，这你每天还得爬楼。""对面装修，新开一个大药房，聒人。我要上二楼。"虽然不情愿，晒得黑堂堂的儿子还是不忍心丢下老父亲来帮忙了。碰上来针灸的老白奶奶，她说："回来就对了，老街坊们还指着你们家瞧病呢。"老白奶奶又杵着两根手指头点着邢师傅道："看你现在硬朗，十年后还得靠儿子。""鱼鹰眼"手里抓着药，嘴里吭哧着，一口石灰色的假牙笑到了耳朵根，溢出了苦涩。

他何尝不想。

没几天，对面的大药房搞开业活动，音响淹没了街上的嘈杂，知了声如小白船断断续续地在声浪里时隐时现。邢师傅坐在和济堂二楼诊室，居高临下，喝着茶，机械手表的秒针一圈又一圈走着，优哉游哉，不紧不慢。这时候，一楼已经改成了荣誉展示厅，顺着楼梯挂到二楼。好在他这个和济堂是个小三层。

知了又叫开了，声音很亮。似乎爬到二层的树冠上来找邢师傅了。邢师傅放下茶，站在窗口，眼睛在树叶间找了半天，终于在树杈间看到了穿着"小皮裙"的知了，瞪着两颗黑眼睛趴在树上"吱吱"对着他叫。邢师傅用扇子点点，说："老兄，你是来和我做伴儿，还是来将我的军，看咱俩谁爬得高？"

药店门口排了一溜儿买药的人，从楼上看去像蚂蚁搬家。进去的人络绎不绝，无不比画着切了这儿、割了那儿，成捆的药盒子便塞进一只只红袋子，鼓囊囊得像个器官，袋子角别了一个宣传扇，风一吹，左右招摇。

最近，邢师傅总是左眼皮跳。昨天给自己号脉，左右开弓，他好像变成了玲珑身躯，在脉与脉之间跳跃，眯起眼睛享受着脉搏的跳动。听了好久，一切如常。开了方子，拿着方子去药柜抓药。自己心里有数，干吗还开方子呢。这是规矩啊。

"抓药——"父亲清亮的吆喝声，仿佛和二十年前一样在耳边回荡。那个时候，他已经接了班，父亲怕他忙不过来，经常来和济堂帮忙。街坊四邻有个头疼脑热抬脚就来和济堂，街上经常遇到外地口音的人立在路边打听和济堂怎么走。后来病人少了，父亲安慰说："营养好了，病就少了。好事。"邢师傅摇摇头，苦笑，沉浸在茶叶氤氲出来的一片暗绿里。

不知何时，窗外只有蝉鸣了。

午饭后，邢师傅半坐在躺椅上歇息。机械手表"嘀嗒、嘀嗒"地走着。不知不觉中他迷迷糊糊睡着了。看到儿子回来，说："爸，我要学您的手艺。教我吧。"他在阳光下仔细看看，是儿子。便伸手去抓，儿子却不见了。一恍惚，又是自己年轻时的样子，老父亲正捏着扇子微笑地看着他。忽而听见："抓药——"父亲清亮的吆喝声。他身子一抖，以为自己在柜上偷懒被父亲抓到了，手伸向前赶忙跑去抓药，人没有奔跑起来，却一脚把自己踢醒了。

午后的阳光攀着窗格落在他的身上。看着空荡荡的柜台，抓药的手，停在半空中。

"知——了——"四周寂静，只有窗外的知了长长地响了一声。

第 7 辑

少年与枪

少年与枪

何君华

我喜欢枪。

你问我为什么喜欢枪？我会告诉你是因为张嘎。张嘎是谁？现在你们很多人可能都不知道他，但在我们那个年代，或者说在我们那个地方，张嘎可有名了。

张嘎就是嘎子，是电影《小兵张嘎》里的主人公，是个英雄，而且是个少年英雄。他用一把木头假枪就把敌人吓破了胆。电影里的这一幕总是把我逗得哈哈大笑。为什么说"总是"？因为这电影我看过好多遍了。具体有多少遍？我记不清了，少说也有二十遍。那个时候，我们那里每隔一阵就放露天电影，每隔一阵就放《小兵张嘎》，每隔一阵张嘎就要拿着木头假枪出来吓唬敌人。

现在几乎没人看露天电影了，是吧？你们都是在电影院里看电影。我们那里没有电影院，或者说，那个时候我们那里没有电影院，我们都是看露天电影。每逢放电影，科尔沁草原上十里八乡的农牧民们都带着小板凳，走很远的路来看。我就是在露天电影的幕布上认识嘎子的。说出来不怕你笑话，我那个时候还不知道张嘎是导演或是编剧（我那时候连什么是导演，什么是编剧都不知道）虚构出来的，我还以为嘎子是真实存在的人物呢。但不管怎么说，我做梦都想成为张嘎那样的人，做梦都想要一把枪。当然不是张嘎的木头假枪，而是一把实打实的真枪。为这，我考上大学一年后就去当了兵，就是现在我们常说的"大学生入伍"。

我当兵这件事当时在我们嘎查（村）可是炸了锅。为什么炸了锅？要知道，我可是我们巴音诺尔嘎查第一个考上重点大学的学生！大学录取通知书还是嘎查达（村主任）亲自送到我们家的。好不容易考上了大学，现在又要去当兵，这不白瞎了吗？

　　可我不管，我就是铁了心要当兵。这也不是什么丢人的事，这是光荣的事！更何况我也不是退学，等我退了伍，还不是回来继续念大学吗？

　　我就这样穿上了军装。说实话，拿到入伍通知书那个晚上我彻夜未眠。我太激动了，比一年前拿到大学录取通知书时还要激动。为什么这么激动？因为穿上这身军装，就意味着我可以摸枪了，而且是名正言顺，想怎么摸就怎么摸了。

　　我是到新兵连整整二十天后才第一次摸到真枪的。为什么记得这么清楚？因为我是数着日子一天天过来的。那是一场再普通不过的射击科目训练课，那是一把再普通不过的步枪，但那感觉太令我难忘了。真的，我一生都不会忘记，这记忆实在太深刻了。

　　往后的日子我就不多说了。总之，战友们给我起了个外号叫"枪痴"。他们说，知道这世界上的男孩都是枪迷，也知道许多男生参军入伍就是为了使枪，但像我这样的枪痴还真是头一回见。他们还说，如果不是按规定只能在站岗和训练时才可以配枪的话，我恨不得搂着它睡觉才踏实。对此我不想辩驳什么，因为他们说的是实话。

　　是的，我太喜欢枪了，太喜欢手握钢枪的感觉了。两年后，我退了伍，继续回到大学念书。毕业后，我想，干什么工作才能继续配枪呢？只要能配枪干啥都行。

　　于是我回到家乡，考入了我们旗公安局，被分配到了我们旗最偏远的花吐古拉苏木边防派出所。

　　是的，我是为了配枪才决定回来当一名警察的。有人说，基层警察是世界上最辛苦的工作，何况我们还是边防派出所的警察，何况我们花吐古拉苏木派出所还是全旗辖区面积最大的边防派出所。

　　我不知道基层警察是不是世界上最辛苦的工作，但只要能跟我的配枪在一起，再辛苦我也愿意。刚才已经说过，我所在的花吐古拉苏木派出所是旗里辖区面积最大的边防派出所。跟很多地方的派出所不同的是，我们边防派出所的所有警察都是配枪的。这也是我为什么自愿分配到花吐古拉苏木派出所的原因，因为我们全员都配枪。如果分配到城镇派出所的话，可不一定有这待遇。

　　是的，我们花吐古拉苏木是辖区面积最大的苏木，也是旗里最边远的苏木。值班的时候、巡逻的时候难免会感到孤独，但只要和配枪在一起，我就感到心安。在边境上巡逻的时候，我们时不时会遇到狼，一群群的草原狼，有时也会遇到比狼还可怕的犯罪分子，但我并不害怕。每当这样的时刻，我总是握紧手中的枪。

　　当然了，我希望我的配枪永远不用射出任何一颗子弹，但是如果真有必要的话，我也不会吝惜子弹。要知道，在部队的时候，我可是一把射击好手，从我的枪里发射出的子弹，从来没有偏离目标的时候。射击科目比武，每回我都是头一名。

　　好了，我的故事讲完了。有人说，你的一生恐怕要"栽"在枪上了。我不否认，毕竟每个人终其一生都要为自己的喜好买单，我心甘情愿，无怨无悔。

赶 春

相裕亭

　　大海中捕捞鱼虾，与陆地上种植庄稼，同样是赶着季节来的。但在收获的时间上，却大不相同。陆地上种植高粱、玉米、大豆时，选在清明前后。有道是"清明前后，种瓜种豆"，说的是每年春风吹绿柳芽的时节，家家户户，要忙着春耕春种，以待夏秋时，能有一个好的收成。可那段时间，农家人称为青黄不接，也就是忍饥挨饿的一段时光。而在那一段时光内，恰恰是海上"鱼虾肥美蟹脚痒"的好时辰，可谓是渔家人一年当中丰收的好时节。

　　早年间，渔民们只晓得捕获，不太懂得保护海洋生物。春风乍起时，各类鱼虾前往近海的温暖水域抛子，渔民们偏偏就在那个时候下网拦截捕获它们。譬如开春的大铜蟹（梭子蟹），个个都是满壳黄，渔民们一网捕获上百只、上千只，一网便能暴富呢。

　　可以想到，鱼虾抛子的时期是它们最肥美的时期，苦等了一个冬天的渔民，面对唾手可得的肥美鱼虾，哪个不是铆足了劲儿，扑向大海去拦截它们。

　　城里的有钱人，尤其像大盐商吴三才那样，镇街里有商号，盐区那边又有上百顷白花花盐田的商界大佬，每年都要赶在春风拂面时，到他下面的各个盐场商埠去走走，透透旷野里的新鲜空气，观赏一下春光春景，盘一盘当年的"盐租"，这是一个方面。最为重要的是，品尝当年那带子的梭子蟹、大对虾，过几天逍遥快活的日子，也是不可错失的。

　　"走吧，跟我到七道沟那边去看看。"

每当吴老爷跟管家那样打招呼，说明他想到七道沟那边去吃海鲜了。

那样的时候，管家一面询问吴老爷起程的准确日期，一面还要派人前去报信儿，告诉下面各个盐场商埠的大小盐商们，吴老爷将会在某月某日，到达他们那边，以便让下面各个盐场的股东，做好当年收成的估算，当面向吴老爷说个明白。当然，吴老爷所要了解的，也只是一些大面上的事儿。各个盐场的具体事务，还是由管家带着账房与下面的人去纠缠。吴老爷象征性地了解一下，走个过场，也就罢了。吴老爷的本意，还是到各处走走转转玩玩。

开春了嘛，吴老爷在城里闲着也是闲着，沉到下面的沟沟岔岔去转转看看，也是挺开心的。

盐区这边的地名，不像内陆的张家庄、王家楼那样，依据村庄中居住的张姓人家多，就叫张家庄，王姓人家多，就叫王家楼。再就是二里汪、三里河、三十里铺，那些都是根据村庄的居住地，到某一个大一点儿的城镇的距离来命名的。而盐区这边的一道沟、二道沟，同样是村庄的名字。只不过，盐区这边的村庄命名，不是根据里程与姓氏，而是以沟沟岔岔河河来起的名字——

"三姑娘的婆家是哪里？"

"四道沟的。"

"女婿呢？"

"上船的。"

"不孬不孬！"

…………

这是盐区这边最为普通的地名对话了。

盐区人说的一道沟、二道沟，是大海潮汐赐予的礼物。

最初，一道沟、二道沟，包括当今正在向大海中延伸的七道沟，都曾是波涛翻滚的大海。只因为盐区这边的海水每年都在东退，陆地随之抬升，形成了现在这样一道一道的沟壑。

不过，大海形成陆地的那个过程很缓慢。从最初的海平面的升起，到盐滩凸起，少说也要几十年、上百年。而生生不息的海边人家，偏偏就有那样的耐心，一代又一代地固守在海岸边，守望着大海恩赐给他们流金淌银的盐滩。

其间，每形成一片海滩，便会有晒盐人家在此栖息居住，他们或兄弟联手，或父子相伴，在海滩上挖沟、蓄水、平滩、晒盐。先是三五家，后是十几家，慢慢地形成一个一个小小的村落，这便有了后来的一道沟、二道沟、三道沟。而今，最接近海岸线的一个村落，那就是七道沟了。或许，再有五百年，后面的海滩，还将形成八道沟、九道沟呢。

目前，从一道沟至七道沟，沟沟都有村落人家，尤其是三道沟、四道沟那边，还形成了集市，每逢初一、十五，都有渔民在那边赶大集。

管家给吴老爷安排"下沟"的日子，极有可能就是三道沟逢大集的日子，以便让下面的人好购买些上好的食物招待吴老爷。同时，也好让吴老爷了解一下集市上各种货物的行情。

吴老爷常年居住在城里，别说是青菜萝卜多少钱一斤他不晓得，就连餐桌上的铜蟹、对虾是论斤称，还是论个儿卖，他都不会知道呢。

海边人所说的对虾，并非两个捆扎在一起卖的大虾，而是指两只虾子称一斤的大虾。不过，那是很难遇到的。偶尔，下远洋的大船上能捕捞到几只亮晶晶的对虾，数量极少，价格会很高。海边的有钱人，常常以吃到对虾为荣耀。好在，海边的人常把大一点儿的虾子，统称为对虾，好像是一种美好的寓意与向往。

"你这对虾怎么卖？"

"七个头的，你看着给吧！"

听对话，你就知道，一斤称七只的虾子，也叫对虾了。不过，那已经是很像样的虾子了。

吴府里的管家带着吴老爷"下沟"来，不能不说他们是冲着开春的大铜蟹、大对虾来的。

铜蟹、对虾，包括海上捕捞来的各种珍奇的鱼类，如同农家的婆媳在菜园子里拔下的小青菜一样，同样是"起水鲜"。菜园子里那翠生生的小青菜，一旦离开了园子，摆到了集市的街头出售，就吃不出那种含泥带露的"起水鲜"味道了。大海中捕捞来的跳鱼、蹦虾、张牙舞爪的八爪蟹，更是不能落地儿，就在码头上烹饪着吃，或者是在渔船上吃，那才能真正地吃出海鲜的味道来。一旦将欢蹦乱跳的虾蟹运送到城里，再过斤走磅，蒸煮炖炸到人们的餐桌上，十分的鲜味已经自消了三分。

所以，每年开春的时候，吴老爷都会到七道沟那边去吃"起水鲜"。

吴老爷好吃、会吃、懂吃。

吴老爷知道七道沟那边有原汁原味的海鲜，不惜把身边一个贴心靠背、外号四毛头的小跟班，打发到七道沟去出任盐场的头头。

现如今，那个人五人六的四毛头，也学起了吴老爷的做派，同样是妻妾缠身，是坐守一方的大掌柜呢。

吴府里提前四五天，就把吴老爷要到他四毛头那里留宿的行程告诉了四毛头。

四毛头那个重视呀，当路的烧鸡、板浦的鹅、花果山的冻梨子、七道沟的甜泥螺，全都给吴老爷备下了。至于说海中两斤以上的大黄鱼、巴掌宽的乌贼、两个称一斤的大对虾、沸水中由青变红的梭子蟹，更是不在话下呢。

四毛头在吴老爷身边伺候过多年，那点儿事情他还做不周全吗？

吴老爷此行，前前后后，在四毛头那里过了四天三夜，铜蟹、黄鱼、八爪鱼、乌贼，海中顶级的美味，他都品尝了一遍。还有蒜瓣大的仙人贝、耳针似的小香螺，吴老爷也都品尝过了。

临了，也就是吴老爷带了些海鲜要离开七道沟时，四毛头的正妻，几天来一直陪伴在吴老爷与四毛头身边的那个话语很少的女人，忽而提醒四毛头，说网箱里备下的大对虾，还没有给吴老爷品尝呢。吴老爷来七道沟几次了，始终都没有吃上那样大的对虾。此番，一艘远洋船上捕获到几只，被四毛头手下的人给弄来了，本该拿出来孝敬主子，或是给吴老爷装到马车上，让他带到城里给他的家人们吃，四毛头怎么就给忘了呢。

女人那样嘀咕时，四毛头正神情专注地观望着吴老爷远去的马车。

末了，吴老爷的马车消失在远处的烟尘中，望不见了。四毛头这才转过身来，跟女人说："那么顶级的对虾，这次让吴老爷吃上了，以后呢？以后吴老爷再来了吃不到怎么办？"

说完，四毛头胳膊一抡，冲着女人说："走，咱们回家吃对虾去！"

许德平

伍中正

2004 年，我的同学许德平决定离开许家村。我想劝住许德平，却没有劝住。

许德平走之前，跟我说了经历的两件事。第一件事是他不愿跟村主任张士革低头不见抬头见；第二件事，他不愿跟村里的寡妇陈英姿抬头不见低头见。

那天，我把许德平接到家里。许德平坐在梨花盛开的树下，主动说了他跟张士革之间的事。

本来，有人给许德平介绍了一个长得好看的姑娘。那姑娘名叫刘月琴，还是个高中毕业生。许德平相亲那天，一看就喜欢上了她。许德平感觉，刘月琴对他感觉也好，他们之间有往下谈情说爱的可能。

不出一个月，刘月琴却跟他说不处了。许德平没有强求，只要她给一个不处的理由。

村主任张士革在中间坏事——刘月琴把这个理由告诉他，就走了。

从那以后，许德平抱怨，甚至还恨上了张士革，想到了对付他的办法。许德平以灭杀老鼠为由，在村里叫卖老鼠药的黑皮手里买到了毒鼠强。黑皮卖给他毒鼠强的时候，叮嘱许德平，不能毒鸡、鸭、鹅、狗，更不能毒人。许德平对黑皮一笑，拿着药走了。他把粉剂毒鼠强小心地撒在一块煮熟的猪肉上，再用牛皮纸包好。非常巧的是，张士革家的大黄狗从他家门前经过，他把那块包好的猪肉抛出去。很快，大黄狗咬住了那块猪肉。更巧的是，大黄狗哀号了几声后，就死在了距离他家一百米的田埂上。

对于大黄狗的死，张士革并没当回事。许德平的报复还不止这一次。

那一天，许德平知道张士革家里没人，便用石头砸碎他家的一扇窗玻璃。许德平以为，张士革在这件事上会借题发挥。可是，张士革发现玻璃破碎了，又悄无声息地换上了一块。

张士革的态度让许德平感觉，这些报复一点儿也不管用。

后来，张士革主动告诉许德平，他是不想让许德平上当受骗。原来，长相好看的刘月琴是来骗婚的，他一听，心里很感动，差点儿说出了他本来想报复对方的事。他猛然感觉，张士革就是村里的一位高人，他不愿意让高人知道他浅薄的底细。

这是许德平说的第一件事。第二件事，是他要离开陈英姿——

陈英姿是寡妇，是许德平眼里许家村最漂亮的女人。但是，成为寡妇之后，那些女人都在她面前趾高气扬。

陈英姿一直很平静。她不愿在许家村惹出很多人期待的那种茶余饭后的话题，甚至绯闻。这一点儿，许德平很欣赏。巧的是，许德平跟陈英姿还有过一次刻骨铭心的守水经历。

那一年秋天，许家村的干旱持续了半个月。田里的庄稼靠水来浇灌。水从青山水库放出来，四里长的水路，生怕水被王家屋场的人放走，守水很重要。许德平跟陈英姿一个班，守一段水路。那晚，许德平跟陈英姿巡一会儿水沟，再坐一会儿。灿烂的星空下，他跟陈英姿坐在水沟边，听着沟里哗哗的流水声。陈英姿对他说了一句令他印象非常深的话。她说："虽说我是寡妇，但不比你们男子汉差。"许德平觉得陈英姿说那句话时，心底里应该有一种强大的底气。

那一夜，很漫长也很短暂。

第二天，闲话来了。这些捕风捉影的话，都是村里人瞎编的，他听到后，又气又好笑。

黄昏时，陈英姿过来找他，跟他说："许德平，离开许家村吧，离得远远的，这不是你待的地方。”

"为啥？"他问。

陈英姿没说，当作没事一样，走了。那天晚上，许德平一夜没睡。他一直思考陈英姿撂给他的那个话题，他发现，陈英姿也是许家村的高人，跟张士革一样。

许德平要离开许家村，就这两个理由。许德平说完，看了看手表上的时间。

我觉得，再挽留许德平，意义不大。

那年春天，我看见许德平从我眼里走远了。

2022 年年底，许德平回来了。

一身阔气的许德平回来，进了三个人的家门：张士革，陈英姿，还有我。许德平给不再是村主任的张士革买了两瓶好酒，特意感谢他。他给陈英姿买了一套时尚的棉衣，也算是感谢。那天，他偷偷告诉我，他暗暗地喜欢着陈英姿。

我听后，不由得笑出声来。

老城煎粉

赵 冬

　　吉林老城，老辈人都熟悉那一串的吆喝声，那亮嗓一如老北京卖菜的那般行云流水。那天与邻居们聊起来，白发苍苍的孟老伯依稀还记得那响亮而有力的叫卖声："酸辣啊——唔碗——坨啊——啊哎——"

　　当时的老孟只有几岁，闻听吆喝声起，就会赶紧跑出大门，去闻一闻那个味道。熟悉的吆喝声不知让他咽了多少次口水，淌了多少次哈喇子。

　　吆喝声出自一个叫老佟头儿的口中，他身体有些瘦弱，但嗓门儿却异常洪亮，伴着浓重的鼻音，声音能传过几个街巷。住户们都认识老佟头儿，他住在西关，以挑担叫卖为生。他到底有多老？谁也分不清，也不关心。大家关心的只是他货担里卖的东西。他夏天挎一只筐卖樱桃，但不用纸口袋，而是用椴树叶，俗称玻璃叶；冬天挑担卖卤煮鸡，一直卖到夜里，身背的箱子总是擦得干干净净，经常手提一盏煤油灯，灯罩锃光瓦亮，叫卖声变成了"卤——煮鸡"。若是哪家想吃点儿消夜，喝点儿烧酒，这卤煮鸡真可算下酒的美味。小孟记得家里来了客人，父母晚间买老佟头儿的卤煮鸡，那美味香得满屋子都爆了，不管少吃多吃，就是吃不够。

　　春秋两季不冷也不热，是卖酸辣碗坨的好时候。老人左肩背装有碗坨、作料和小碗的箱子，一手提米醋壶。若是夜间则另一只手提一盏煤油灯，走街串巷，连声叫卖："酸辣啊碗坨喔啊嗯！"只要有人来买，他就放下挑子，打开箱子，取出一只碗坨，用小刀先横后竖拉出波状的片和条，加红辣椒油、麻酱、芥末、蒜泥，边加边问："要辣椒吗？要芥末吗？"吃的人搅拌后鼻子一闻，啊呀，香啊！吃到嘴里，真是享受啊，其味极美！

老城的粮食加工业十分发达，门类很广，碾、磨、油、酱醋、馃、烧锅等百业俱全。由淀粉制成的粉条、粉皮、粉坨等副食品，味道绵软香醇，尤其是酸辣碗坨，无论达官显贵还是布衣百姓都特别喜爱这一口。

全城只有老佟头儿一个人会做，所以很多人都记住了他。

小孟记得自己家住在一条死胡同，大家都叫它韩统领东胡同，其实它的真名是泰来胡同，倒很少有人提起。胡同不深，只有四个院落，东面是个死水泡子，西边是全盛永胡同口。

孟家老先生是一位中医，医术不错，总有人来上门求医。他家院子进出大门是正房的房后，绕过房头才到前院。房有雨搭，红油漆柱子，绿色横梁。房子很像样，一看就是一户有钱人家。

胡同口有个前新街，小孟从家里穿出去就能到那里。每当夕阳西下，从一条窄胡同里就会走出一个老头儿，个子不高，挑着木箱……一吆喝起来，声音就像北山庙里的晨钟，震跑了黄昏的静谧。听见吆喝，小孟就会立刻扔掉手里的东西，跑到前新街口，看老佟头儿是假，想闻闻味儿是真。

前新街住着一个年轻的女人，长得眉清目秀，好似剧社里的小旦。她先生在外县教书，只有星期天才能回家，平时就是女人领着一个女儿过日子。女人叫宋瑞绮，每天黄昏时分都要去接念小学的女儿回家。有一天，小孟看见女人接孩子回来时，刚好路过老佟头儿的担子旁，小女孩闻着味就跑了过去，跟妈妈说想吃。女人对老佟头儿笑着说："老伯，来一碗吧。"

老佟头儿放下箱子打开盖，小孟也凑了过去，看箱子里装了很多小罐子，罐子旁边摆了许多红黑的荞面坨，后来才知道这酸辣碗坨是用荞面加淀粉放入小碗蒸的。老佟头儿一手托住个碗坨，另一只手执一小刀灵活地横竖切断，放入碗内，从一个个小罐子里舀出蒜末、辣椒末、芥末……再从扁壶里倒些醋，熟练地弄好了，端给了女孩。看着女孩大口地吃，他弯着腰笑着问女孩好不好吃，那样子非常满足。等孩子吃完，女人掏出钱递给老佟头儿时，老头儿却推了，说不要钱。女人说怎么能白吃人家的，非要给，怎奈老头就是不要。卖货的不要钱，这可是新鲜事儿。小孟在一旁都看傻了眼。

老佟头儿对女人说："丫头可爱着呢！怪招人稀罕的，爱吃就来吃，一碗粉没啥，俺供得起。"话这样说了，再往后，只要老佟头儿见到这对母女，立马停下来，给女孩拌上一碗。那几年，女孩没少吃。女人很是过意不去，她会裁剪，亲自到布店买布，给老佟头儿做了身衣服。老佟头儿穿上新衣服，别提有多合身了，这是手艺，缝制工整、针脚细密，乐得老头回家就把衣服供了起来，不过年节绝不能穿。

有一次，邻家一个大哥趁女人领着女儿吃完走后，凑到老人跟前挤眉弄眼地逗屁子："老佟头儿，喜欢孩子还是喜欢孩子娘啊？嘻嘻……"

老佟头儿眼一瞪，骂道："闭住你这乌鸦嘴！斗你个黑煞赖皮乌龟蛋，生疮啃泥丫嘴烂……"

见老头儿真生气了，那大哥赶紧溜掉了。小孟也笑着跑回了家。

老佟头儿一倔哒，挑起担转身就走。"酸辣啊——唔碗——坨啊——啊哎——"一串清脆的吆喝声渐渐远去了。

后来，那个叫宋瑞绮的女人领孩子搬到农村去了，她丈夫因在校传播反满抗日思想，被人告了，被抓进了监狱。打那以后，老佟头儿就不在这个胡同叫卖了，他的吆喝声换到了别的地方。

又过了些年，连他那瘦小的身影都看不见了，小孟多次寻找也没找见过，留给他的只是那一串浑厚响亮的叫卖声，他记了一辈子。

酸辣碗坨从此就失传了。后来听说这酸辣碗坨就是现在流行的煎粉儿，只是将碗里蒸换成了锅里炒，但已经不再是老佟头儿的味道了。

原来我们都是有钱人

徐　东

开着豪车，住着大房子，我却成为穷人。

身上连加油的钱都没有了。信用卡早已透支，将来怎么还也是个令我苦恼的问题。更要命的是，公司倒闭，我失业了。

本来我的收入就不算多，已有两三年入不敷出了。这种情况妻子并不了解。自从有了第二个孩子，她辞职后，我们的日子过得越来越不如从前了。不过，我是位作家，以前除了工资还有些稿费收入。稿费时有时无，时多时少，妻子也不清楚我的真实收入——这为我透支信用卡和向朋友借钱打了马虎眼。

工作也没有了，我明白，必须面对现实了。

在同一家单位，我工作了将近二十年。二十年来，我由年轻小伙子变成了大腹便便的中年人。二十年来，我由自由自在、一个人吃饱了全家不饿的人，变成了上有老下有小，有着车贷房贷，生活压力山大的中年人。要不要告诉妻子自己失业的事？她早晚是要知道的。如果在我找到新的工作以后再告诉她，会不会更好一些？事实上，我早就不想再找什么工作了。公司宣布倒闭以后，我心里甚至还有过一阵狂喜——我终于有理由不用再继续工作了。

我算过，如果把家里的房子卖掉，还清所有的欠债以后，手里还能有三百万。手里握着三百万，租房子不行吗？手里有了三百万，过简单的读书写作的生活不行吗？以前，我旁敲侧击地和妻子谈过卖房的事。她不同意。当然，在还有份工作时，我也没有认真考虑过卖房。现在，工作没有了，连车子加油的钱都没有了，是该认真想一想要不要卖房这个问题了。

失业以后，有两周的时间我是在图书馆里度过的。

在图书馆里，我遇到了一个和我同病相怜的人。那段时间我每天都能看到他。他留着短发，穿着一身灰黑色西装，看上去并不像是应该来图书馆看书的人。我仔细观察了他，虽然他手里拿着书，却目光呆滞，愁容满面——这使我感到好奇，难道他和我一样，是失业后在假装上班的人？

找了个机会，我和他聊上了。

他说自己在等一个有可能很快就有结果的、被一家大型文化公司录用的消息。我也告诉了他我的情况和想法。

在得知我是一位作家以后，他笑着说，我说自己是画家，你信吗？当年我以第一名的成绩考进了中央美术学院，也当过几年自由画家的，那时我留着长发。后来结婚有了孩子，又有了车子和房子以后，一切都变了，我必须放下绘画去找一份能养家的工作。两年前，我们花了高价买了学位房，为的是能让孩子读上好学校，每个月的房贷都要五万多。

我说，为什么不考虑卖掉房子，继续画你的画呢？

卖掉房子等于是放弃孩子更好的受教育的机会啊！

学位，也许这不应该是一位真正的艺术家所要思考的……

你说得对，这说明我并不是一位真正的画家。我放弃了画画，现在看到画笔我甚至就会感到恶心。也许这是因为我成了自己的叛徒，我对自己不满，却迁怒于画笔。

也许，也许我们这个物质的、物欲横流的时代不配拥有真正的画家和艺术家。我们也不配成为艺术家。不过，我还是想试一试，我要和我老婆谈一谈，给自己一个机会。你也可以考虑和自己老婆好好谈一谈。失业，这正是一个好的契机。

我发现，好多人都活成了生活的奴隶。想一想真可笑。

是啊，可笑极了！我认为远离艺术的人都是傻子——如果你卖掉房子，还掉所有的债，大约能有多少钱?

他的眼睛里有了一些光，想了想说，大约有五百万吧——如果我老婆同意卖房的话。

我坚定地看着他，像是看着另一个自己。我说，可以啊——换个思路，换种活法，卖掉房子，不管是我们有三百万还是五百万，其实我们都算是有钱人了。

他也看着我的眼睛说，希望你能成功说服你老婆——我们加个微信吧，我等你的好消息!

你呢? 如果你卖掉房子，你就可以继续画你的画了啊!

他点了点头，又轻轻摇了摇头说，我在想，谁还会那么傻，去接手我们家的学位房呢?

好　人

韦如辉

好人和坏人头上没写字，坏人比好人还好人！何小静用手里的一根筷子，边敲我面前的咸菜碗，边站起来单手插兜愤愤地说。

此时，我拎起碗里的最后一根萝卜干，正往半块馒头里夹。

这是何小静跟我过日子以来，说得最无理的一句话。细想想，她说得也不全无道理。社会上，这样的现象不是没有。

就说尚五良吧，他就是何小静说的那种现象里的那种人，至少我是这样认为的。

何小静转身回来，把一只手从兜里抽出来，几乎点到我的额头上，愤愤地说，别扯没用的！

我跟何小静的争吵，都是因为这个叫尚五良的发小兼同学。

事情不得不从三四十年前说起。

我、何小静和尚五良，居住在一个杂姓村，村名就叫杂姓庄。可不是吗？除了我们仨三个姓，还有另外四个姓，与本文无关，这里忽略不计了。

不得不表白一下，从村小到镇中，我们仨是最要好的朋友，除了睡觉和上厕所，几乎形影不离。用他们的话说，好得穿连裆裤子。

好日子总是美好而短暂，一如我、何小静和尚五良的友谊。这都归结于一个误会，不！一个事实。

事实是这样的。

初中二年级的时候，尚五良的成绩直线下降，看何小静的眼神却是暧昧的。尚五良有一天跟我说，兄弟啊，帮我一个忙。说着，从语文书里捏出一封信，递给我，朝操场上打羽毛球的何小静努了努嘴。

当时，我脑袋里好像开进去一列火车。要知道，我语文书里也夹着一封酝酿已久的求爱信，鉴于胆量与颜面，一直没敢送出去。

我只好硬着头皮转交给何小静。何小静笑了再笑，把那颗如明星一样的虎牙，闪了再闪，接过信，消失到树林里。

第二天，何小静把一本厚厚的语文书，摔到我的脑袋上。

何小静骂我是个懦夫，不是个人！

呵呵，何小静喜欢的是我，而不是尚五良。

这件事，对尚五良的打击不小，初三没上完，辍学了，去了深圳，干起收购废品的行当。

我跟何小静顺风顺水，一路高歌，走到了一起。

几十年的光景，像风一样一吹而过。

尚五良突然回到了我们居住的县城。电视里，尚五良在领导的陪同下，双手反剪，把开发区和县里仅有的几个景点考察了个遍。

何小静盯着电视闪动的屏幕，用胳膊肘捅了捅我，这个人不是尚五良吗？

可不是吗？多少年不见，这小子变化不大。几经风霜，我的额头已爬满皱纹。何小静头上的白发，像银针一样刺眼。

尚五良在家乡投资一个编织厂，产品出口海外。家乡的沟渠，联结着淮河两岸，长满野生柳条，那是编织家用器具的绝佳材质。电视里说，市场前景广阔，年创利税千万元以上。

一个阳光明媚的午后，尚五良在领导的引领下，找到了我跟何小静所在的学校。

尚五良把一只肥胖的手紧握着我的手，并把另一只同样肥胖的手搭在我的肩头。兄弟啊，好久不见，甚是想念哪。说着，尚五良眼睛的余光，瞟到何小静的那里。何小静扑了白粉的脸庞，泛起一层红霞。

尚五良想让我帮他一个忙。这个忙，跟当年的忙看起来不一样，却似乎有着异曲同工之妙。要不然，何小静怎么那么积极主动？又怎么会放下一个师者的臭架子，冒着跟我撕破脸的风险，说三道四颐指气使呢？

尚五良想弄个自传，给自己青史留名。说老实话，这个忙只有我能够帮。在这个小县城，谁让我是建县以来，唯——一个中国作协会员呢？尚五良的开价也不低，伸出一个巴掌，在我们眼前堂而皇之地翻了翻。意思说，十万块。

何小静脸庞的红霞渐渐褪去，换了层层涟漪的笑意。这个数对于她，对于我们来说，可不是一般的诱惑，简直是天上掉下个大馅饼啊！要知道，为了还房贷，我跟何小静的皮带一再勒紧。

可是，文人的清高，让我反对。我说，我不写，给谁写都可以，就是不能给尚五良写，他算什么东西？小人得志而已。

所以，就发生了开头的那一幕。

事情到了这里，似乎可以结束了。而领导找到我，说这个事行也得行不行也得行，这个事不是小事，事关全县经济发展的大局。临走，明暗示实明示，今天高教评比的指标下来了，就看我的表现了。

那根咸萝卜干干而硬，硌疼了我的牙。此时，疼得更厉害。

无奈之下，我点灯熬油，从尚五良三岁开始，用反讽的手法，将他的前半生写了出来，二十万字，足够出一本书。

交稿的时候，尚五良往我手机里转了五万，我拒收了。没过一个星期，我手机短信提示，您已成功偿还房屋贷款五万元。看来，何小静收了那笔钱。

半个月过去，书稿退了回来，说不能这样写，要用正能量的口气，并且删除前半部分，包括尚五良收废品和偷盗那一节。要不然，按照口头约定，退回五万块不说，还要倒罚五万块。这个时候，才算长了知识，口头约定也算合同。

书稿等于重写，把尚五良写成好人中的好人。凭借着这本书，尚五良成了名人。

尚五良对我也不错，兑付了润笔费，还给我开了个工作室，亲自题名，金字招牌，悬挂于门楣之上。

何小静对我不冷不热，冷不丁来一句，你也不是什么好人！

我低下头，装聋卖傻。

唉！谁让我把尚五良给她写情书的那一段，写到书里呢！

薅麦秸草

于心亮

唐波来找我，说他家的猪跑了，让我帮着去找猪。我问咋回事？唐波说夜里猪冻得嗷嗷叫，我被吵得睡不着，就打了猪几棍子，后来猪不叫了，以为它睡了，没承想今早起来一看，猪跑了。我问猪怎么跑的？唐波说跳墙跑的，狗急了都会跳墙，更何况是猪！

我跟唐波去查看现场，发现猪是先跳出猪圈，又拱开唐波家的篱笆墙跑掉的。我说，早就跟你说过你家要砌院墙，你就是不听。唐波说，砌院墙得有钱啊，原指望年底卖了猪有了钱，开春就砌院墙，现在猪跑了，要是找不着，我家的院墙就砌不成了。

地冻得邦邦硬，天又没下雪，猪逃跑的痕迹一点儿也没留下，我和唐波只能唤猪的名字来四处找——张志轩！张志轩！！后来张志轩听见动静出来了，问，你们喊我做啥？唐波说我家的猪跑了。张志轩就挠头，说社员都战山河去了，没人帮你们，你们还是自己找吧！

唐波要到村外去找。我给否了。我说，一、猪是被冻跑的，它首先是找暖和地方，草垛里暖和，八成是钻了草垛；二、既然是钻草垛，必定是就近找地方钻，所以猪跑不远；三、既然钻草垛，就要找好钻的草垛，所以松散的苞米秸垛咱们要多找找；四……

我还没说完，就见名叫"张志轩"的猪已经晃晃悠悠出来了。我说这就是我想说的第四点，猪没食吃，一饿就会跑出来，所以猪跑了不要慌。唐波非常佩服我，朝我竖大拇指说高，实在是高，你是怎么分析的？我说熟读《福尔摩斯探案集》，你就会分析了。

我和唐波赶着猪往家走。唐波突然问我，你刚才提到的《福尔摩斯探案集》这本书，是不是拿我的一直没还？我支支吾吾刚想辩解，瞧见张志轩扛着镐头走过来，我就喊张志轩，你知道唐波家的猪叫什么名字吗？唐波就飞起脚来踢我，说滚，你他妈的赶紧滚！

回到家，我刚把《福尔摩斯探案集》藏好，唐波就找来了。他找我一块去拾草。我问拾草干吗？唐波说张志轩讲得有道理，在猪圈里给猪絮上草，猪就不会冻得嗷嗷叫，自然也就不会跑了。我说你家不是有草垛嘛。唐波说我家的草烧饭都不够，哪还有草给猪絮窝？

唐波说的有道理，我家的草也不够烧，我家的猪也冻得嗷嗷叫，如果不是院墙高，我家的猪也跑了。我拿着竹耙和唐波一起去拾草。街上干净得能打滚，田间地头早被人们收拾得连草根都不剩，我俩四处划拉不到一点儿碎草，就偷瞄上了生产队的麦秸草垛。

可是我们怕张志轩，作为生产队队长的他六亲不认，要是被抓着，可麻烦了。

但猪圈里的猪冻得嗷嗷叫，它们一叫，我们就睡不好，就也想跟着叫。我和唐波决定铤而走险，天一擦黑就去偷薅生产队的麦秸草，那个时候村里人大多在家里吃夜饭。张志轩也肯定待在家里，他不会在肩膀上披搭着个破棉袄，跟野鬼一样满村溜达……

生产队的场院很大，麦秸草垛压得非常结实，要使出吃奶的劲才能薅得动草。我们一边费力地薅草，一边竖着耳朵听动静，稍微有点儿异样就急忙蹲下。等薅满了篓子，就赶紧闷头拐着走，还要拐一个好远的弯儿回家，免得被张志轩顺着遗落的草找上门来。

夜里猪不再冻得嗷嗷叫，我妈以为猪跑了，披着衣裳去猪圈看见猪在，就以为猪被冻死了，于是拿着棍子朝猪打，打得猪嗷嗷叫。我妈发现猪圈里的草，回来问。我说是我拾的草。我妈很高兴，说等卖掉猪有了钱，你想要啥？我说想要一本《福尔摩斯探案集》。

就这样，我和唐波隔三岔五就去生产队的场院偷薅麦秸草。慢慢地我妈就在意了，问我怎么回事，我就说了实话。我妈很生气，抄起烧火棍打我，边打边责骂我划拉不到草没关系，但不能去偷薅生产队的草，被人家发现丢人事小，关键是不能养成坏毛病！

虽然挨了揍，我也想改正，但每天夜里听到猪冻得嗷嗷叫，我就不忍心，还是忍不住去偷薅生产队的麦秸草回来给猪絮窝，感觉还挺刺激的。我妈打骂了我好几回，后来听唐波他妈说起唐波也偷着往家里薅麦秸草的事，我妈才睁只眼闭只眼，不再管我了。

于是我和唐波更胆大了，我俩不再隔三岔五偷薅生产队的麦秸草，而是每晚都去薅。也不再担心会被人瞧见绕大弯回家，薅满了篓子我俩就直接往家走。唐波开心地说年底卖了猪，他家就有钱砌院墙了。我心说等卖了猪，一定买本新《福尔摩斯探案集》还给你。

可是有一回，张志轩到我家里来，还是发现了絮在猪圈里厚厚的麦秸草。我妈见蒙混不过去，就揪着我耳朵拿着笤帚疙瘩要来揍我，张志轩看了心软，就劝慰我妈说，大妹子，别打孩子了，记得每天早晨起来，及早把猪圈的麦秸草收拾起来，免得被人看见啊。

可打这以后，我再也不去偷薅生产队的麦秸草了。唐波怎样叫我，我也不去。

我和唐波拿着竹耙四处划拉碎草，碎草很少，很难划拉。张志轩在场院边看见我们就转身离开，我俩也躲远远的，坚决不去偷薅一棵草。后来我和唐波动脑筋找破麻袋缝制了两件夹袄，里面絮上碎草，到了晚上就给猪绑身上，夜里猪就不会冻得嗷嗷叫了。

张志轩看见我们，直夸我俩聪明，还在村喇叭上广播了。

于是我们村的猪都穿上了夹袄，张志轩还去公社做典型发言了。

逃跑的老人

徐全庆

没事的时候，老张喜欢溜达着看广告。广告栏上的，墙上的，电线杆子上的，到处找着看；确切地说，他不是看广告，是看寻人启事，特别是寻找老年人的。老张看得很认真，一个字一个字地嚼，嚼上几遍再吃进肚里慢慢回味，仿佛要从那短短的几行字里品出隐藏在里面的东西。如果有照片，老张会盯着照片反复看，直到那人的形象完全刻在脑子里，仿佛老熟人一样。老张还会很小心地撕下一张寻人启事，折叠好，放进衣兜里带回住处。

一旦有新的寻人启事，老张溜达的时候，或者工作的时候，眼睛就像老鼠觅食一样四处踅摸，希望能找到他的目标。老张的工作是捡破烂，他找不到其他工作。老张觉得这样也很好，饿不着就行，工作的时候还不耽误他找人。老张把每一个走失的老人都想象成从家逃出来的人，猜想他们可能躲藏的地方，于是他把寻找的重点放在桥洞下、废弃的建筑物内和一些犄角旮旯。

老张也确实找到过几个走失的老人。

第一个是 64 岁的女人，精神不正常。老张并不想花大力气去找一个精神不正常的人，但他存了一丝侥幸，她的精神不正常也许是装出来的。这不是没可能，他自己就这样干过。但找到那女人后，老张很快认定寻人启事上写的都是真的，这让他很失望，于是打了寻人启事上的电话。

第二个是阿尔茨海默病患者。确切地说，他不是老张找到的，是自己跑到老张面前的。他找不到家了。老张一看他就感觉不正常，和他一聊，果然牛头不对马嘴。老张翻了翻他的衣服，衣服上缝着一个联系电话，衣兜里有不少零钱，还有一张塑料卡片，上面印着：我父亲患有老年痴呆症，您如果在外面见到他，请拨打下面的电话……老张打过电话后十分钟，他就被儿子接走了。老张看那儿子对他满眼关心、照顾有加的样子，无比羡慕地盯着他的背影，两行泪水控制不住地往下流。

这一天，老张又碰到一个走失的老人。老张没在寻人启事上见过他，但老张能感觉到他是一个无家可归的人。老张就和他攀谈，于是知道了他姓黄。老张就叫他老黄。老黄的老伴儿不久前去世了，他想去儿子家住，可儿子却把他送进了养老院。老张说："养老院不好吗？你花了钱，他们会不顺着你？"老黄撇撇嘴，又叹一口气，说："还是家里好呀。"

老张就兴奋起来，终于找到一个知音，于是说："去我家吧，我自己的家。"

老张所谓的家在一座烂尾楼里，屋内到处都是捡来的破烂，墙角处铺着厚厚的干草和被褥，那是老张的"床"。老黄四下看了看，疑惑地问："你在哪儿做饭？"老张说："我要是会做饭就不用轮流去儿子家，也不用跑出来了。"老黄叹口气说："我也不会。"老张说："没事，咱买着吃，不远处就有条小吃街。"

老黄在老张的"床"上坐下，发现"床"头有两摞寻人启事。老黄拿起一摞一张张看，老张说："不用看，上面没你。"老黄仍然看，只不过看变成了翻，速度明显快多了。一摞翻完，又拿起另一摞，老黄的目光就直了，粘在了上面。

"找你的？"老黄说。

"那一摞全是。"老张说，语气淡淡的。

"这上面说你神志不清，我看不像啊。"老黄说。

"我装的，装了几个月呢，把大家全骗住了。"老张说。

"为什么呀？"

老张不回答，反问道："你为什么跑出来呀？"

"我想让儿子把我接回家住。"老黄说着，摇了摇头，"只怕这样他们还是不肯。"

老张斜了老黄一眼，说："还是住我这儿靠谱儿。"

老黄沉默了，停了一会儿，说："你还没回答我的问题呢。"

"受不了儿子们嫌弃的目光，干啥都得看他们的脸色，憋屈。"老张说。

"我问你为啥装病？"老黄追问。

"我好好的却跑出来，别人会骂我儿子不孝，我得精神病了，他们就不会挨骂了。"老张说。

万春居

赵长春

如果没有赵彦军，滹沱河村的药铺可能就不存在了。

几十年了，赵彦军好往药铺转，来时总拎着一瓶酒，起码二三两。药铺前的那把长凳，油亮，是他的专座。来了，一脚着地，一脚趿于凳面，胳膊肘支膝盖，就着瓶嘴吱儿一口。无论啥酒，他品起来很香，很甜，很惬意。每天都是如此。

这时，人们对他都要来声招呼："九哥来了。"这些人多是在他之前来到药铺的，呼吸着药草的香，沁人心脾。

赵彦军，行九，好酒。酒过二两，豪爽劲儿上来，不拘大小，喜欢被称哥。九哥。酒哥。在袁店河，九，酒，一个音，听不出来差别。

这一称呼，也几十年了。称呼他的人，有的已经走了。这些人，喜欢到药铺来，喜欢看他喝酒、诊疗，听他谈天说地。

论及每天必喝的酒，赵彦军说，酒好。活血，化瘀，行气。百药之引。"也就是说，酒可以作为各种药的引子，或者是辅药。"

赵彦军，在此之前就是药铺的坐诊大夫。那时候，他带着另外两三名"赤脚医生"，在袁店河上下奔走。村里的人基本上不去县城看病，除非一些大的毛病。赵彦军呢，儿科，妇科，骨科，是多科的医者，特别是正骨复位。包括牛羊等牲口的毛病，搭眼一瞅，一上手，立马见效。

含一口酒，反复地漱口后，吐掉；再含一口酒，绷紧嘴唇，仰天，闭目，等一会儿，让酒有了舌尖的温度。突然，眼一睁，对着患处喷出，很有力道。后来，人们说这是赵彦军运用丹田之气助酒力，先对患处来一个熨帖，然后再用上自己的掌力、指法，轻巧间手到病除。

所以，赵彦军治病离不开酒。

所以，人们来看病总带上酒，哪怕很劣质的酒，村口供销社一毛、两毛的红薯干酒也可以。

所以，药铺里不缺酒，大瓶、小瓶、罐头瓶，还有粗瓷的碗，端着过来都可以。也有不带酒的，赵彦军照样给治病。用过，余酒，不论多少，就搁在医案上，绝不带回家。

赵彦军看好酒。他说，酒本是粮食精华，来自五谷。"无药不成曲"，做酒的曲，含有多种草，草为药。所以，酒有药理，富含药力：消毒、去腐、止痒、散热、止痛、止血、舒筋活血。膏、丹、丸、散等成药，用酒送服更见效。焙、炙、炒、浸制一些药，用酒更好。疫情时，赵彦军散尽了他所存的各色的酒，"一人饮，一家无疫；一家饮，一里无疫"——"药王"孙思邈写在《千金方》里的话。他说："老理，自有道理。"不过，酒喝完，瓶得送还。

闲来之余，赵彦军翻药书。古本。传下来的老药书，很有年头儿了，竖排，毛笔书写的蝇头小楷，他看得津津有味。他指着《本草纲目》中酒能"行药势，通血脉，润皮肤，散湿气，除风下气"一段话，说："我没有瞎说吧？关键是得酒好，真正的粮食酒。"

就这样，赵彦军在药铺坐诊几十年。可是，后来上面说他没有行医资格证，不能再坐诊了。坐诊的是妇联主任的儿子，在县卫生学校进修三个月，发了一个红皮本儿回来了。比较起来，他开的药方贵，疗效不佳。于是，人们还找赵彦军，找到家里。他的院子里、墙上、树下，满是花花草草，干干湿湿。他也不推辞，酒漱口，嚼吧一绺草，糊到红肿处，比那人的一堆药片消炎、祛毒快，彻底……

如此，去药铺的人就少了。那人很会来事，晚上带瓶酒去赵彦军家，邀请他"来药铺玩儿"。赵彦军就去，隔案指点着药柜的几样草药，让人家带回去。那人呢，一边记，一边抓药。上头来检查的时候，赵彦军事先避开。有时巧遇，他就举着酒瓶，一副醉醺醺的样子："我来玩儿的。老了，啥也不会干了……"

确实的，大半辈子治病的赵彦军，别的什么也不会干了。不忙的时候，他就说天南海北的旧闻新闻传闻。说者高兴，听者开心。他说，这些都是自己从书上看来的，从报上读来的，从广播里听来的。每当他这么一聊，人们哈哈大笑，心情舒展多了。来的人越来越多，包括四外庄的，他就熬时令的茶。春季"三根"汤。夏天柳叶子、蒲公英茶。秋天红枣茶。冬天黄酒姜茶。他说，人有火力，才有活力。晒在药铺门前的太阳地里，喝着时令的茶，嗑着南瓜子，说着东西南北事，哈哈一笑，少烦恼。他说，别吃葵花子，要吃南瓜子。南瓜子好，也是药。

就着卤煮的南瓜子，喝酒。有些人与儿女生气，赵彦军就劝人家喝一两口。"喝吧。喝了不上头也不上脚。不喝，伤（上）心，闷着难受。不好。"人家捂着腮帮子，说"牙疼"。他瓶子一举，眼睛一瞪："喝酒进肚，碍牙啥事儿?!"

哈哈！哈哈哈！药铺内外就又起来一阵笑声，随酒香荡漾。

赵彦军说，这叫"笑疗"。他的意思是，现在不愁吃喝，出力活儿又不多，别整天在家闲操心，等着死，得有趣地去活才对。

想一想，也是。就又扯东扯西，说着这样那样的笑话。

笑罢。一阵沉默后，赵彦军总挠头："草药、推拿，是老祖宗传下的好东西，得有人学下去啊！"

这是赵彦军头疼的事儿。他这一把好手艺，他肚子里的货，村上的年轻人不喜欢，他怕没有人传下去……

对了，要是有兴趣去袁店河找赵彦军，不在药铺的话，您就打听他的家，门额为"万春居"。

春，酒的通名。这么多年了，赵彦军积攒下来各样的酒瓶，建了个收藏馆。

猜　枚

安晓斯

刘大奎喝酒上瘾，还爱猜枚。

他家里珍藏着一套铜酒具：一把铜酒壶，一个铜托盘，六个铜酒杯，装在一个纯铜手工打造的小箱子里。据说是套老东西，很有些年份了。

现在喝酒都用大杯，没人用小铜酒壶、小铜酒杯。刘大奎自己在家喝酒，仍然喜欢用那套祖传的铜酒具。菜也不多，常常是一小碟花生米，两个松花蛋或者两根火腿肠，简单，不讲究，要的是喝酒那小氛围。六个小杯倒满，分列两排。媳妇不在家时，刘大奎就从桌底下摸出个米黄色的小电喇叭，早已录好音，摁下播放键，里面传出猜枚声。

老五魁，能对付四、十枚。刘大奎就伸出右手，魁五首、魁五首，轻声地叫。一、七枚，能对付老五魁。刘大奎就一枚、七枚，七枚、一枚，不停地叫。

农村人行酒令，还有一土法叫"晃"。猜枚者和左右两边的人猜，定下输者往下走还是赢者往下走，"晃"不出来就一直喝酒。刘大奎和电喇叭猜枚，左右都"晃"不出来，不管输赢，自己都喝。

今天老婆有事回娘家了，刘大奎又想喝点儿小酒了。

农村人喝酒，猜枚前得先叫枚。单叫"好"，双叫"俩好"。单叫寓意"一心一意"，双叫寓意"同心同德"。刘大奎早都录好了，有单叫的，有双叫的，用啥放啥。

正喝着，西邻居东生媳妇进来了。

大奎哥，晌午俺娘家兄弟小涛要来，东生搁外地打工没在家，到时候来陪着喝个酒呗。记着带上你那套铜酒具，用你那"刘氏花枚"，点拨点拨俺家小涛和他媳妇，劝他们对俺爹娘好点儿。

听说大奎媳妇回娘家了，东生媳妇开玩笑说，妹子陪你喝点儿？大奎喝了一口酒，笑笑。可不敢，上回你在这儿喝了一杯，媳妇治我七八天。

赶晌午，大奎见到小涛。喝了很多次了，直接开枚。

哥儿俩好啊，亲上亲呀。一娶媳妇，两不分呀。三生有幸，同床共枕。四位长辈，都得感恩。五世同堂，温暖如春。六亲和谐，你我同心。七月初七，情人相会。八月秋高，五谷丰登。九九归一，勤劳致富。十全十美，大快人心。

刘大奎随口猜枚，指法娴熟，意在心中，词从口出，说得小涛打心底里佩服。小涛媳妇在厨房听见了，眼眶都湿了。

天气转暖，田里的小麦噌噌地往上长，尺把高的时候，本家侄子四海要娶媳妇了。刘大奎是村里有名的"坐礼桌"人，还写得一手好毛笔字。结婚头一天，四海爹请来刘大奎，捋捋结婚当天的流程。忙完，请刘大奎喝酒。

刘大奎从随身携带的黄帆布包里摸出那套铜酒具，用我的吧，看着亲切。

席间，几个人又撺掇刘大奎耍耍"刘氏花枚"。猜枚开始。上来几个油嘴滑舌的，枚不中，叫花枚更不中，几排小酒全输，笑笑，败下阵来。就见刘大奎自己倒了两排小酒，边喝边对四海唱花枚：一对新人，两情相悦，三生有幸，四季如春，五黄六月，焦麦炸豆，七月流火，八月中秋，九九爱情，十分长远。

一圈人，笑得合不拢嘴。趁着酒劲儿，刘大奎要写红对联了。只见他铺开红纸，手握毛笔，饱蘸"一得阁"墨汁，龙飞凤舞，两行大字写成了。众人看时，却是：金龙彩凤成佳偶，明珠碧玉结良缘。横批：龙凤呈祥。

一阵喝彩声中，大家把小铜酒杯排好，刘大奎"咣咣叽叽"喝下六六三十六个小酒。抹抹嘴，连声说，好酒，好酒。

那年冬天，北风凛冽。大雪那天，普降瑞雪。村民小组长赵三阳没事了，就召集几个组里的能人喝酒。刘大奎被邀入席，照例背着那黄帆布包，里面装着那套铜酒具。

赵三阳当村民小组长多年，早就喜欢上了刘大奎那套铜酒具，想出钱收藏，都被刘大奎笑笑拒绝了。

菜上桌，依旧是摆上那套铜酒具。铜酒杯一溜儿排开、满上，开喝。转眼，两瓶白酒见底。喝组长的酒，谁还不知道说几句恭维话。轮到刘大奎了。一溜铜酒杯排开、满上，刘大奎"咣咣叽叽"喝了六六三十六个小酒。抹抹嘴，连声说，好酒，好酒。众人鼓掌，请老刘唱一回"刘氏花枚"。

为官一任，造福乡邻。两年拼搏，成绩喜人。三阳组长，爱国爱民。四月修路，百姓欢喜。五月打井，村民称颂。六月麦黄，清香怡人。七劝组长，不骄不傲。八面来风，美丽乡村。九月金秋，喜气盈门。十分满意，掌声阵阵。

这"刘氏花枚"把组长赵三阳说得脸红彤彤的，一圈人笑得合不拢嘴。

众人相继散去，雪地里留下一溜溜杂乱的脚印。那晚，刘大奎喝得有点儿多，走路有点儿晃。赵三阳出门去送刘大奎，伸手去抓那黄帆布包，想替刘大奎背一会儿，顺便摸摸那套铜酒具。刘大奎一把夺过，塞进怀里。我自己会拿，不麻烦了。

赵三阳一愣怔，我还会把那套铜酒具偷走?

刘大奎笑笑，不怕贼偷，就怕贼惦记。说完，晃了一下，定定神，摆摆手，转眼就消失在鹅毛大雪中。

圈　子

邓耀华

梅德士退休了。

退休前，梅德士曾做过市里几个局的一把手，是地地道道官场上的人。一下子从热闹非凡的位子上退下来，人立马就有些蔫里吧唧。

好在，梅德士的老婆善解人意，建议他要面对现实，从过去的工作圈子里走出来，融入新的环境之中。

梅德士听了老婆的话。在家里待了一阵子后，终于走了出去，找到一帮子先前退休的同事，公园里打太极下象棋，茶馆里谈天说地吹牛皮，生活就充实了不少。

周而复始，天天这样和一帮退休的老伙计玩着，梅德士又有些烦了。老婆说他，你们官场上混过的人，个个都不甘寂寞，啥子都不能满足，玩着玩着还有烦恼，真是有福不会享啊！

梅德士说，你个老婆子，懂个屁。

老婆顶他，我是不懂，但我开心，也很满足，不像你。

顶归顶，但老婆还是很心疼梅德士的，又建议说，你去跟喜欢旅游的人玩吧，我手机上有一个"走四方"旅游群，跟他们一起玩，保证你开心快乐身体好。

梅德士让老婆把他拉进群。

隔天，梅德士就收到去天目山游玩的活动通知，每人交费 200 元，集中乘坐大巴，早上 8 点准时出发。

次日早上，梅德士迈着四平八稳的步子，来到大巴车前时，已超时三分钟。群主正在清点人数，见他迟到了还一副不慌不忙的样子，就劈头盖脸地吼道：还有没有一点儿时间观念？让一车人等你一个人，好意思吗？还不快点儿上车，迟到了还磨磨叽叽的，一看你这人就是个老油条。

梅德士哪里受过这样的窝囊气？过去当局长时，开会也好上班也好，他总是有意晚去那么三两分钟，以示领导者的身份地位。没想到，眼下竟然让一个微信群的群主给数落得跟孙子似的。

梅德士上车后，也没有人跟他打招呼或让座什么的。他前前后后扫了几眼，只有最后边一排还有几个座位，只好很不情愿地坐到了后排。

坐在大巴车的最后边，一路上很颠簸，把梅德士折腾得够呛。因此晚上返程时，他早早地上了车，坐在了前边的位子。没料到，后边上来的人冲他说，早上来时坐哪个位子，回去时还坐哪个位子，随便抢占别人的座位不好吧？出门在外的人，要讲点儿素质。

旁边的人也附和道，是呀是呀，随便抢占别人的座位是没素质的表现。

人家这么一说，梅德士的老脸立马通红。没想到，他这个过去一直教训人的人，反被人教训起来了。只好起身，乖乖地坐到他早上来时的座位。

回到家，梅德士就跟老婆发牢骚。他们把老子当成什么了？尽管退休了，但老子曾经的局长身份那可是响当当的。他们那些人，一点儿素质也没有，不跟他们玩了。一边发牢骚，一边退出了"走四方"微信群。

老婆向梅德士问清情况后，嘲讽他，别以为自个儿有多了不起，你以为你是谁呀？

梅德士瞪老婆一眼，从鼻子里重重地发出一声"哼"。

过几天，梅德士去外边转悠，听见一个茶楼里有人在唱京剧。走进去一瞧，有二三十人。梅德士小声向人打听，原来是一帮子京剧票友。

梅德士立马来了精神。他过去当局长时，经常有人请他到歌厅唱歌，他什么流行歌也不唱，就喜欢唱京剧，于是，别人就专门给他点京剧。每当他唱完一段，别人就一个劲儿地拍巴掌，还说梅局长的京剧唱得真好，如果不是当局长公务繁忙，说不准早就成京剧大师了。

梅德士感觉自己唱京剧还行，就当场跟人说我也想加入票友。有人说热烈欢迎，那就请先来一段吧，让我们欣赏欣赏。

梅德士也不客气，清清嗓子，拿出架势，当场就唱起了《智取威虎山》的片段。才唱了那么三五句，大伙儿就笑得前仰后合，有人打口哨，有人尖叫好好好。梅德士见此情景，停住唱得意地说，我唱得尽管还可以，但也不至于让大家如此赞赏吧？

大伙儿就越发笑得止不住了。终于有人止住笑，说，就你那公鸭嗓子，也还敢唱京剧？

梅德士这才恍然大悟，原来大家是在讥笑他。

不知是打击太大还是什么原因，梅德士一连在家待了一个星期不出门，一声不吭，成天一副蔫里吧唧的样子。这可把老婆吓坏了，天天问他到底怎么了。

梅德士也不应声，等问得不耐烦了，就吼道，莫烦人好不好，啥事也没得。

老婆被吼得不敢再吭声了。

一个星期后，梅德士终于出门了，直接去了公园，那里有一帮退休的同事在打太极下象棋。

梅德士一到公园，就有人高声叫道，梅局长你来了？这么长时间咋不见你人影呢？

梅德士一听有人叫他，立马就有了精神，笑着回道，来了来了。然后，又没头没脑地说，还是我们这个圈子好啊！

听了梅德士的话，大伙儿都有点儿莫名其妙。

第 8 辑

尺素书

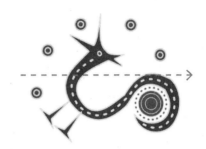

尺素书

张秋寒

　　雪下得很茂密，但信没有这样大片大片地朝她飞来。慧子每天都询问邮递员阿永，有我的信吗？阿永说没有，都是报纸，现在没什么人写信了。问的次数多了，阿永就趁着停下车，走进慧子的杂货铺，喝一杯热茶歇歇脚的工夫向她打听，那是一封什么样的信，值得她这样牵挂。

　　慧子说，不应该只是一封信，应该是很多封信才对。

　　她从柜台下面取出一本杂志，翻开到某一页，页脚的位置印着细如蚁足的一段小字。

　　我来自一个南方小镇。平时喜欢看书、种菜、做一些编织类的手工。我还养了一只叫小寒的白鹦鹉。它很有灵性，会和我说话。我希望认识城市里的笔友，互通书信，交流彼此的日常。如果你愿意，可以寄往晏江省棠远市河婴县白螺镇桥头路19号慧子杂货铺。

　　阿永说，笔友是十年前的事了，现在都发短信，谁还会写信呢。何况看杂志和报纸的人也越来越少了，他常常担心有一天要失业。但他又放下茶杯，温柔地说你真的很想要这样的一个笔友吗？慧子眼里闪着光，点点头。与此同时，里间传来她父亲剧烈的咳嗽声。在这个终日被清苦草药味浸泡着的家里，她无时无刻不想接收一点儿外面的消息。高楼，轮渡，霓虹，灯塔……组成参差却融洽的世界。各式各样的商品也都井然安放在剔透的橱窗里，不会像杂货铺这样凌乱无序。

他们喝着茶，倾听着彼此的叹息和小寒的学舌，感受不到时间的流逝，只觉光阴停泊在门前。到了某个化雪的清冷黄昏，阿永来杂货铺向慧子告别。他的基层实习期满了，即将调回县城工作。慧子并未流露出太大的不舍，她从柜台里取出一副滑雪手套送给阿永。阿永有些难为情，他没什么东西可以送给她，只有一些单位发的信封。要是她收到笔友的信，兴许回信时能用得上。

慧子虽然收下了，却微笑着说她已经不抱希望了。

阿永说会的，接替他工作的人会在将来的某一天把信送到她手上。这话果然在春天成真了。信来自上海，写信的琪生是一个只身到大城市闯荡的年轻人。他在工作的间隙写信，写他深夜走过外滩看到的高级酒店亮灯的窗口，写陆家嘴锋利的写字楼，也写从全国各地赶来排专家号的病人，和睡在地下通道里的流浪者。

信中说，慧子，这里当然有你从电影里看到的场景，但也不完全如是。慧子，愿你的杂货铺生意兴隆，期待你的回信。

慧子在柜台边沉默了很久，提笔写字时，眼里充满泪水，以至于不太看得清自己在写什么，一笔一画全凭书写的直觉。她告诉琪生，她初中辍学，在一个没有女主人的家里承担起照顾父亲的职责和全家的生计。如今过年的时候，那些昔日的同学返家，路过她的杂货铺总会进来与她寒暄几句。他们絮絮叨叨地说起陶然亭的明月，沙面岛的江风，乃至海外种种新奇的见闻。这些，她从不会曲解为炫耀。她只感到自己离他们越来越远，像每年入冬前，看着雁阵从头顶飞过。其中有一位女同学，初中时就用在杂志上刊登"招友启事"的办法吸引了全国读者的目光。来信占满了学校的传达室，因此被班主任严肃批评。她不好意思告诉这位同学，十年后她"东施效颦"，无人问津。

所以，请一定要再来信，交换我们遇到的一切喜悦与苦楚。

信一封一封地来了。时间久了，连小寒都会跟着邮递员说："慧子，来信了。"

慧子顾不上正在整理的钢丝球、胶鞋、塑料面盆，收起还没点完的现金，咽下干涩的冷饭，匆匆走到门口取信。她总是下意识看一眼墙上的镜子，确认自己不曾失仪，好像收信就是和老友见面。

这样的往来持续了又一个十年，更智能的通信工具出现了，大家连短信也懒得再发。邮递员换了一个又一个，都对这种定期写信的方式感到不可思议。直到最后一年，笔友随信寄来了一封请柬。信中说他已经搬到了郊区的新房里，尽管小得可怜，却不必再寄人篱下。新娘是北方女子，性格爽朗，甘苦与共。

慧子翻开请柬，在最显眼的位置看到了阿永的全名。

她没有立即回信，也没有去参加婚礼。婚礼当晚，她在朔风中拉上卷扇门，扭开台灯，写下了他们通信这十年来的最后一封信。它明明应该很长，却只有寥寥数语。

　　阿永，或者，还是叫你琪生。

　　如果你还记得当初我们永不见面的约定，你就应该懂得，那是我在打消你的种种顾虑与担忧。你曾经的心意我很明白，但我不是好的选择。我也很早就看了出来，你有你未酬的志向。在杂志上刊登那条信息，是为了让你不再犹豫。

　　我庆幸你有了今天。我做过的为数不多的决定里，只有这一个是对的。

　　我祝你幸福。

　　　　　　　　　　　　　　　　　　慧子于杂货铺

这年过年，慧子返乡的同学们路过，还是会来看看她。他们把异地牌照的豪车停在脏兮兮的雪堆边，牵着孩子的手走进杂货铺。她的老父亲挣扎着从柜台后面站起来招呼他们。

他们无一不对着慧子的照片流泪，不理解为什么会发生这样的事。

他们说，她没有享过福。

大家悲伤了一阵子，互相安慰了一阵子，最终依依告别。只有慧子在墙上始终淡淡笑着。她父亲刚要躺回去，小寒在廊下叫了一声："慧子，来信了。"

　　她父亲转过身，诧异地看着逆光中站立的人，久久，才道："物似主人，这鸟和慧子一样好记性。"

暧　昧

王　溱

　　导演约我在游乐场见面，说等她带孩子坐完过山车就跟我聊聊。我连忙表示自己愿意等，多久都等。她手里有部戏即将开拍，我希望自己能在里边谋个镜头稍多点儿的角色。

　　过山车有什么好玩？队伍绕了几圈还一眼望不到头。我站着刷了会儿手机，腰疼，见旁边有个叫"苍蝇之眼"的游乐项目没人排队，就一头钻了进去。

　　门后是一堵巨大的墙，呈半球体状拱起，上面布满密密麻麻的格子，确实像放大了的苍蝇眼。

　　凸起的镜面能把人拉扯成200斤的大胖子，乍一看怪吓人的。我看了一眼，心怦怦怦跳得厉害。但我不是怕，多年前的某天我在街上与学生时代的初恋不期而遇，心也是这样怦怦怦直跳。

　　我拉拉裙摆，整整头发，单手叉腰45度侧身摆了个POSE。镜中的胖子也拉拉裙摆，整整头发，单手叉腰45度侧身摆了个POSE。

　　回忆涌上心头。我恍惚了，搞不清楚自己到底是瘦下来了，还是像镜子里看到的那样，还是个200斤的大胖子。我厌恶地盯着镜子里那个丑陋的胖子，胖子当然也厌恶地盯着我。

　　"你怎么那么瘦？又偷偷把药扔了吧？"

　　"谁？谁在说话？"我环顾四周，没人。

　　"别装！"

确认了，是镜子里那个胖子在说话。

我打了个哆嗦。把药偷偷扔掉这事，只有我自己知道。

"你怎么能这样？我吃了多少苦才拥有几十万粉丝的，你怎么能让我前功尽弃？网友想看的就是你吃胖了的样子，你越胖他们打赏越多！"胖子满腔怒气。

她说的没错，几年前为迎合网友，我确实用药品催肥。

那时我做吃播，每天的工作就是在镜头前表演吃东西，吃得越多，看的人越嗨。刚开始我还在直播结束后抠喉咙把吃的东西吐出来，后来就不让抠了，因为公司要追"拒绝身材焦虑"的新热点，要给我打造"不管多胖都要吃"的快乐女孩人设。瞧瞧，国外那个几百斤重的快乐女孩就很受欢迎。体质原因，即便我放开肚皮吃，离公司想要的那种体型还有很大距离。这不是问题，公司有的是办法，很快就给我搞来了催肥药。

我吃了药，增肥很快，直播间的热度也蹿得很高，粉丝数跟着我的体重直线上涨。

大部分时间我还是按时吃药的，极少数情况除外。比如有次我脚上的鞋带崩了，周围到处找不到可坐的椅子，那天我就赌气没吃药；有次是因为背上长了什么东西很痒，偏偏"不求人"掉在地上捡不起来，那天我也没吃。还有几次，都是诸如此类的情况。

"'拒绝身材焦虑'早就过时了，现在流行的是全力以赴的奇迹女孩！"

"啥？奇迹女孩？"

"拼尽全力减肥，创造从 200 斤减到 100 斤的奇迹。网友就爱看奇迹。"

"这有什么难？不吃药不就瘦下来了？"

"说得轻巧！身体已经不是原来的身体，没那么听话。"

想起过去这一年多来我每天饿着肚子被"专业人士"逼着疯一样奔跑的日子，我又哆嗦了一下。

"瘦成这样，粉丝没掉？"胖子语气里依旧带着怒气。

"怎么会掉？还翻了一番！"我骄傲地甩了一下裙摆。瘦下来之后胳膊是胳膊，腿是腿，我又开始喜欢穿裙子了。

"不吃东西，那你直播什么？"听说粉丝翻倍，胖子的态度缓和了些。

"健身呀！跑步、跳绳、跳操，什么都行。"

"你，哦不，我们就是这样变瘦的？"

"我们"二字相当暧昧，我心又跳得厉害。

"算……算是吧……当然也有吃药。"

"有吃了能瘦的药？"

"当然。"

"那现在怎么办？都瘦下来了谁还看你健身？"

"我偷偷扔几次药了，应该还能继续瘦。"

"又偷偷扔药！你就会偷偷扔药！"胖子把眼睛瞪得贼大，硕大的脸愈加骇人。

我承认镜子里边那位是曾经的我，但又很不愿意承认。她脾气太臭了，全身就剩嘴皮子灵活，喋喋不休。她说我应该重新做回吃播，把自己吃胖，再圈一拨儿粉丝，反正胖一回是胖，胖两回也是胖；又说皮撑开了就跟气球一样，放掉气也不会变回原来那样……

她怎么知道的呢？我心虚地低下头拉拉裙角。还好，有厚厚的裤袜掩饰。

她似乎看出了什么，眼神里多了怜悯，继续喋喋不休地劝我该转型了，减肥总有减到底的时候……

转型？糟了！我猛地想起外头的导演，撒腿往外跑。

"喂！记得定期去做胃肠镜，吃药伤胃！"身后传来一声喊，似乎还带着啜泣。

我没有回头，生活从来都不允许我回头。再说我也忍受不了与她对视，一秒钟都不行。

运气不错，导演还没走，她应该是刚从过山车上下来，正扶着"苍蝇之眼"门口那棵大树吐得稀里哗啦。

"听说你直播减肥减了 100 斤！"她直起身拿纸巾擦嘴，看我的眼神跟胖子看我一样暧昧，"戏里有个角色挺适合你的，也是从 200 斤减到 100 斤，就是辛苦了点儿……"

说到"辛苦"两个字，她又扶住树吐了。

五　梁

刘兆亮

五梁，是陈楼镇上的一条闲鱼。

"闲鱼"这个词，镇上的人一般不用；用在谁身上，谁就像被挂在晾晒架上，孤悬在空气里。

五梁其实排行老四，做木匠的父亲觉得"四梁八柱"太稳，死板，于是加了根"梁"，就有了"五梁"这个名。

五梁矮墩墩的，三十岁出头时游手好闲，背后就有人指指戳戳，说他是条闲鱼，胖头鱼。他年轻时，倒是挺活络的，曾跟人结伴闯关东，还在那儿学会了开拖拉机，帮农场犁地。那时候五梁写信回来，都是由识几个字的二嫂子帮着读。二嫂子读得起劲，家人听得高兴，似乎字里行间都有突突突冒着烟的拖拉机在跑。那时，开拖拉机可稀罕着呢！

二嫂子读信，读了两三年，还没读够呢，五梁却从关东回来了。镇上的人们问他为啥回来，跟他一起闯的小毛不是还稳当当地在那儿吗？他们说："关东可比咱这儿快了不止十年八年哪！你看咱们的田里还是牛在使力气，那里都开上拖拉机了。"五梁就打哈哈，回人家三个字："没意思。"顶多再加上三个字："家里好。"

五梁回到家里却成了闲鱼，经常在胳膊下面夹着一台小板凳式的收音机，走路慢悠悠的，不做什么具体事，就在小镇十字相交的两条大街上闲晃，从东晃到西，又从南晃到北。

冬春季的大清早，五梁还会走到镇区之外的农田边，把脖子往天上抻，昂起头，慢慢往前走。他胖墩墩的，嘴巴里哈出团团雾气，胳膊下的收音机信号不稳，刺刺啦啦。这时，不像他在走路，倒像是一辆小型拖拉机在犁地。

五梁除了在小镇上瞎逛，还到孙四的酒馆去喝酒。那时候，镇上的孩子，正疯玩一种比烟标的游戏——把空烟盒折成三角形，参照香烟的实际价格，以及小孩子间约定俗成的规则来玩。五梁经常拧停收音机，看孩子们玩这个游戏。这有什么看头呢？五梁纯粹是要把自己的时间跟那些孩子一起过掉，但又不仅仅是这些。有时候，他还要挑选那个输得精光的小孩，把他拉到僻静处，摸出来一两张空烟盒补给他——有时是一张"黄果树"，有时是一张"山茶花"，都是高级烟。这两种香烟，五梁是抽不起的，就算五梁所混的酒馆里的人，也只有屠宰站的马站长、粮管所的冯主任，以及广播站的孙会计，兴许会抽过这些烟。

五梁从哪里弄来这些高档烟的烟盒呢？那几年，镇上的小孩都在集烟标。就算是大风刮过来的，他五梁走那么慢，也轮不到他捡。再说，从关东回来之后，五梁就死板板的。他不怎么说话，走到哪里都是他夹住的收音机在说。大人扎堆的地方他也不怎么去。镇北边的酒馆里，他也是一个人喝酒，把花生米放进嘴里，当作糖块一样在嘴巴里滚来滚去地融，实在融不出味道了，再嚼烂，咽下。

其实，吃花生米慢，倒不是他非要省着吃，酒馆老板孙四是看出来了，五梁是在熬人，就是等当天所有在酒馆喝酒、抽烟的人散伙了，他才会突然活泛起来。然后，他帮孙四里里外外地收拾碗筷，顺便收走空烟盒，而且专挑大牌子的收，小牌子的只抽出锡箔纸，很小心地叠好。末了，他用一张废报纸把桌子上的鱼骨头包起来——要是有肉骨头，也拾掇好。有人看到过，五梁的鱼骨头是喂粮管所冯主任家的花猫的；偶尔才有的肉骨头，则带给了孙会计家的那条黑狗。

"闲鱼"这个名头，越来越与五梁贴合了。从关东刚回来那两年，哥嫂还觉得他可能受了大委屈，都由着他，可眼看他四十出头了还那样，便劝他，劝来劝去，最后提出，赶明儿凑钱给五梁买一辆拖拉机开。没想到平时闷声不吭的五梁突然发火了，拍打着自己的右腿说："你们要买拖拉机，买来就先从这里轧过去！"后来，大家也就不管他了。用他二嫂子的话讲，挂在咱家晾晒架上的这条闲鱼，要晒出盐末子了。

五梁还学会了爬树。有一天，他几乎爬到村头最高那棵钻天杨的树梢上，放上去一个银色的鸟巢一样的东西（用香烟盒里的锡箔纸做的），又用一根细若发丝的铜线牵下来，坐在树下面，连上他手里的收音机，歪头侧脑地把耳朵贴在喇叭处，小心翼翼地缓缓拧着旋钮，分明是在搜寻远方的信号。那些他送过空烟盒的孩子聚拢过来，叽叽喳喳。五梁也顾不上理他们，只顾自己皱眉细听，但看上去有些失望。有个成绩不错、声音很亮的小朋友说："你要听哪个台？等以后，咱考上那里的大学播音系，专门播给你听……"五梁突然涨红了脸，右手攥得紧紧的，脸上竟淌了两行泪水。小朋友用手指去拭那两行泪，五梁也一动不动，任凭泪往下淌，任凭孩子去拭。

树高风大，五梁用几千张香烟锡箔纸叠成的"鸟巢"被吹向远方，不知其踪。五梁寻烟标寻得更勤快了，他也不再抽出锡箔纸，纯粹就是为了让小孩子在他拿出烟标时快速围上来。余下的时间，他总是爬到大树的树杈上，像鸟巢一样蹲坐在上面，打开收音机刺刺啦啦地搜索电台。有一天午后，五梁在树上睡着了，跌到了树下。他跟收音机一起摔坏了。

没有人在乎一条闲鱼的消失，只有二嫂子一直把他记在心上。

有一年腊月的一天，二嫂子起了个大早，踩着地上的霜，赶一群鸭子下河，正好碰到曾跟五梁一起闯关东的小毛——他是回来探亲的。二嫂子脑子里印着小毛的模样呢，她一眼就认出了他，便撇下鸭子，赶过去把人家堵在巷子里，开口就问五梁在关东的事。

小毛抓着后脑勺，斜着脸望着天说，他也不太清楚，只知道五梁开拖拉机犁地时，一位很好看的女播音员曾贴着他坐在右侧，说是什么采风，来来回回大半天。拖拉机噪声大，两人贴着耳边说了一些话，女播音员临走时还握了一下他的手，说："你等着啊……"小毛问过五梁："到底让你等着什么呢？"五梁咬住嘴唇，没回他话。后来他就买了一个收音机，经常盘腿在炕上听，忘记去开拖拉机，即便去了，犁出的地也是深深浅浅，里面还"夹生"（被翻起的泥土盖住，实际上没犁到），因此还弄断了一台播种机的"脚"。后来农场领导赶人了，五梁就一个人背着收音机回来了……

　　二嫂子听到这里，轻轻"哦"了一声，背过身去，望着不远处正排成队往河里跳的鸭子，心里愤愤地想："老四啊，咋就把一句随口说的话当了真呢！爹给你加的这根'梁'，原来是一根筋啊！"

植物将军

唐呱呱

导师喜欢植物。

两年前，我第一次去办公室找他拜师，就看见里面住着一枝棕榈、一弯绿萝，少少的几片叶子，清瘦可怜。

在南京读研的这三年，零零星星，我也移过来几盆。一个个生龙活虎，不多久去瞧，只剩下空空的花盆。就好像趁我不在，偷偷把叶片当翅膀，飞到天上，变花仙。唯有这一枝棕榈，这一弯绿萝，寂寞坚强地在角落里。

我偶尔过去，导师在忙，我就随意在书柜抽出一本书，歪在沙发上。有时心里烦，就拿一把扫帚左右挥舞，倒掉债台高筑的烟灰缸，或是给他的植物浇浇水，剪剪枯叶，发出一些响动，让他停下来，找我说话。

"你也是，平时也不管管人家！这都两三年了，也没见长。"

"要的就是它不长，长快了我懒得打理！"导师从一堆事务中抬起头。

"我记得，它们好像比我还先来你这报到。我该叫他们一声大师兄、大师姐。谁送的？"

"不知道谁扔的，正好被我看见，也是一条生命，我就捡了回来。让我想想，应该是你过来面试那年。"

前年冬天，我送导师一盆水仙。水仙在他办公室，天天吹暖气，可是乐坏了。白白的大头，拼命长着绿色的长耳朵。一个月后，等我忙完英语学位考试，再去见它，已是荒草一堆。天天向上长，想是太累，枝枝叶叶干脆耷拉下来。

好像整个一张茶几都是它的宝座，客人的茶杯都得靠边站。

"也不剪剪，看你懒的！"

"你送的，我敢乱剪吗？"

导师来来回回走着，看着被我理过发的水仙，又变得精神，说："这人和植物一个理。不能过得太舒服，还是艰苦一点好！"

我是导师的开山大弟子，最开始那一年，只有我和他相依为命。这是一所小有名气的军校，学校不大，管理科学。恨不能把学员的每一根毛发，都给编上号。每天晚饭过后，趁着夜，我喜欢溜溜腿，呼吸一点自由的氧气、氮气和二氧化碳。我总会拐着路过那一栋旧楼，看看三楼的那一扇窗。如果开着，人立马飞上去，给他办公室一场捣乱。

"老天，你怎么又来了。"导师一脸烦，一脸笑。

第二年，来了二师弟大熊。后来，又来竞涛，又来马宁、旭辉，师门渐渐热闹。我不能把导师全部霸占，又不好意思要他一条胳膊，一条腿，索性发扬风格。这么多小师弟替我烦他，用各种问题考他，我自然很放心。二师弟大熊，经常过去帮他，成了传话筒。我有话，就递给大熊。导师有话，也递给大熊。就像大熊刚来那会儿，我是传话筒一样。

护城河边的梧桐树又红了，叶落一地，就像三年前我欣喜地来，时间仿佛并没有改变什么，转眼却要 kiss good-bye！教师节这一天，南京的鲜花店，早早摆满花束，摆满温馨的祝福。

我不是一个喜欢凑热闹的人，更觉得鲜花虽美，却甚为短暂，便硬拉上大熊，大老远坐公交，去金陵花卉市场。市场不大，一个小哥挺热情，领着进他家花棚。瞅来瞅去，买下一盆紫背竹芋，一米来高。想着导师很快就走马上任，应该会换一个大点的办公室，放墙角，很标配。

回来的路上，一直是大熊在搬。"脑子我比不过你，这体力活，总该放心让我干了吧！"肉嘟嘟的他，笑嘻嘻的，像一只小浣熊，却忽然话锋一转，当即补一刀。"回头帮我写论文！"

导师被这个巨无霸吓一跳，舌头啧啧。"看这花盆就不便宜。我给你们说，有工资也不能这么花！"

我赶紧打哈哈："大学者，知道这叫啥吗？不知道了吧！它的学名叫紫背竹芋！它还有一个小名，你猜猜。叫'紫气东来'！"

导师有点坐不住，烟屁股在嘴里抖一下。"我是瞎说的，小猴哥的话怎么可以当真啦！这都不是关键。关键是，这竹芋和旁边这一盆，一个脾气，口渴了叶子就自个耷拉下来，某人就知道该浇水。"

"什么，又是这？一盆就够我受，你又弄来一盆！喏，这小东西水得很，其他的不管，就喜欢喝。有次我出差，去得久，回来看见它整个蔫了。想着死马当活马医。嘿，第二天又好好地直起来，啥事没有！"

大熊赶紧补充着："我们这还吸尼古丁，二十四小时提供清新空气，有利于身体健康。"

师母牵着三岁大的顺顺小师妹，忽然走进来，说："不抽，不就更有利于身体健康！"

师母放开顺顺，顺顺拿起喷雾器就开始乱喷，喷到导师的书上。导师爱书如命，赶紧纠正。"这是书，不需要喝水的！"

顺顺愣住，师母抱起来："她在车里睡醒了就嚷着要上来，说帮爸爸浇水，爸爸老是忘了浇水，把小植物都渴死了。"

"你们怎么都说我不浇水？我不浇水怎么这，这，还有这，都活得好好的？"导师叉着腰，像一个植物将军，开始检阅他的兵。植物也都挺着腰杆，雄赳赳气昂昂。

"还好好的啦？你看我这盆欢乐豆，送来的时候那么茂盛，一个月不到，叶子都掉光。"

"放假我不可能天天过来吧！"

"它是热带植物，你天天给人家吹冷气，不冻死才怪！"

"你就说非洲人是想待在热带，还是温带？"

毕业最后一学期，事情渐渐多起来。导师像一个大陀螺，我像一个小陀螺，我们在各自的轨道团团转。

　　前几天，导师搬办公室我也抽不开身，只能委托壮实的二师弟过去，帮着搬他一屋子的书，以及那盆紫背竹芋。顺便嘱咐他，把我的欢乐豆偷回来。估计又只剩空盆一个，怕是影响新办公室里的"室"容。

　　大熊却说："不就是那盆快死了的，前几天我还见，长得好好的。"

风

苏三皮

风从南边吹来。从南海吹来。从西太平洋吹来。呼呼地，夹带着暴躁、不耐烦的气息。

渔夫不慌不忙地把小船的缆绳牢牢地缠在木桩上。风来了，渔夫得及时地把小船摇回岸边。风会使坏，会掀翻小船。小船是渔夫吃饭的家什，可不能被风给掀翻了。这样的情形也不是没有过。有一回，渔夫就大意了。风来时，渔夫并没有当回事，没有及时把小船摇回岸边，渔夫和他的小船便被风掀翻在大海里。所幸的是，经过一阵子扑腾，渔夫游回了岸边。渔夫的水性很好。但是，小船就没有那么幸运了。小船永远留在了大海深处。

那天夜里，渔夫一整夜都没有睡着。他数次起身，在月光下来到码头。码头空荡荡的。他的小船在大海深处安静地躺卧着。渔夫抚摩着木桩，眼里噙满了泪水，失魂落魄地坐在海堤上，看着月亮从东边缓缓升起，又看着天空从泛起鱼肚白到太阳升起。风呼呼地吹过渔夫的头顶，穿越他的身体，吹向远方。

渔夫无比怀念他那艘躺卧在大海深处的小船。渔夫多次在梦里见到它，看见藤壶慢慢地爬满船身。渔夫甚至听到了小船骨头断裂的声音。每当这个时候，渔夫就会无比自责。泪珠沿着渔夫布满沟壑的脸庞，一滴一滴地砸落在地面。

忧伤霸占了渔夫的生活。渔夫妻子多次劝说渔夫："忘了它吧，忘了它一切就会好起来。"渔夫妻子劝渔夫时，眼里满是怜惜和疼爱。渔夫艰难地点了点头说："好吧，我会尝试着去忘掉它。"说着，渔夫竟哽咽起来。

渔夫在心里说："我会把你忘掉的，慢慢地就会把你给忘掉了。"

后来，渔夫花费了很长时间，按照原来那艘小船的模样，重新打造了一艘小船。从那之后，渔夫很谨慎，只要风来，渔夫就及时把小船摇回岸边。渔夫会把小船的缆绳牢牢地缠在木桩上，一遍又一遍地检查，以防留给风哪怕丁点儿的机会。

渔夫回到了大海上。每天早上，月亮还挂在西天上，太阳还没有出来，渔夫就会摇着新船出海。渔夫让小船在海面上停稳，然后才开始撒网。渔夫的网撒得很好，均匀，平整，没有半点儿褶子。网撒开时，像盛开的百合，足以照亮整个海面。撒完网，渔夫摸出水烟筒，美美地嘬一泡水烟。渔夫安然地坐在船舷上，双脚搭在水面上，眯着眼，身旁烟雾缭绕，像腾云驾雾的仙家。

大海有时平静，有时会像一个发脾气的孩子。安然地坐在船舷上的渔夫，能感受到大海的气息。大海发脾气时，渔夫可以感知。小船先是轻微摇晃，紧跟着就会像一头发怒的公牛左冲右突起来。渔夫看得见惊涛骇浪一步步地紧逼，想把渔夫和渔夫的小船掀翻。渔夫读得懂大海的节奏。在风浪把他扑倒之前，他会冷静地收好渔网，安稳地回到岸边。有一次，渔夫故意把节奏放缓，故意让风浪追上了船。好在有惊无险，风浪只是折断了小船的桅杆。在它造成更大的破坏前，渔夫就已经把小船牢牢地拴在了木桩上。

渔夫得意扬扬地和他的妻子说起这次经历。听完，渔夫妻子已然吓破了胆，她不自觉地发出尖叫："天哪，我的天哪！"渔夫妻子瘫坐在灶边，像一条被甩在岸上的鱼。

渔夫妻子把渔夫的逢凶化吉归功于三窝村的石头。渔夫妻子说："真是多亏了石头！"她特意去拜谢石头。三窝村的人们信任石头。绝对地信任。毫无来由地信任。当然也包括渔夫。对依傍着大海，向海而生的人们而言，石头是力量的源泉，是守望中的寄托。从远古时代起，渔夫的先人就已经足够信任石头。渔夫继承了先人对石头的信任。

渔夫憎恨风，但也信任风。在大海发脾气前，风会告诉天空，让天空自个儿点一把火，从西边开始，把自个儿烧得通红，直到整个天空完全融入火海，以此给渔夫通风报信。渔夫确信，这是风发出的信号。但是，渔夫妻子更愿意相信这是石头发出的信号。渔夫妻子相信石头的神圣，相信石头的无所不在，无所不能。渔夫妻子还相信，她的每一次祈福，石头都会认真地记下，为她实现愿望。

每当天空把自个儿烧红，渔夫就不再出海。渔夫可不傻，这个时候出海，只会让他的小船葬身海底。上回的教训还历历在目呢。渔夫感恩石头，偶尔也会感恩风。风从不会计较，当然，石头也从没有点破。其实渔夫曾在石头面前诅咒过风，但石头什么也没有和渔夫说。石头了解风，也了解渔夫。这世间，没有绝对的对，也没有绝对的错。石头把时间留给渔夫，让他自个儿慢慢悟。

渔夫听他的爷爷说过，风和人相伴而生。他的爷爷还对他说，秋风起，蟹黄肥。每每秋风起时，渔夫总会满载而归。鱼虾丰盛，渔夫笑容可掬。渔夫内心会涌起复杂、说不清道不明的情感。这个时候，渔夫会让他的妻子打一碗自家酿的米酒，就着月光下酒。渔夫安然地坐在小船的船舷上，双脚搭在水面上。风从南边吹来，从南海吹来，从西太平洋吹来，从渔夫扩张的毛孔一直吹进心里，他感到无比舒畅。

渔夫懂得，有风有浪，才是生活。

风或许知道

刘博文

驮着大尾箱的陈小朵，穿梭于古城的逼仄巷弄中，头盔下的那张面庞已被水充分浸润过。

新手，那是外卖平台给他贴的标签。对他而言，穿梭于这座陌生的城市在规定时间内找到送货地址，还不是一件容易的事。

将摩托车靠墙停好、熄火，摘下头盔的陈小朵，汗水沿着头盔勒紧的印痕流下。"夏练三伏，外卖骑手必经的考验。"他至今还记得上司大陈的这句话。那是两个月前刚入职，坐在大陈摩托后座熟悉业务时，他听到的次数仅次于那句"您的外卖到了，请到门口取"的话。

"不得不说，追风的感觉够刺激。"坐在大陈摩托车后座录着视频的陈小朵感慨道。

"追啥风，安心跑单，切忌分神！"

陈小朵对前面的大陈回了声明白，语气里却有不甘。他无法接受工作就是工作的观念。当初他头脑一热跑来这座古城送外卖，其实半是出于对无拘无束骑行的畅想。当然，最重要的原因是，他想要在古色古香的环境中用手机来记录生活。他可不忍心自己做了整整四年、名字中有"追风"两个字的视频号断更。

做一名跑在路上的外卖小哥，风驰电掣的同时还能赚钱糊口，用脚下的里程来拓宽人生的维度，艺术系毕业的陈小朵认为，留下时光的印记，才算是自己心中梦想的生活。

　　但再有意义的梦想，终有直面现实的一刻。眼下，他离开大陈的后座已近两个月，可独自送外卖，却仍旧摸不清古城里各区域的地名。

　　谁叫他执意要来这陌生的城市漂泊？所幸有导航引领，多数外卖他都能及时送到，即使有时送晚了，对方往往发两句牢骚也认了。

　　穿行在古城各个角落，手抓摩托车握把的刹那，陈小朵总有种侠客上身的错觉。恍惚间，自己身下的摩托车不再是工业时代的机械产物，而是有血有肉的快马，由白昼到黑夜肆意奔腾不胜快哉。

　　这会儿，他从尾箱里取出外卖，眼前的楼房近乎废弃，他正准备爬楼送上去，电话那头却告知，放楼下就行，这地儿没人偷外卖。

　　同样的说辞。这个送餐地址他已来过，那次送的也是鱼香肉丝盖饭，那次也没见到号码后的那张脸。

　　他正好奇着，听见楼里传来悠扬的琴声。

　　古城，旧楼，不见其人但闻其琴音，陈小朵忘了继续接单，赶紧掏出手机录制，眯上眼细细品味……

　　做这一行以来，总是留恋沿途风景的陈小朵，拿到的工资勉强满足自己的一日三餐。生活像变戏法，到月底两手空空时，让他觉得古城的景致已不复初见时的美妙。

　　松开摩托车握把，前置镜头里的他现出迷茫的神色，已与往日视频中的他截然不同。

　　陈小朵心里清楚，理想不能当饭吃，把昨日种种放下，可会迎来崭新的生活？他的手指犹豫着要删除自己的视频时，一道光落在手机屏幕前，他抬头，见一个女生打着手电筒，来提那鱼香肉丝盖饭。

　　女生看着他，笑道："咱俩也算同行。"

　　"同行？"

　　"亏你还做自媒体，一点儿不关心身边事，这块地被划入老城翻新计划，居民大多已搬迁了。我想用视频记录下家乡变化的过程，再谱写一曲独属这里的歌谣，作为明年新媒体毕业论文，所以常跑回老屋来弹上几曲寻找灵感。"

女生接下来的话，让陈小朵意外："我知道你的，大一入学前常看你的视频，也梦想过像你那样骑着摩托记录生活。"

"梦想……怎么称呼你？"

"叫我小钢琴吧。"

陈小朵从未想过，现实有朝一日会进展到让自己怀疑梦想的程度，不见起色的视频号、不知去向的明天，每件事都可能成为压垮梦想的最后一根稻草……罢了，他像下了决心似的，拍拍摩托车后座，问道："那你要不要感受一下？"

"恭敬不如从命，早就想试试你视频里说的自在如风是何等自由。不过，去哪儿由我定。"

"行，大不了在现实面前当一晚逃兵！至少今夜星光依旧灿烂。"陈小朵手抓握把，发动机爆出阵阵轰鸣，乘风而起。

小钢琴在后座大声说："想去无限接近但永远无法抵达的远方。"

这样的远方，究竟有多远？摩托车不知道，他们不知道，风或许知道。

孤 岛

李 森

　　我带着黄河的风去拜访长江的桥。夜晚的武汉长江大桥灯火通明，黄鹤楼屹立对岸五光十色，永远不悲不喜。这是疫情后我和贾晓珊第一次出去玩，四面八方全都是人，我们跟着社交网络上的推荐宛如机器人一般四处打卡，仿佛错过什么我们就会变得不完整。

　　贾晓珊问我爱她吗。我说爱。她总是让我一遍又一遍地强调爱她。旁边有个人在卖书，个人文集，一本三十。我们已经往前走了一段时间，我突然驻足，心中有些难过。贾晓珊能看出来我的难过，她善解人意，对我的矫情照单全收。她说买一本吧，说着便不由分说地拉着我凑近看。我翻了翻，大多是一些游记，字里行间语言优美、诚恳，像是缘分。贾晓珊挑了一本给我，卖书人签上了自己的名字，我还加了他的微信。

　　一个陌生人就这样闯入我的生活。他在山西、武汉、西安一带云游，在朋友圈卖小米、陈醋、野蜂蜜，在终南山一个隐蔽的寺庙修行。突然有一天，大雨过境，寺庙倒塌，他在朋友圈众筹善款以修缮庙宇，我捐了五十。后来看到他与村民周旋，在朋友圈张贴善款用于哪个方向。看到寺庙慢慢变得完整，我心中也莫名有些欣喜。他说山中大雨，万物淋漓，人类的飞翔亦是自然。

　　我突然想去终南山一趟。

　　我和贾晓珊将要结婚。很不容易，爱情的开始总是轻而易举，但走下去却是艰难险阻。我们争吵，与家人讨价还价，在利益之间四处周旋。贾晓珊已很长时间没有问过我是否爱她，所以当我跟她说我要去山里住一段时间的时候，她沉默了好一会儿，最终虚弱地对我说，想去就去，就这样吧。

我带了两件换洗的衣服，坐火车出发。出站时刚刚下过一场雨，空气清新，我转乘地铁、出租车，最终站在山脚下。我本意是想给他发个信息，让他来接我，但我又觉得随便叨扰别人不太好——网上说终南山遇隐士讲究缘分，我很想为此程寻一些缘，以印证生活中的什么事情。

我看他朋友圈所发，他所在的地方在半山腰，海拔1500多米，四面环山，山涧中溪水长流。于是我听着水流的声音一直往前走。走到一半的时候我忽有感悟，我原本以为把自己从一个地方放到另一个地方，好像一切问题就能迎刃而解，但其实一点儿用处都没有，焦虑又重新长回到我的身体里。很长一段时间以来，我觉得我都搞定不了生活。我回头看，雾霭沉沉，一切那么陌生，又那么熟悉。我迷路了，更可怕的是，手机也没有信号。

疲惫，躺在地上，我不由自主地想起了贾晓珊。我们在一个美好的春天相遇，恋爱没多久就把自己交付给了对方，后来我们在公交站等车，我说我会对你负责的，我想我也做到了。这段话很适合做婚礼致辞，我笑了笑，旁边溪流的声音宛如古琴，不一会儿我就睡着了。

半睡半醒中似乎听到有人唤我，是一个仙风道骨的大爷，他递给了我一支笔，问我会画画吗。我说不会。他说你试试。我说我现在有些渴。他把腰上的水壶拿下来递给我。我喝了两口，一种苦涩中夹杂着甜的味道，令人心旷神怡。我拿起笔开始画画，我画了一座孤岛，周围是汪洋。我竟然画得很好，下笔如有神助，海浪凶狠，孤岛仿佛马上要被淹没。将要画完的时候，我有些不忍，最后添了一叶逆水行舟，很突兀，应该是一处败笔。他说不错，领着我走出了终南山。

山下正在办庙会，很嘈杂，我突然很想念贾晓珊。回去后没多久，我和贾晓珊就办完仪式成婚了，生活一切照旧，并没有发生什么了不得的改变。

婚后我开始着手复刻我在山中画的那幅画，但怎么也画不出来，仿佛灵感被抽走一般。贾晓珊走过来问我怎么了，我把这件事告诉她。

她说我做过这个梦，就在你去终南山的时候。那天我和我妈吵架，给你打电话也打不通，我觉得自己好孤独，我真的坚持不下去了，夜里我做了这个梦，我被困在一座孤岛上，在一切将要毁灭前，你划着一叶扁舟向我驶来。

我紧紧地抱住她，我说我爱你，贾晓珊。

寻觅雪山的人

崔　故

　　他把身上沾染的月色掸到门口，进入客栈的时候，我就注意到他了。他戴着黑色的礼帽，把脸藏匿到黑暗里，将身上背的行李安排在了房间最僻静的角落。我看着他卸下鼓鼓囊囊的行李，坐在木头椅子上吞下一碗茶。那时我就对你讲，他肯定不简单。你不以为意，还嘲笑我的敏感。我内心透过一丝凉意，屋外的月亮像个巨型洞穴的出口，露出缥缈的光，挑逗着无能为力的人。

　　客栈里有几个本地人，他们围成一桌，要两三碟花生米，又各要一碗清酒，叽叽喳喳说个不停。老板到他身边，问他是否需要酒。他摆摆手打发走老板，垂下头打起呼噜，于是客栈里又添了新的噪声。我知道你忍受不了，可我们也是傍晚时分才来到这个地方，人生地不熟，应当谨慎一点。你握紧拳头，朝一旁的虚空挥去，周围平静的空气被划拉开一道口子。他停止打呼噜，抬头盯着我们，目光寒彻，杯中的热水居然结了冰。我一哆嗦，立马叫你转过头，不要去招惹他。你却瞪圆双眼，眼里满布血丝，一副要吃人的模样。几个本地人碰着酒碗大声说笑，他转过脸，又朝他们看去。我立马把水放到一旁的火炉上解冻。那群本地人被他看得不自在，停了谈论，屋里难得地安静下来。坐东边的一个本地人站起，说："你们这帮外地人，我知道你们的心思。是不是从很远的地方赶过来，就为旁边这座雪山？死了这条心吧，这雪山和别处的雪山没啥两样。你们的愿望，它一个也实现不了。过不了多久，等开发商的施工队来了，它自身都难保。"

雪山在客栈一旁神秘地立着，月色和周遭的雪勾兑，散着诡异的光。你听了这话，突然泄了气，小声抽噎起来。我理解你的难过。家乡遭受灾害，只有我们走了出来。一位老人曾告诉我们，在很远的地方，有一座雪山，它可以实现人们的任何愿望。我们为了让大家活下去，千里迢迢赶来，却被告知是个骗局。你难过，我更难过。你趴在我肩头，泪水打湿了我的衣服，渗下去，衣襟开始滴水。

坐北面的本地人站起，对刚讲话的那人说："胡说八道，小心遭雷劈！这雪山，可了不得。我比你大几岁，听长辈讲过流传下来的故事。这里以前气候温润，土地肥沃，后来发生了灾害——有人说是火山喷发，有人说是发了洪水，总之死伤无数。灾害过后，有个老人拄着拐杖，往山顶爬。你们说神不神奇——上面那么大的风和雪，他居然爬到顶了！他把拐杖插在山顶，跪拜三次，那风啊雪啊就全停了。那老汉跟人说，当时他一闭眼，一睁眼，就又直直回到了山下。之后那些在灾害中伤残的人，当天就痊愈了。那时候人们求这个神拜那个佛，都没这山灵验。你说它没用？要真的没用，现在还能有你？"

你停止哭泣，转悲为喜，拍打着我的肩膀，晃动起来。我脱下外衣，搭在炉子旁的架子上，看他戴正黑帽，继续盯着本地人看。

坐在西面的本地人将酒一饮而尽，站起说："这雪山分明就是一个恶魔，比阎王还可怕。你们一个认识不清，一个完全被骗了。你所说的灾害，就是雪山引发的！这雪山，它自然实现不了你的愿望。你不知道，那爬山祈祷的老汉，几天后就因冻伤和风寒离开了人世。"

你眼角又噙满了泪。我束手无策，只能拿来炉上的水，给你补充水分。他依旧歪头盯着那几个本地人看，饶有兴致。

坐在南面的本地人有些醉意，拍拍桌子站起："你们都没错，这雪山到底是什么呢？把你们的看法糅起来，就是真实的雪山了。"

他把目光移到桌子底下，下面躺着一个人。那人手里握着酒瓶，摇晃着坐起，说："都错了，都错了。把你们这些想法全扔了，扔了，就是最真实的雪山了。"

我看到你眼里满布疑惑，和我一样。我们千里迢迢赶来，难道真的毫无意义吗？你目光呆滞，仿佛失去了生命。

他还是盯着本地人看，目光如炬。几个人开始浑身发热，纷纷脱掉外衣。东边那个擦擦额头的汗，说："那个一身黑的人，你到这里是来干什么的？"

他指指我们，说："和这两个人一样的目的。"

外面卷来一阵狂风，搡开门，吹落了他的帽子。他弯腰去捡。桌子底下那人看到他的脸，大叫起来，掀翻桌子，挥舞着四肢跳出门，跑进了凝重的雪夜里。他拍掉帽上的惊吓，戴稳妥，提了角落里的行李，说："我该走了，我也在找寻雪山，不过不是这一座。"他出了客栈，托付给黑夜的背影不消片刻就完全被抹去了。

北面那个本地人说："这人我好像去年见过，他似乎每年都来一趟。"西面那个说："我也有印象。以前听他讲，他每年都会到全世界的雪山走一遭，却从不上去，今天怕又是路过。不过他到底是为了什么？"南面那个笑笑："他当然是为了找雪山，只不过，他一直都在寻找的路上。"

那么我们呢？我们到底在找寻什么？"是该继续出发，还是停在此处？"我转过头，轻声问你。

半个方生

陈雨辰

你知道吗？方生看一眼手机里的照片跟我说，用你的手挡住一半你的脸，左脸是你真实的内心，右脸是你希望让别人看到的样子。

我用手遮住我的左脸，我的右脸笑眯眯，嘴角上扬出一个弧度来。我用手遮住我的右脸，我的左脸吓了我一跳，嘴巴也有着一个角度相似的弧度，不过是向下的。我说，这是什么意思？方生看着我的脸，近视两百度的我看不清她的脸，只有她的眼睛一清二楚。她的眼睛大而空洞，我一定在哪里见过这双眼。

方生说，你的左脸，是很苦相的。右脸眉毛舒展，眼睛瞪人也没那么用力，嘴角也是笑着的，可你的左脸完全不同，你的左眼甚至透着凶狠。我不知道说什么好，只是握紧了手里来自方生的保温杯，那是一个画着康家石门子岩画纹样的杯子，很好看，但原始的暗红花纹给我诡异的感觉，使我联想到死亡。我突然想起来，有一回我妈买回来一条很大很大的水库鱼，是黑色的，一个人抱不动。那条鱼，我妈在杀死它的时候我看到了它的眼睛，很大，空洞洞的，没什么活气。我想我知道我在哪里见过方生的眼了。这真是一双苦大仇深的眼。我没什么别的形容词，我在不同的时候同样用"苦大仇深"来形容方生，我并不太能记清，但我知道一定是好几次。

方生说，你的左脸比你的右脸老二十岁。我说，就像你比我老二十岁一样，是吧？我坐在方生对面，我们坐在大佛寺外的石凳上。这是北疆的春天，冷得和冬天一模一样，昨夜刚下了一场雪，但毕竟是春天，太阳高高照着，雪半化不化半死不活，成了很容易让人滑倒的很尴尬的半冰半雪结晶体。所以我明白了为什么把冰和雪连在一起称为"冰雪"。大佛寺在红山公园里，这天不是节假日也不是周末，只有零星几位老年人在遛弯，他们用着一个收音机，里头放着挺优雅的曲子，我听不出来是什么乐器，可能是萨克斯，也可能是单簧管。

大佛寺在一圈红围墙里头，我和方生刚从里头出来，我烧了十二炷香，每个香炉三炷，其中最大的殿前我排了六炷。从燃香到跪拜，方生一直在一旁冷眼看着。她不信这些，其实最初我也不信，可有一句用滥了的话是这样说的：未经苦处，不信神佛。我吃过苦头，还是科学无可奈何的苦头，于是我只有相信一切科学无法证实且不可证伪的言说，每当路过佛寺或是道观，不管供着佛祖还是王母娘娘，我都会虔诚跪拜，我喜欢静静看着一炷香的消失殆尽，袅袅的烟火向上走出一条丝丝滑滑的通路，这让我看到希望。

方生说，你很累吧？我点头，又摇头，有时候感觉也还好。方生否定了我，她说，你的左脸出卖了你。我不好点头也不好摇头，只是笑一笑，看一眼她的眼，然后我停留住了，我的眼在和方生的眼互相致意。方生说，你把自己骗住了。

我没懂，春天坐在石凳上应当是不错的体验，然而这个北疆的初春，石凳的寒凉浸到了我的骨头里。她说，亲爱的，照一照镜子，你的左脸，都不知道怎么笑了呀。她说着掏出来一面镜子。我惊讶于她随身携带一面金光闪闪的镜子，之所以闪金光来自镜子外裹着镀金的外壳。这镜子年岁不小了，外壳的镀金都多多少少剥落了。

我在镜子里看到自己，越看越奇怪，越看越觉得要把自己看进去了。我其实很小就发现了，照镜子时间一长，会慢慢觉得自己不认识自己。镜子像摄魂怪一样，但我竟然享受照镜子不认识自己的过程，我也担心过自己是不是疯子或将成为疯子。

我研究了半天我的左脸，没看出来个所以然。鼻子还是那个鼻子，眼还是眼。方生说，看不出来别看了，你自己的心，你自己不愿意承认，那谁能有办法。我吐了吐舌头。

方生折断了一根树枝，现在这天气，树还没可能发芽，她把玩着一段不知什么树的陈年残尸。

方生说，我以为你懂得的，为什么都说波澜壮阔，有波澜才会有干劲儿，太过平坦了又会是平平无奇。说这话时她狠狠瞪着我，不知道为什么，有一种破釜沉舟壮士断腕的悲壮，我想高歌一曲风萧萧兮易水寒。我笑了，我知道我的嘴角上扬起一个不小的弧度，我说，如你所见，不是所有苦难者都能涅槃。方生站起来，她的身影在这个春天扶摇着寒意。她说，为什么不能是我？我又照镜子，我发现自己的左侧嘴角紧紧抿着，像在发狠，或者是较劲。我试图让它平整下来。我说，其实我做得就挺好的了，仔细一想，很多事情其实都是不必要的。

方生冷笑一声，得了吧，你。方生抬手，她的手我见过，关节突出，修长但有力，像男人的手。她用指甲狠狠剜进自己的右脸。与此同时我感到左脸的一阵抽搐和阵痛。痛感和眩晕包围了我，我好像躺在哪里的一堆过期变质的草莓味棉花糖夹心里，飘飘欲仙又痛得想死。我看着方生脸上的血往下滴，鲜活的血经由她白皙的面孔，像万里白的雪原上生长出一行鲜妍的火红花朵。我下意识摸了一把我的脸，右脸安然无恙，左脸湿漉漉的，我把手拿下来一看，满手的血红。

我不晕血，但我搞不懂方生了。

方生把镜子从我手里拿过去，与此同时我发现镜子里只有我的手没有她的。大概没人相信，这个瞬间我十八年里看过的所有恐怖电影都往我脑袋里挤，我想我的脑袋马上要爆炸掉了。大佛寺的钟声响了一下，是有人去撞了钟，回声悠长。隔不远有一架很少转动的巨大摩天轮，我在路上走时经过许多次，这一次它依然静止不转动，毫无声息。

我把镜子抢了来，残破的金边儿在阳光下晃我眼。我在镜子里，竟然真的看不到方生。方生，活生生的一个人，身高一米七二，长衣长裤一身惨淡的白，就这么在镜子里不见踪影。我再一次确认了刚才我的猜疑。方生把镜子再次拿过去。她说，你以为，不愿意承认，我就不会在吗？

这句话很值得思考，我的脑细胞堪堪受不住这么大的信息量。我摸了一下我的左脸，血已经干成了痂，紧绷绷的。想了又想，我笑着站起来，向前一步试图给她一个拥抱。

方生随即躲开。她说：所以我永远只能是半个。

暂 住

王瑞琪

那是一种什么样的眼神呢？如果说猫的眼神冰冷，狗的眼神火热，那么坨坨的眼神就如温暾水一般，有包容，有遗憾，还有一丝困惑，好像看透了什么，又好像诉说着什么。

他第一次认真看坨坨是在黄昏时分的家里。窗外的夕阳将整个天空涂成了橘红色，室内也被夕阳的光线浸染，这时坨坨便从这片橘红色中凸显出来。

坨坨的眼神像夕阳。他得出结论。

坨坨是他亲戚老马的宠物狗。老马夫妇要去川藏线自驾游，正值暑假，他的单身宿舍成了最好的寄养处。

坨坨他是认识的。一年前，他与老马夫妇吃饭，饭局半途老马突然盯住他问："烧鸡你还吃不吃？"他摇摇头。老马当即伸手撕下一块，将手迅速伸至桌底下。零星的白色从桌布里露出，他这才发现桌下有条狗。

真不怪他迟钝。坨坨是贵宾犬，体型非常小，老马一只手就可将它轻松举起。那时坨坨在他眼里就像一团小棉花，面目模糊。

对于照看坨坨，他有些忧心，毕竟坨坨已是十三岁高龄，相当于人类七十多岁了。刚刚他从老马手里接过坨坨时，发现坨坨比他想象中还要轻。它的鼻子碰了下他的手臂，湿湿的触感转瞬即逝。

进了他家，坨坨并不见外，拘谨了不一会儿就开始四处"巡查"。里里外外探究了一番，天也黑了下来，坨坨终于累了，在他的脚边睡了。那睡姿显示出坨坨十分有安全感，看来它已经把这儿当自己家了。

夜晚，他关上电视准备休息，坨坨却用那双充满故事的眼睛望着他。他吓了一跳，突然想起老马说过坨坨睡前还得再遛一次，否则憋得慌。

他带着坨坨下楼。

任教三年，这是他第一次在子夜的校园漫步。夜色如水，微风阵阵，周遭树木轻轻起伏，像蔓延开来的水纹。一阵花香漾开，是淡淡的桂花香。他的心也泛起波澜，仿佛世界上只剩下了他和坨坨。这奇妙的感觉让他有些幸福，好像这儿不是学校，也没有人认识他。

坨坨的腿脚不好，走起路来有些颠簸，可当它跑起来时，便一丝暮气都没有了，活像个小马驹。坨坨还是个思想家——它不时驻足思考，眼睛望着缥缈的远方，半天一动不动。那模样比许多人都深沉，仿佛掉入了时间的深潭。他也不敢催促，就在一旁默默等着。

一天下午，他和往常一样遛狗。那日坨坨颇有兴致，迟迟不愿回家，在一小块草坪上来来回回地兜圈，不时陷入沉思。

一团阴影出现在他的视野里，那是一个人，一个他认识的人。他下意识地想躲，希望逃避即将到来的相遇。可是坨坨就在此时显示出强大的主见——任凭他怎么拉拽狗绳，坨坨都一动不动。这么小的身子怎么会有那么大的力量？他不明白。

来不及了，他看着一双鞋朝他走来。新潮的荧光球鞋在太阳底下变色，反射出耀眼的光芒，而他自己穿的是一双已经磨旧泛黄的白球鞋，灰头土脸的。

荧光球鞋停下了。他抬头，看见了宁远，以及帅帅——一条德国牧羊犬。

宁远是和他同期来的青年教师，带班成绩数一数二，既受学生欢迎，又被领导重视。宁远在校道上与帅帅并排行走，神气活现的身影让他印象深刻。

"它叫什么名字？"宁远问他，眼睛却望着坨坨。

"坨坨，我亲戚的狗。"

宁远又抛出一些问题，有关于狗的，也有关于他的。他含糊地回答着，希望尽快将这对话应付过去。帅帅和坨坨在草坪上互动——主要是帅帅围着坨坨转圈，坨坨几乎无视它。或许是被坨坨的态度激怒了，转了几圈之后，帅帅毫无征兆地吼叫了一声。那声音像从地底下传来的，极富威慑力，连他都吓得一抖。

可坨坨一动不动，没有半点儿惧色，望着远方，似在沉思。

最终，宁远半哄半拽地拉走了帅帅，背影有些狼狈。

晚上他到小超市买青菜，顺便给坨坨买了火腿肠，以往他只给坨坨吃老马带来的狗粮。坨坨一边吃火腿肠一边蹭他的手，难得地流露出一丝活力。他与坨坨对视了一眼。坨坨的眼神是智慧的，他很笃定。

不知不觉到了坨坨要离开的日子。

这半个月来，他俩的生物钟已几乎一致——同时醒来，同时入睡，甚至同时进食。坨坨的到来仿佛让他提前步入了幸福的老年生活。那感觉其实不错。他想。

听到喇叭声，他知道老马的车到了。他是个害怕郑重告别的人。压抑下心底的不舍，他若无其事地抱起坨坨下楼。

"圆满完成任务。"来到老马车前，他开玩笑道。

今天的风有些凉了，他出门时没披外套，这会儿不自觉地缩了缩肩膀。

"坨坨表现如何？"

"好，真挺好的。不过……坨坨的年纪和腿脚……"他像在喃喃自语。

"是的，老啦，恐怕只能再活个一两年了。"老马笑着回答。

他突然感伤起来。就在这时，坨坨将小脑袋探出车窗外，飞快地舔了一下他的手。他也碰了碰它湿漉漉的鼻子。

他觉得他们是老朋友了。

名　字

李伟昊

失恋令我心痛，但不后悔。刻骨的心痛让我忘记我所失掉的不过是一场暗恋。我听说再高明的医术也救不了心痛，更何况我们这小诊所的医术还算不上怎么高明。

现在他们叫我"三九医生"，而我爱的她名叫……噤声！她的名字是那么美妙，我没有资格用世俗的声音把它吐出来。如果我现在还处在那激情的青春时代，我会说我愿意牺牲我的生命，为了守护她的名字。

名字搞不清，麻烦是很大的。我这个名字就总是给我闹误会。病人们以为我叫"三九医生"是因为感冒治得好，连我的同事也会忘记我是个牙医。这些都不重要，反正靠治病也赚不了几个钱。我看他们为了抢那十个荣誉代号挤破了头，拿的那点绩效还不如我搞几场牙齿整形手术，觉得他们真可怜。

关于我得到"三九"这个代号，还是需要解释一下的。我们公司（小诊所）每年抛出十个荣誉代号，让员工凭业绩来抢。取得的代号越漂亮，待遇也会越好。每年老板会提出一个数额，他把这个数字称为一个"目标点"。他要我们去拉人办卡——就诊卡也好，体检卡也行——办卡充值的总额上了那个目标点，就有资格在年终大会上争取那珍贵的荣誉代号。我叫"三九"，因为我去年拉到了三个目标点，在公司排第九名。这样你就知道，那位叫"十一"的医生有多了不起了。他去年凭一己之力拉到了十个目标点，当上了年度销售冠军。我这个"三九"的"三"，有两个就是从他那里拿来的。

长话短说。"十一大夫"拉到了一笔大单子——给一家人数不算很多的小企业办体检卡。事太多,他忙不过来,要我帮忙。我本来是推辞的,但他一句"事成之后送你两个点"让我动了心。

　　签完单子回到诊所的时候,我又在前台看见了她。她微笑着站在那里,胸前的工牌上写着她的名字。我扫了一眼。每天上班经过前台时,我都会这样扫一眼,然后默念她的名字。美啊,美啊,像夏天晒得滚烫的脚边流过一道泉水,踩进去,清冽,爽心。然后我舒舒服服地走进诊室,抖一抖白色的外褂,甩到身后披上。

　　正因如此,我喜欢趁着临近上班的时间走进公司。老板说我懒惰,其实根本不是那么回事。我也曾早到过,但来得太早,她还没站到前台。我看不到她的工牌,读不到她的名字,那一整天上班都会像没睡醒一样昏沉,浑身像穿着脏衣服一样难受。老板竟不能理解,我来得迟,完全是为了有更好的工作状态。但卡着点也有不好的地方。我看到她的名字时,必须赶紧把那个已读过千遍万遍的名字默念出来,然后匆匆赶去诊室。这样匆忙,只能快速地囫囵回味一遍而已。要像一个刚识字的孩子那样,一个笔画一个笔画地拼出她的名字,在匆忙中只能是枉然。

　　那天我看到她时,她的身边正有一对老年夫妇在说话。迟一点回诊室老板不会说我的,我想着,放慢了脚步,因为这天我完成了两个目标点。老人家说想给全家人办一套全身体检卡,这里的体检费比外面大医院便宜一些。我心里暗暗算了一下,数额也不小,有一个目标点那么多。我为她高兴。我又看了她一眼,又看到了她的名字。她的名字!她的名字是那么神圣!但她即将拿到一个点,她很快就不再叫那个名字了。她将不再戴那个旧牌,她的新名牌上将写着"引导员:一十"。一想到这些,我就浑身发麻,像湿漉漉的沙子糊遍我的皮肤。我将在未来长达一年的时间里读不到她的名字。我每天都要迷糊地走进诊室,透过眼镜片上挂的水雾,看着一个个大口张在那里,牙齿上挂着唾液,分明要流出来。清冽的泉水,在哪里?扒开草丛,只有被破烂的塑料袋堵死的泉眼……

　　我还没想好该怎么办，只是大跨步走上去。老人家一看见我就说："牙医生，我认识你，你还记得我吗？我儿子的蛀牙就是在你这儿治的。"我哪里能记得住每一个病人？不要紧，他们认得我就好办了。"要办什么卡？我来给你们办。"我说。老人家连连道谢，跟到我的诊室里来。

　　我下班路过前台的时候又看了她一眼。她的微笑不见了，对我翻了个大大的白眼。那个白眼像箭一样把我刺伤了，我向后猛退了几步。但我又看到她的名字。是她的名字！不是别的什么数字。我叹了口气，那些都不重要啦，总之我保住了她的名字。

记忆之森

包文源

1

他们的成年仪式是进入族长的帐篷，由族长体内的神明教导他们如何书写自己的名字。此后，每个人携带着姓名生活，和其他人区分开来。

他们只能书写自己的名字，在草叶上，在树皮上，在石头上，在贝壳上或猎物的牙齿上，但从来无法念出它，因为只有族长知道他们名字的读音。

次年生日之时，他们会再次走入族长的帐篷，听取族长念出他们的名字。在那一时刻，在读音中，他们记起自己真实的身份、过往漫长的记忆：他们并不是这里的原住民，是从远方而来的动物。

有的来自繁华城市，有的来自遥远星球，有的来自未来或古代……他们来到这片记忆之森，被重新起名，忘记一切。他们无法读出声音的从前的名字在被族长读出时，他们痛哭流涕，往事如一颗颗泪珠滑落。

生日之歌的吟诵结束，他们从族长的帐篷走出去，重新忘记文字的读音，忘记过去的历史，继续在这片原始森林内狩猎、采集。

每年生日，族长帮他们阅读一次姓名，是为了给他们储存的记忆防腐。遗忘之事如胆汁般储存在族长的胆囊内，放置时间过久，会变质、发臭，繁殖出异样的菌类。族长如一台收纳名字的冰箱，通过读音调节温度，保鲜逸失的记忆。

2

族长吟诵生日之歌时，人们手持名字进行一场表演，将烟花棒般的口音点燃，名字上繁殖出的冗余偏旁等菌类，剧烈燃烧，烟花般升空，炸裂出的霓虹色是他的过往：

他曾是最优秀的画师，绘制的事物比事物本身的存在更加真实。现实中的苹果是虚构的概念：每一个被称为"苹果"的事物实际上各不相同，人们只是构造了名为"苹果"的分类，将不同个体装进了这个"苹果"筐里。

而他画出的苹果是全宇宙唯一真实的苹果。他也画出了全宇宙唯一真实存在的马、数字、龟壳与沙子……但他从来没有画过任何人。

他的妻子一直很喜欢他的画，并一直希望他能够给她画一幅全身像。多年后，他第一次画了一个人，是他妻子的画像。

妻子说自己从未见过如此真实的人，她日夜捧着那幅画揣摩，自此画不离手。痴迷于画像的妻子日渐陷入癔症，她坚信画像中的自己比画外的自己更加真实，画中才是真正的自己，画外只是虚假的存在。最后，妻子当着他的面，慢慢化为一摊墨水，流到了那幅画上，与画中的彩色颜料融为一体，渗透进画布。

此后，他再也没有画过人。

他随身携带那幅画，等待妻子某日从中走出。为防止画卷返潮发霉，他时常将画卷放在日光下晾晒。画卷中的人在生长，像一株兰花，结出一颗果子，从画中滚了出来。

他怀揣那颗果子，来到记忆之森，舍弃姓名的读法，忘掉绘画的笔法，跟随所有无记忆之人，每天练习如何种植、灌溉、锄草和收获。

那个果子被他种进土壤，经过一年辛勤耕耘，昨天他将满树果实用木棒打落，分给众人。大家一起开心地吃。他已经忘记了，那是妻子留给自己的子嗣。

今天，族长念出了他的名字，在那段语音中，他重新记起了绘画的每一种笔法，就像种植、灌溉、锄草和收获……

他开始给自己画一幅画。

烟花中另一个人燃烧的记忆：

这个物种的成员，会在一生中的每天给族群的每个人送一件礼物，而能作为礼物的只有他们身体的一部分：今天将拇指送给 A，明天将左耳送给 B，后天将牙齿送给 C……最终，每个人收到每个人的礼物，每个人持有每个人身体的一部分，每个人都持有整个共同体。

某天，这颗星球意外陨灭。一个正在异星游荡的个体，成了这个物种唯一的幸存者。按照传统，他需要寻找某个适宜生存的星球，用自己携带的整个种族的礼物，将已经毁灭的那个社会中的每个人，全部重新发明出来：巷子口卖早点的人、小学班上欺负自己的人、已经和他人结婚的前女友、歹徒与法官……一个个再度复活。

然而，他想忘记所有人，不想复活自己背负的整个民族。于是，他来到记忆之森，将自己携带的每一份礼物，喂食给原始森林里的牛、羊、鹿、鱼……

这片森林中死去的记忆成了生态系统的一部分，树木上、石头上、花瓣里长出了透明的人形物。

记忆的半衰期是宇宙寿命的一半，在宇宙燃尽前无法分解的记忆，以时间反演态生长在森林间，林中每个生命都拥有彼此的记忆，对彼此的体感都会感同身受：某朵花在凋零、某棵树被钻孔、折断与燃烧，某只动物被吃下、腐烂、被菌类分解……

3

很多年后，你在记忆之森出生，你们从小学习一个又一个单字，昨天、今天和明天学会的单字毫无关联，你也并不知道每个字的含义。

直到成年时，你们学到了最后一个字，将它安放进以前学会的每个字的缝隙间，任意两个字都被串联起来，所有字共同构成一首诗。你开始吟诵它，透过诗的框架，去理解其中曾经毫无关联的单字的含义。

你读到，每个字都是一代人的遗体。先祖的身体长出鳍，滑翔于吟诵的空气之中，于是，他命族人一直吟诵。他滑翔至天际，族人命孩子一直吟诵；他滑翔出太空，让族人孩子的孩子也一直吟诵；他正在滑翔向宇宙无垠的尽头……

此刻，你们仍旧在学习与吟诵诗。

2024 年选系列封面绘图画家介绍

段正渠 1958 年生于河南偃师，1983 年毕业于广州美术学院油画系。现为首都师范大学美术学院教授与博士研究生导师，中国国家画院油画所研究员，中国美术家协会油画艺委会委员和中国油画学会理事。

《欢乐》 段正渠　140cm×200cm　布面油画　2022 年

段正渠画作短评

　　在段正渠建立他的个人语言和风格之初，表现性绘画承载了艺术自由的时代意义，他所选择的对象——陕北的风土人情，则与民族和文化主体的意识有关。现在，复杂多元的画面内容代替了这些具体的文化符码，也使题材的选择上具有了极大的包容度，日常的场景，任何人、动物、植物，没有意义指向的内容，都可以入画。画面的复杂度支撑了一种具有说服力的完整性，也破解了在题材上和精神上对整一性和宏大叙事的某种依赖。借此，创作获得了自主和独立，脱离了借由题材或风格的选取来获得意义的束缚。

——卢迎华《右卫——段正渠的新作》

图书在版编目（ＣＩＰ）数据

尺素书：2024中国年度小小说／秦俑，赵建宇选编．

桂林：漓江出版社，2025.2. -- ISBN 978-7-5801

-0123-5

Ⅰ . I247.82

中国国家版本馆 CIP 数据核字第 2024230AJ2 号

CHISU SHU : 2024 ZHONGGUO NIANDU XIAOXIAOSHUO

尺素书：2024 中国年度小小说

秦俑　赵建宇　选编

出版人：梁志
责任编辑：黄彦
书籍设计：石绍康
责任监印：张璐

出版发行：漓江出版社有限公司
社址：广西桂林市南环路 22 号　邮编：541002
发行电话：010-85891290　0773-2582200
邮购热线：0773-2582200
网址：www.lijiangbooks.com
微信公众号：lijiangpress
印制：北京中科印刷有限公司
［北京市通州区宋庄工业区 1 号楼 101 号　邮编：101118］
开本：690mm×1000mm　1/16
印张：20　字数：274 千字
版次：2025 年 2 月第 1 版
印次：2025 年 2 月第 1 次印刷
书号：ISBN 978-7-5801-0123-5
定价：48.00 元